Ullstein Krimi

Jim Thompson

Ein süßes Kind

Übersetzt von Jürgen Behrens

Ullstein Krimi

Ullstein Krimi
Ullstein Buch Nr. 10352
im Verlag Ullstein GmbH,
Frankfurt/M – Berlin
Titel der amerikanischen
Originalausgabe:
A Swell-Looking Babe

Deutsche Erstausgabe

Umschlaggestaltung & Fotorealisation:
Welfhard Kraiker & Karin Szekessy

Printed in Germany 1986
Gesamtherstellung:
Ebner Ulm
ISBN 3 548 10352 9

Vom selben Autor
in der Reihe der
Ullstein Bücher

Der Mörder in mir (10170)
Getaway (10186)
1280 schwarze Seelen (10201)
Gefährliche Stadt (10241)
Nach Einbruch der Dunkelheit (10266)

CIP-Kurztitelaufnahme
der Deutschen Bibliothek

Thompson, Jim:
Ein süßes Kind / Jim Thompson. Übers.
von Jürgen Behrens. – Dt. Erstausg. –
Frankfurt/M; Berlin: Ullstein, 1986.
(Ullstein-Buch; Nr. 10352:
Ullstein-Krimi)
Einheitssacht.: A swell looking babe
‹dt.›
ISBN 3-548-10352-9
NE: GT

1

Er hatte von ihr geträumt. Als ihn die schwüle, erstickende Nachthitze des Südens jetzt freigab, stellte er fest, daß seine beiden Arme um das Kopfkissen geklammert waren, der Stoff naß vom Speichel, wo sich sein Mund dagegen gepreßt hatte, und er schleuderte es mit einer Mischung aus Ekel und Enttäuschung von sich. Wieder irgendein Weib, dachte er schläfrig, und seine Hand bewegte sich von der Bettlampe zum Wecker und von dort zu den Zigaretten. Ein Traumbild wie immer – und dabei sollte er es auch belassen, etwas, das besser im Land der Träume blieb. Er sollte sich vielmehr darum kümmern, daß Geld hereinkam. Er sollte sich jeden Ärger vom Leib halten, und man hatte ihm zum Zeitpunkt seiner Anstellung im Hotel Manton nachdrücklich klargemacht, daß Hotelboys, die den Versuch machten, mit weiblichen Gästen intim zu werden, unweigerlich in erhebliche Schwierigkeiten geraten würden.

»Wir sind«, hatte der Manager des Service erklärt, »ein Haus mit Grundsätzen. Eine Nutte wird nie am Zimmerservice oder an der Hausdame vorbeikommen, oder falls sie es doch schafft, wird sie nicht lange bleiben – ebensowenig wie er oder sie. Das ist eben gute Geschäftsführung, Rhodes – verstehen Sie? Auch Gäste mögen sich schwer überschätzen in dem, was sie darstellen, aber keiner möchte mehr als zehn Dollar pro Tag für ein Zimmer in einem Bordell bezahlen.«

»Ich verstehe«, hatte Dusty gesagt.

»Natürlich ist das keine Sonntagsschule, was wir hier führen. Solange unsere Gäste den Mund halten, kommen wir mit kleinen Unregelmäßigkeiten schon klar, aber wir selber lassen uns auf nichts ein – und Sie halten sich auch raus. Ist das klar? Werden Sie nie mit einer Frau intim, auch wenn sie Sie dazu aufzufordern scheint. Sie könnten sich irren, vielleicht ändert sie ihre Meinung, und dann hätte das Hotel womöglich eine dicke Klage am Hals.«

Dusty hatte dazu nur genickt, und sein schmales Gesicht war vor Verwirrung leicht rot geworden. Das war jetzt schon fast ein Jahr her, lange bevor er die Fähigkeit verloren hatte, sich gekränkt zu fühlen, bevor er begriffen hatte, alles so hinzunehmen, wie es kam ... und es zu verabscheuen. Er war damals davon ausgegangen, daß dies ja nur eine vorübergehende Beschäftigung wäre, etwas, wofür man gut bezahlt wurde, ohne daß man Berufserfahrungen, Referenzen brauchte, die für gutbezahlte Stellungen gewöhnlich verlangt wurden. Mom lebte damals noch. Dad's Chancen standen gar nicht so schlecht, von der Schulbehörde wieder angestellt zu werden. Er, Dusty, hatte zwar von der Schule abgehen müssen, doch das war nur vorübergehend, nur für einige Monate. So hatte er geglaubt – oder gehofft. Er wollte Arzt werden, nicht nur eine Nummer sein, die auf eine Uniform geheftet war.

Zum Zeichen, daß er verstanden hätte, hatte er genickt, war rot geworden, hatte versucht, das Gespräch abzukürzen, und das Gesicht des Servicemanagers war weich geworden, und er hatte ihn bei seinem Vornamen angesprochen.

»Bist du sicher, daß du diese Arbeit auch wirklich willst, Bill? Ich könnte dich auch in der Küche unterbringen, wo du Vorräte überprüfst und bestellst oder in der Rezeption, oder irgend etwas in der Art. Natürlich springt dabei nicht annähernd so viel heraus, wie du mit Trinkgeldern verdienen kannst, aber...«

»Danke«, hatte Dusty erwidert. »Aber ich glaube, ich nehme doch besser diesen, ich meine den Job, der am meisten Geld einbringt.«

»Dann vergiß nicht, was ich dir gesagt habe.« Der Manager sprach jetzt wieder unpersönlich zu ihm. »Übrigens, es ist nur fair, wenn ich's dir gleich sage: unsere Angestellten im Service werden in regelmäßigen Abständen überprüft.«

»Überprüft?«

»Ja. Von weiblichen Detektiven – wir nennen sie Lockvögel. Sei also auf der Hut, wenn irgendein Prachtweib Spielchen mit dir treibt. Könnte immerhin sein, daß sie für das Hotel arbeitet.«

Dusty versprach murmelnd, daß er auf sich aufpassen würde. Bis letzte Nacht hatte er sich auch strikt an dieses Versprechen gehalten. Nicht, daß er den Wunsch verspürte, sich in Versuchung führen zu lassen. Wie der Manager angedeutet hatte, war das Manton nicht eben eine Sonntagsschule. Exklusiv war es hauptsächlich durch seine Zimmerpreise. Man mußte keinen Kontoauszug vorlegen oder die Heiratsurkunde, um ein Zimmer zu bekommen. Das Manton bestand nicht unbedingt auf Respektierlichkeit, doch der Schein mußte gewahrt bleiben; sein Interesse galt dem eigenen Wohl, nicht der Moral seiner Gäste.

Dusty vermutete, daß das Manton in Wirklichkeit einträgliche Geschäfte mit der Halbwelt machte; sie zog es jenen Hotels vor, die billiger waren und wo es praktisch keinerlei Beschränkungen gab. Jedenfalls hatte mehr als nur ein einziger weiblicher Gast ihm einen unzweideutigen Wink gegeben, und er hatte ihn glatt übersehen. Nicht weil es sich vielleicht um eine Greiferin handelte; er war einfach nicht interessiert gewesen. In seinem Meer von Schwierigkeiten hatte es für Frauen keinen Platz gegeben.

Und dann letzte Nacht...

Dusty gähnte, schielte zur Uhr hinüber und schwang die Füße aus dem Bett. Einen kurzen Augenblick lang blieb er auf der Ecke der Matratze hocken und krümmte abwesend die Zehen auf dem fast kühlen, nackten Fußboden. Dann gab er sich einen Ruck und tappte ins Badezimmer hinüber.

Kurz stellte er sich unter die kalte Dusche. Er stieg aus der Duschkabine und begann sich zu rasieren.

Auch noch wenn sein Gesicht eingeseift, die Haut gestrafft war und er Grimassen machte, um den Rasierapparat richtig anzusetzen, sah er gut aus und, was noch wichtiger war, sehr intelligent. Als er noch ein Knirps gewesen war und die anderen Kinder ihm so abscheuliche Beinamen wie ›Pretty Boy‹ und ›Dolly‹ zugerufen hatten, war ihm sein hübsches Aussehen verhaßt gewesen. Und während er sich mit der Zeit damit abgefunden hatte, war es ihm doch immer ein Ärgernis geblieben. Es brachte ihm nicht ein, was er sich so brennend wünschte. Und angesichts der zehn noch fehlenden Schul- und Studienjahre verschaffte es ihm auch nicht die Zeit, die er so bitter nötig hatte. Schließlich wollte er Arzt werden und nicht Schauspieler.

Vor einem Jahr hatte er die Arbeit im Manton aufgenommen, und nach Monaten war ihm allmählich klargeworden, daß er nie aufs College zurückgehen könnte, er nie Arzt werden würde. Doch das hatte an seiner Haltung gegenüber seinem gefälligen Äußeren nichts verändert. Es hob ihn aus der Menge der anderen Angestellten heraus, erweckte zugleich ihren Neid und brachte ihn um jene Anonymität, die ihm so willkommen gewesen wäre. Es wurde ihm dadurch nur die unerwünschte und gefährliche Aufmerksamkeit von seiten gewisser weiblicher Gäste zuteil.

Das alles konnte nur auf Ärger hinauslaufen, und er steckte bereits bis zum Hals in Schwierigkeiten.

Dann war da der gestrige Abend, und zum erstenmal in seinem Leben war er froh darüber gewesen, daß er so war, wie er war. Nachdem er sie gesehen hatte, nach dem, was letzte Nacht passiert war... Er spritzte sich Wasser ins Gesicht, trocknete sich ab und stand stirnrunzelnd vor dem kleinen Spiegel des Medizinschränkchens. Insgeheim machte er seinem Spiegelbild Vorhaltungen und gab ihm den Rat, die letzte Nacht aus seiner Erinnerung zu streichen. Eine Dame wie sie war bestimmt nicht hinter Hotelpagen her. Vielleicht zog sie sie ein bißchen auf und signalisierte spielerisch Entgegenkommen, aber das war dann auch schon alles. Oder falls es damit nicht sein Bewenden hatte, wenn man tatsächlich Hals über Kopf hineinschlidderte, was sollte dann eigentlich werden? Nichts, bloß ein mächtig dicker Kopf. Er wäre dann vielleicht nicht mehr fähig, sie aufzugeben. Und bestimmt war sie niemand, an den man sich klammern konnte. Für etwas, das er nicht wirklich haben konnte – kaum mehr als einen Vorgeschmack von etwas, das ihn hungriger denn je zurückließ – müßte er riskieren, daß er seinen Job verlor und vielleicht noch viel, viel Schlimmeres auf ihn zukam.

Er ging ins Schlafzimmer zurück und begann sich anzuziehen: graue Hosen, sportliche schwarzweiße Schuhe, ein blaues Hemd und eine schwarze Krawatte. Er wählte ein blaues Flanellsakko und steckte ein weißes Taschentuch in die Brusttasche. Abwesend knöpfte er den zweiten Knopf zu und hing seinen Gedanken nach. Schritt für Schritt vergegenwärtigte er sich die Ereignisse der letzten Nacht.

Aus ihrer Eintragung im Anmeldebuch ging hervor, daß sie Marcia Hillis hieß und aus Dallas in Texas kam, daß sie mit dem Zug um dreiundzwanzig Uhr fünfundfünfzig hier in der Stadt eingetroffen sein mußte, da sie etwas nach Mitternacht im Hotel angekommen war, nur wenige Minuten, nachdem er seine Arbeit aufgenommen hatte. Er hatte ihr die Tür des Taxis aufgehalten und ihr Gepäck vom Beifahrersitz gehoben. Dann war er die wenigen Schritte zum Eingang des Foyers gelaufen, zu jener Tür ohne Portier und hatte sie ihr aufgehalten.

Unverbindlich lächelnd hatte er sich umgedreht und auf sie gewartet.

Sie war gerade dabei, den Fahrer zu bezahlen und ihm ein Trinkgeld zu geben. Sie kam aus dem dunklen Inneren des Taxis in das strahlende Licht unter der Markise. Dusty riß die Augen auf. Sein Herz sprang ihm in die Kehle und sackte dann tief in seine Magengrube. Fast hätte er ihr Gepäck fallenlassen.

Sicher, er hatte auch früher schon gutaussehende Frauen gesehen, im Manton und anderswo. Er hatte sie gesehen, und sie hatten auch ihm unmißverständlich zu verstehen gegeben, daß sie ihn gesehen hatten. Doch ein Wesen wie dieses war ihm noch nie begegnet. Eine Frau, die die Verkörperung alles Weiblichen war. Vom ersten Augenblick an war er von diesem Gedanken nicht losgekommen. Alle Frauen – die Personifizierung schlechthin, die Verfeinerung all dessen, was weibliche Schönheit ist. Sie war zwanzig. Sie war dreißig. Sie war sechzig.

Ihr Gesicht mit den ernsten, braunen Augen und den feingeschwungenen Lippen: ihrem Gesicht nach zu urteilen war sie zwanzig, doch ohne die Unbestimmtheit und Leere, die oft die Gesichter Zwanzigjähriger haben. Ihr fester und reifer Körper war der einer Frau von dreißig, doch ohne die leichte Schlaffheit der Dreißigjährigen. Ihr Haar war das einer Frau von sechzig – so dachte er jedenfalls – oder vielmehr einer Sechzigjährigen, wie sie auf Bildern und in Erzählungen dargestellt wird. Vollständig grau. Grau, aber weich und von knisternder Fülle. Nicht die gewöhnliche, tote, spröde Stumpfheit von Grau.

Sie trug ihr lebendig schimmerndes Haar in einem langen, lockeren Knoten, der ihr fast bis auf die Schultern ihres Schneiderkostüms reichte. Er starrte darauf nieder, als sie an ihm vorbeiging, und halb benommen folgte er ihr ins Foyer.

Offenbar hatte sie die gleiche Wirkung auch auf Bascom, den Mann am Empfang, denn er schob ein Anmeldeformular über den Tisch und streckte ihr einen Füllfederhalter entgegen, obwohl sie noch einige Schritte von ihm entfernt war. Das war ganz und gar ungewöhnlich und völlig beispiellos. Dusty konnte sich nicht erinnern, daß Bascom jemals ein Zimmer an eine Frau vermietet hätte, die ohne Begleitung gekommen war. Es bereitete ihm sonst sogar ein Vergnügen, sie abzuweisen. Bei Miss Marcia Hillis war er jedoch ganz schmelzendes Entgegenkommen, und er begrüßte sie mit strahlendem Lächeln. Ebensowenig bedachte er sie mit einem eisigen Blick, wie er es in solchen Fällen gewöhnlich tat, als sie wegen des Zimmerpreises leicht zögerte.

»Nun ja, natürlich«, murmelte er mit ungewöhnlicher Beflissenheit. »Fünfzehn Dollar, das ist tatsächlich ziemlich viel. Ich glaube . . ., ja richtig, ich habe noch ein Zimmer zu zehn Dollar. Ich werde Ihnen das geben.«

Bascom wies ihr ein Zimmer im zehnten, dem obersten Stockwerk, mit Blick nach Süden zu. Es lag am Ende des Korridors, ziemlich weit ab vom Fahrstuhl, war nicht eben sehr groß, aber zweifellos das beste der Zehndollarzimmer, die das Manton zu bieten hatte. Zu dieser Jahreszeit wurde es in der Stadt schrecklich heiß, und auf die nach Süden gehenden Zimmer in hochgelegenen Stockwerken wurde ein Zuschlag erhoben.

Dusty ging ihr in dem dick mit Teppichen belegten Gang voran. Er schloß die Tür auf, schaltete das Licht ein und machte eine einladende Geste, ohne sie anzusehen. Sie kam herein und streifte ihn leicht, als er sich bückte, um ihr Gepäck aufzuheben.

Er schaffte das Gepäck – einen Koffer, Hutschachtel und eine kleinere Reisetasche mit allem, was man zum Übernachten brauchte – auf ein Gestell unmittelbar neben der Tür. Er knipste das Licht im Badezimmer an, prüfte den Leitungshahn für das Eiswasser, kontrollierte, ob Handtücher und Seife vorhanden waren. Er kam aus dem Bad und drückte sich an ihr vorbei zur Zimmertür.

Sein Atem ging schwer, noch immer vermied er ihren Blick.

Ein kleines rotes Warnlicht blinkte heftig in seinem Kopf auf. Er wollte kein Trinkgeld von ihr, nur schnell hier hinauskommen, bevor irgend etwas geschah, das besser nicht geschehen sollte.

»Ich hoffe, Sie finden alles zu Ihrer Zufriedenheit, Madam«, sagte er und legte die Hand auf den Türknauf. »Gute Nacht!«

»Einen Augenblick noch«, sagte sie energisch. »Gibt es in diesem Zimmer keinen Ventilator?«

»Sie werden keinen brauchen«, erwiderte er. »Auf dieser Seite des Hotels weht immer eine frische Brise.«

»Tatsächlich? Nun, könnten Sie mir dann bitte die Fenster öffnen?«

Das war genau das, was er lieber nicht getan hätte, da sie nahe am Bett stand, zwischen dem Bett und dem Kleiderschrank, und ihm blieb dadurch zu wenig Raum, an ihr vorbeizukommen. Und er wußte wohl – genauso wie er wußte, daß er sich bei dieser Frau selbst nicht über den Weg trauen durfte –, daß sie nicht zur Seite gehen würde, um ihm Platz zu machen.

Er zögerte kurz und konzentrierte seinen Blick genau auf einen Punkt über ihrem hinreißenden grauen Haar, aber natürlich konnte er es nicht ablehnen. Er drängte sich mit solcher Heftigkeit an ihr vorbei, daß ihre Knie einknickten und sie fast rückwärts auf das Bett gestolpert wäre. Mit einem Ruck schob er die Fenster hoch, und der kräftige Südwind fegte ins Zimmer . . . und ließ die Tür hinter ihnen zuschlagen.

Er drehte sich schließlich um und sah ihr voll ins Gesicht.

Sie stand ihm genau gegenüber. Mit ausgestreckter rechter Hand hielt sie ihm zwischen spitzen Fingern einen halben Dollar hin.

»Danke«, sagte sie. »Besten Dank. Wen kann ich rufen – für den Fall, daß ich noch etwas brauche?«

»Ich –« er fuhr sich mit der Zunge über die Lippen – »ich bin der einzige Page, der nachts Dienst hat. Sie müssen mich nicht extra mit Namen rufen.«

Sie sah ihn schweigend an. Sie starrte ihm unverwandt in die Augen, hielt seinen Blick fest und bewegte sich auf ihn zu. Die ausgestreckte Hand senkte sich, fuhr in seine Hosentasche und ließ das Geldstück hineinfallen. Die Hand blieb da, tief in seiner Tasche.

»Dusty –« Er sprudelte den Namen heraus. Er mußte etwas tun, etwas sagen, bevor er am Zerspringen war. »Ich me-me-meine, Bill, aber mein Nachname ist Rhodes. Also nennt mich jeder einfach DeDeDust –«

»Ach so.« Ihre trägen, verhangenen Augen näherten sich ihm. Ihre Hand steckte noch immer in seiner Tasche. »Um welche Zeit haben Sie denn Dienstschluß, Dusty?«

»Se-sieben. Ich arbeite von Mitternacht bis sieben Uhr früh.«

»Ich wette, daß es Ihnen verdammt einsam wird, wenn Sie so ganz auf sich gestellt nachts durch ein großes Hotel streifen. Fühlen Sie sich nicht furchtbar einsam, Dusty?«

»Se-sehen«, stammelte er, »ssehen Sie Miss, ich . . .«

»Aber Sie sollten nicht lange einsam sein«, meinte sie. »Nicht ein Bursche, der so aussieht wie Sie.«

Sie lehnte sich an ihn. Plötzlich, weiß der Himmel warum, hatte er seine Arme um sie gelegt, seine Arme schlangen sich um sie, genau um die weichen Kurven ihrer Hüften. Er wußte selbst nicht, wie es passiert war und genauso plötzlich . . .

Genauso plötzlich stand sie zwei Meter von ihm entfernt, drüben am Fenster, und ihr Gesicht und ihre Stimme waren genauso kühl wie die Brise, die hereinwehte.

»Habe ich Ihnen schon Ihr Trinkgeld gegeben?« sagte sie. »Ich glaube, das wäre dann alles.«

Das brachte ihn sofort wieder zu sich. Es war so, als hätte man ihn aus einem glühenden Ofen gezerrt und in einen Eiskübel geworfen. Er wandte sich zur Tür, wütend, enttäuscht und zugleich erleichtert. Aus solchen Sachen konnte nie und nimmer etwas werden. Sie bedeuteten Ärger. Ärger war das, was er sich am wenigsten leisten konnte.

Er zitterte leicht und dachte daran, was alles hätte geschehen können, wenn sie nicht plötzlich frostig und ablehnend ihm gegenüber gewesen wäre. Erleichtert darüber, daß nun doch nichts passiert war, ausgehöhlt und leer und enttäuscht, weil nichts passiert war.

Er schaffte es bis zur Tür. Sie sprach ihn noch einmal an, und wieder war ihre Stimme voll Wärme, träge, ein einziges, lockendes Versprechen.

»Das ist dann wohl alles«, erwiderte sie. »Jedenfalls für jetzt.«

Langsam wandte er sich von ihr ab.

Sie stand noch immer beim Fenster, und vom Wind bewegt legten sich die langen weißen Vorhänge um sie, umschlangen ihren vollen reifen Körper und schmiegten sich sanft an das leuchtende weiße Haar. Gegen den dunklen Hintergrund der Nacht, eingerahmt von den wogenden Vorhängen, wirkte sie wie eine jener unglaublich schönen Lamantinen am Bug eines Wikingerschiffs, oder nein, das stimmte nicht: dafür war sie zu lebendig. Sie war eher wie eine jener antiken Göttinnen, die von ihren himmlischen Freuden ermattet und zum Entzücken der Menschen auf die Erde herabgestiegen war. Venus, Zeres, die Erdenmutter. Alles, was weiblich war, ewig weiblich und alterslos.

»Also«, sagte sie, »das wär's vorläufig, Dusty.«

Sie lachte freundlich und leicht belustigt.

Er ließ die Tür hinter sich zufallen, oder vielmehr, er warf sie hinter sich zu.

Auf dem Weg zum Fahrstuhl verfluchte er sie.

Es schien unmöglich, aber seit er die Empfangshalle verlassen hatte, waren fast fünfzehn Minuten vergangen. Hinter dem langen, marmornen Empfang beugte sich Bascom verärgert zu ihm vor.

»Wo sind Sie gewesen«, geiferte er. »Was haben Sie in diesem Zimmer da die ganze Zeit gemacht?«

»Mußte Handtücher aus der Wäschekammer holen«, log Dusty. »Vermutlich war das Zimmermädchen zerstreut und hatte einen Schnitzer gemacht.«

»Sind Sie so sicher, daß Ihnen kein Schnitzer unterlaufen ist?«

»Nur dem Zimmermädchen«, grinste Dusty ihn an. »Und vielleicht auch Ihnen selbst.«

Bascoms Mund wurde schmal. Seine Augen schweiften unbehaglich hierhin und dorthin.

Wie viele der erstklassigen Hotels verfügte auch das Manton nur über ein ganz geringes Angebot an Zimmern zum niedrigsten Preis. Im Falle des Manton waren es tatsächlich nur sechs Zimmer, die zum Mindestpreis von zehn Dollar zu haben waren. Wegen ihres günstigen Preises waren sie den Dauergästen des Hotels vorbehalten. Niemals, soweit Dusty sich erinnern konnte, war jemals auch nur eines von ihnen abends oder nachts vergeben worden. Man hatte es nicht nötig. Ein Gast, der spät abends in der Stadt eintraf, könnte und würde praktisch jeden Preis zahlen, den man von ihm verlangte.

Also hatte Bascom sehr wohl einen Schnitzer gemacht. Sogar gleich zwei waren ihm unterlaufen. Er hatte das Hotel nicht nur um die Extraeinnahmen gebracht, sondern er hatte auch – zwar nur potentiell, aber doch unwiderruflich – einen Vorzugsgast enttäuscht. Diesem

Gast würde das ganz und gar nicht gefallen. Den Angestellten der Tagesschicht wäre es unangenehm. Das Management würde auch einiges dagegen haben. Angesichts der schnell wechselnden Zimmerbelegung im Manton konnte Bascom natürlich darauf hoffen, daß sein Schnitzer unbemerkt blieb. Aber falls Dusty zufällig eine Bemerkung machte, ganz beiläufig nur, versteht sich...

Bascom machte auf dem Absatz kehrt und ging hinauf in den Kassenraum. Einige Zeit später rief er nach Dusty, daß er ihm beim Übertrag ins Journal helfen sollte. Damit war die Angelegenheit zunächst erledigt.

Immerhin, so fand Dusty – während er prüfend in den Ankleidespiegel sah – war er nicht in irgendwelchen Schwierigkeiten. Wäre sie eine dieser Betrügerinnen gewesen, eins dieser Dämchen, das jemanden dahin brachte, ein bißchen zu weit zu gehen und dann einen Heidenlärm beim Management anstimmte, dann hätte sie schon vergangene Nacht ihre Schau abziehen können. Eine Frau brauchte schwerlich sieben Stunden, um darüber zu entscheiden, ob man sie belästigt hatte.

Er hörte, wie sich die Fliegengittertür des Vordereingangs öffnete und die schlurfenden Schritte seines Vaters. Leicht gereizt runzelte er die Stirn, da seine Gedanken noch immer um sie kreisten und er über die Störung verärgert war.

Wer war sie denn überhaupt, diese Miss Marcia Hillis aus Dallas, Texas? Was war sie? Keine Nutte, das stand fest. Sie hatte ihn nicht unzweideutig aufgefordert, und wenn man in einem Hotel beschäftigt war, lernte man schnell, einer Streunerin auf die Schliche zu kommen, die auf Männerfang war. Sie konnte sich noch so elegant kleiden, mochte sich noch so geziert geben, man konnte sie meilenweit riechen.

Ebensowenig war sie ein Lockvogel – eine Detektivin, die das Hotel geschickt hatte. Wäre sie das gewesen, dann hätte sie nicht wegen des Zimmerpreises gefeilscht. Dazu hätte auch gar keine Veranlassung bestanden, da das Hotel ja ohnehin für ihre Rechnung aufgekommen wäre.

Also eine Frau, die hier geschäftlich zu tun hatte. Wieder Fehlanzeige. Da sie nicht den richtigen Jargon sprach und Geschäftsleute nicht mitten in der Nacht in einem Hotel aufkreuzten, ohne eine Reservierung zu haben.

Eine Touristin. Wiederum nein; in dieser Stadt gab es nichts, das einen Touristen anlocken könnte, und auch sonst konnte er sich einfach nicht vorstellen, daß sie nur hinter Sehenswürdigkeiten her war.

Oder vielleicht eine, die magisch von den Pferderennen und dem Wettbetrieb angezogen wurde? Ja, in diese Kategorie könnte sie passen. Zu den Leuten aus der Oberschicht, die während der Saison das Hotel Manton zu ihrem Hauptquartier machten. Zu denen könnte sie gehören. Doch er wußte, daß es nicht so war. Die Wettsaison begann erst in drei Wochen. Die ganze Meute würde frühestens erst in zwei Wochen anrücken.

Wahrscheinlich, so entschied Dusty, war sie einfach eine Frau, die gerade nicht wußte, wo sie hingehörte. Einerseits begierig auf Abenteuer, aber andererseits auch ein bißchen ängstlich. Jemand, der ziellos von einem Ort zum anderen schweifte, müßig, ohne Pflichten, gelangweilt, mit so viel Zeit, wie man sie gar nicht alleine totschlagen konnte.

Nun ... Also welche Schlußfolgerung ergab sich daraus für ihn? Wer oder was sie auch immer war, er jedenfalls würde nie wieder zulassen, daß sie ihn in so peinliche Verlegenheiten brachte wie gestern nacht. Sollte sie etwas ähnliches noch ein einziges Mal versuchen – übrigens war es ja auch sehr gut möglich, daß sie im Laufe des Tages ihr Zimmer bezahlte und abreiste – dann wollte er ihr mit einer solchen Kälte begegnen, daß sie davon eine Lungenentzündung bekäme.

... auf dem Flur vor seinem Schlafzimmer ertönte ein mattes, entschuldigendes Hüsteln.

Stirnrunzelnd wandte sich Dusty ab und ging seinem Vater entgegen.

2

Natürlich war der alte Mann krank. Viel, viel mehr, als ihm selber bewußt war. Aber das rechtfertigte noch lange nicht seine äußere Erscheinung; nach Dustys Meinung gab es für sein Aussehen auch keine Entschuldigung. Nachdem er von der Schulbehörde entlassen worden war, hatte er angefangen, sich gehenzulassen; dann war seine Frau – Dustys Pflegemutter – gestorben, und er hatte sich vollständig fallenlassen – Tag um Tag verging, ohne daß er sich rasierte. Wochen ließ er verstreichen, ohne zum Haarschneiden zu gehen. Seine schmuddeligen, ausgebeulten Sachen hingen an ihm, als hätte er darin geschlafen. Er sah aus wie ein Tramp – wie eine Vogelscheuche in einem Kornfeld. Und das war noch nicht einmal das schlimmste. Am schlimmsten war, daß er nichts gegen den geistigen Verfall unternahm. Er schien auch noch stolz darauf zu sein, daß er zerstreut und verhuscht war, daß er die wenigen Dinge, die er überhaupt noch tun konnte, so schrecklich ungeschickt und töricht erledigte.

Großer Gott, dachte Dusty, warum eigentlich bloß. Sein Vater war erst knapp über sechzig, und doch war er praktisch schon senil. Man konnte ihn nicht mit den einfachsten Sachen betrauen. Man konnte ihn nicht in den Laden schicken, ein Stück Seife kaufen, darauf bauen, daß er das passende Wechselgeld zurückbrachte.

»Na« –, Dusty bemühte sich, heiter und freundlich auszusehen, »wie geht's dir denn, Dad?«

»Ach, ganz gut, Bill. Hast du gut geschlafen?«

»Nicht schlecht. So gut es bei diesem Wetter eben möglich ist.«

Mr. Rhodes nickte abwesend. Ein Speichelfaden hing ihm aus einem Mundwinkel, und er wischte sich mit dem Handrücken über das Kinn.

»Ich hab' heute einen weiteren Brief von den Anwälten bekommen, Bill. Sie glauben, daß –«

»Haben wir irgendwas zu essen im Haus?« unterbrach Dusty ihn. »Irgend etwas, womit ich mir ein Sandwich machen kann?«

»Ich wollte es dir nur schnell erzählen Bill. Sie glauben –«

Dusty unterbrach ihn wieder. Er wußte, was die Anwälte dachten, nämlich dasselbe, was sie schon immer gedacht hatten: daß man den Fall seines Vaters vor die nächsthöhere Instanz bringen müßte; daß er, Dusty, eine Geldquelle war, die man unablässig anzapfen konnte, damit er ihre Gebührensätze zahlte.

»Dad«, fiel er dem Alten scharf ins Wort, »über die Anwälte reden wir ein andermal. Im Augenblick will ich bloß wissen, warum wir keine Nahrungsmittel im Haus haben. Was hast du mit dem Geld gemacht, das ich dir gegeben habe?«

»Warum . . . ich . . . ich . . .«, die Augen des alten Mannes starrten leer, kindisch, verängstigt. »Also, was hab' ich denn –«

»Na, macht nichts«, seufzte Dusty. »Laß gut sein. Aber du hast doch selbst was zu essen gehabt, oder? Das hast du doch, nicht wahr, Dad?«

»Warum – oh, ja«, fiel Mr. Rhodes hastig ein. Viel zu eifrig. »Ich habe heute wirklich gut gegessen.«

»Was denn, zum Beispiel? Du hast gerade genug Lebensmittel für dich selbst eingekauft – ist es das, was du mir erzählen willst, Dad?«

»Jaaa – das heißt, nein.« Mr. Rhodes wich dem Blick seines

Sohnes aus. »Ich hab auswärts gegessen. Es war zu heiß, um zu kochen. Also ich –«

»Du hast also in Petes Laden gegessen?«

»Ja – nein. Nein, ich habe nicht bei Pete gegessen.« Sein Vater versuchte, nicht blind in die Falle zu laufen. Es wäre ja möglich, daß Dusty sich im Eßlokal in der Nachbarschaft erkundigte. »Ich bin woanders hingegangen, etwas weiter zur Stadtmitte hin.«

Dusty blickte ihn müde an. Er vermied es, sich nach dem Namen des Restaurants zu erkundigen. Es hatte keinen Zweck – bei Anlässen wie diesen versuchte sein Vater, durchtrieben wie ein Kind zu sein – und schaffte es einfach nicht. So sehr er jemanden damit auch reizen und in Harnisch bringen mochte, er durfte seinen Vater nicht so in die Enge treiben.

»Na schön«, sagte er ruhig und zog sein Geldbündel aus der Tasche. »Hier sind ein paar Dollar. Geh jetzt zu Pete und bestell dir dort was Ordentliches zu essen. Jetzt gleich, Dad, bevor du ins Bett gehst. Willst du das tun?«

»Bestimmt, natürlich will ich, Bill.« Fast immer schnappte Mr. Rhodes nach dem Geld in seiner Hand. »Ist es dir recht, wenn ich, wenn –«

Bei dieser unausgesprochenen Frage zögerte Dusty. »Also«, sagte er gedehnt, »du weißt, Dad, welches Abkommen wir geschlossen haben. Wir haben beide darin übereingestimmt, daß es einfach keine gute Idee wäre. Wenn ein Mensch keine Arbeit mehr hat, wenn er sich Sorgen macht, dann ist es ziemlich einfach . . .«

»Aber ich wollte doch bloß ein Bier. Nur ein Weilchen an der Bar sitzen und fernsehen.«

»Ich weiß schon, aber . . .«

»Aber was?« Die Stimme seines Vaters war von ungewohnter Schärfe. »Ich verstehe dich nicht, Bill. Warum dieses ganze Trara um eine Flasche Bier? Du weißt, daß ich niemals viel getrunken habe. Mir schmeckt das Zeug einfach nicht. Doch wenn man danach geht, wie du in letzter Zeit ständig auf dieser Sache herumreitest, könnte man annehmen, daß ich –«

»Tut mir leid.« Dusty gab ihm einen Klaps auf die Schulter und schob ihn zur Tür. »Ich bin manchmal einfach müde und mache mir Sorgen, und dann nörgele ich zuviel. Geh schon und trink dein Bier, Dad. Aber bestell dir auch was Handfestes zu essen.«

»Aber ich würde doch gern wissen, warum –«

»Nein, nein, da ist nichts weiter. Wie ich schon gesagt habe, ich rede bloß zuviel. Du gehst jetzt, und wir sehen uns morgen früh.«

Mister Rhodes zog ab und grummelte weiter ärgerlich vor sich hin. Dusty blieb noch ein paar Minuten länger im Haus zurück, um ihm hinreichend Zeit zu lassen, außer Sichtweite zu kommen. Der alte Mann war eben gefährlich mißtrauisch gewesen. Es wäre nicht gut, dieses Mißtrauen noch zu verstärken, indem man ihm das Gefühl gab, daß ihm jemand folgte.

Dusty machte sich ein Glas Eiswasser zurecht und trank es aus, während er wartete. Himmel, Eis war so ziemlich das einzige, was er im Kühlschrank fand. Er rauchte eine Zigarette und lief ungeduldig im schäbigen Wohnzimmer auf und ab. Nach einem letzten hastigen Blick auf seine Armbanduhr eilte er schließlich aus dem Haus und sprang in sein Auto.

Vor einem Drive-in-Restaurant verschlang er ein aufgewärmtes Truthahnsandwich und trank zwei Tassen Kaffee. Er parkte seinen Wagen auf der Rückseite des Manton, eilte durch den Lieferanteneingang und weiter in den Raum mit den Schließfächern. Er hatte einen säuerlichen Geschmack im Mund. Das Essen, das er zu sich genommen hatte, lag ihm schwer im Magen. Er war müde, verschwitzt. Er hatte das Gefühl, schrecklich unausgeruht zu sein und seit langem nicht mehr gebadet zu haben.

Nachdem er seine Kleidung abgelegt hatte, duschte er noch einmal – kalt und kurz, da er es eilig hatte. Als er sich abtrocknete, stand er direkt unter dem Deckenventilator. Er zog seine weinrote, smokingähnliche Uniform an und brachte seine Alltagssachen in einem Spind unter. Er setzte sich unter den Ventilator und tupfte sich mit seinem Badehandtuch den Schweiß vom Gesicht. Es war jetzt zehn, nein, genau neun Minuten vor zwölf. Er hatte noch Zeit für eine weitere Zigarette. Zeit genug, sich ein wenig zu sammeln, bevor er in die Halle des Hotels ging und seine Arbeit aufnahm.

Düster vor sich hin brütend zündete er sich eine Zigarette an, versuchte, dem Gefühl dumpfer Verzweiflung zu entrinnen. Diesem hoffnungslosen Gefühl der Sinnlosigkeit, das ihn in letzter Zeit häufig überkam.

Er sah keine Möglichkeit, wie er da je herauskommen sollte, keinen Ausweg aus seinen Schwierigkeiten. Seine Gedanken bewegten sich im Kreis, fingen bei seinem Vater an und endeten auch wieder bei ihm. Die Arztrechnungen, die Medikamente, das Zerrinnen des Geldes, das fast so schnell verbraucht war, wie es verdient wurde. Zwei Dollar, fünf Dollar, zehn Dollar – was immer er dem alten Mann gab, er verpulverte es, und er zögerte auch nicht einen Augenblick, mehr zu verlangen.

Dusty hatte schon überlegt, tagsüber zu arbeiten. Aber Pagen in der Tagschicht verdienten nicht so viel, und zudem mußten sie noch geteilten Dienst machen. Er wäre dann praktisch genauso lange von zu Hause fort, wie er es schon jetzt war... Sollte er eine Haushälterin einstellen? Nun, was würde das schon groß helfen? Fünfunddreißig oder vierzig Dollar Wochenlohn, und dann mußte man sie ja auch noch miternähren. Verdammt, das war doch einfach nicht notwendig. Nichts von diesem Blödsinn, der ihm das Geld aus der Tasche zog, war notwendig. Wenn sein Vater wollte, konnte er schon sehr unnachgiebig sein. Das hatte er ja schließlich heute abend bewiesen. Das Problem war einfach, daß Dusty den Alten wie ein Kleinkind verwöhnt und ihn bei Laune gehalten hatte, so sehr, daß...

»Hey, Rhodes, was ist nun, was ist los?« Das war der erste Page, der zu ihm vom oberen Treppenabsatz herunterrief.

Dusty rief zurück: »Ich komm ja schon« und verließ den Umkleideraum. Doch er stieg die lange Treppe mit schleppenden Schritten hinauf, tief in Gedanken versunken.

Sein Vater konnte einfach nicht so viel verlieren und verlegen und in dem Ausmaß Geld verplempern, in dem er es augenscheinlich tat. Er mußte das Geld für irgend etwas Bestimmtes ausgeben. Doch wofür sollte ein Mann seines Alters –

Plötzlich begriff Dusty. Die Antwort auf dieses Rätsel war so verdammt offensichtlich. Warum hatte er nicht schon früher daran gedacht?

Die Pagen von der Tagschicht drückten sich auf der Treppe an ihm vorbei. Sich Zigaretten ansteckend, ihre Uniformjacken abstreifend und sich von ihren steifen Kragen befreiend, während sie zum Umkleideraum hinuntereilten; einige sprachen ihn an oder nickten ihm zu. Er grüßte nicht zurück. Er war zu aufgebracht, blind vor Wut.

Diese Anwälte, diese dreckigen, räuberischen Winkeladvokaten. Zu denen floß all sein Geld.

Nun, dem würde er ein Ende machen. Es hatte keinen Sinn, seinen Vater deswegen aufzuregen; er konnte seinem Vater keinen Vorwurf für das machen, was er zweifellos getan hatte. Es war deren Schuld – die der Anwälte –, weil sie ihm noch immer Hoffnungen machten. Und die sollten verdammt noch mal ihre Finger davon lassen, wenn sie nicht gewaltigen Ärger bekommen wollten. Er würde ihnen einen Brief schreiben, daß ihnen die Haare zu Berge standen. Oder nein, er würde ihnen einen kleinen Besuch abstatten. Er würde diese Aasgeier schon selbst verscheuchen.

Er öffnete die Tür zum Servicebereich, betrat das Foyer, und seine

Wut und Frustration verloren sich langsam. Am Ende des langen Marmortresens machte er halt – hinter dem nur der alte, säuerliche Bascom Dienst tat – und warf einen Blick auf die aufgeschlagenen Seiten des Meldebuchs.

Wie er sehen konnte, war sie noch immer da. Vor einer Viertelstunde hatte ein Page Zigaretten und eine Zeitschrift zu ihr heraufgebracht. Elf Uhr fünfundvierzig oben, elf Uhr fünfzig wieder unten; gerade lange genug, um die Bestellung zu erledigen. Nicht lange genug für irgendwas anderes... und tatsächlich war das der einzige Boy, der heute auf ihrem Zimmer gewesen war.

Dusty wußte selbst nicht, warum ihn das froh stimmte, weil – natürlich – sie ihm ja schließlich nichts bedeutete; er würde sich von diesem Weib fernhalten. Aber irgendwie fühlte er sich doch gut. Das war ein eindeutiger Beweis dafür, daß sie keine Nutte oder ein Lockvogel war. Ein Beweis dafür auch, daß er der einzige Bursche war, an dem sie Interesse hatte.

Ein Taxi hupte vom Seiteneingang her. Unbewußt vor sich hingrinsend, durchquerte Dusty das Foyer und lief die Treppen hinunter.

3

Wie das bei modernen Hotels so ist, war das Manton gar nicht so riesengroß. In den Anzeigen hieß es prahlerisch: »Vierhundert Zimmer, vierhundert Badezimmer«. In Wirklichkeit waren es dreihunderzweiundsechzig. Und da man alle durch Verbindungstüren zu Suiten zusammenlegen konnte, waren es weitaus weniger Bäder als dreihundertzweiundsechzig.

Das Manton – oder vielmehr die Gesellschaft, die es betrieb – hatte schnell begriffen, wie vorteilhaft es war, eher zwei Räume an eine Person zu vermieten, als zwei Zimmer an zwei Gäste. Es war ihnen aufgegangen, welchen gewaltigen Unterschied es machte, ob man zwei Zimmer zu je fünf Dollar oder eines zu zehn Dollar vermietete. Man hatte begriffen, daß der Mann, der fünf Dollar für ein Zimmer bezahlte, mit Sicherheit weitaus mehr Ansprüche stellte, als einer, der zehn hinlegte.

Das Manton war selten voll ausgelastet. Das mußte auch gar nicht sein. Wenn nur zwei Drittel der Zimmer gebucht waren, waren die Einnahmen genauso hoch wie die eines größeren, vollbelegten – und weniger »exklusiven« Hotels. Da überdies die Zahl der Hotelangestellten sich unweigerlich nach der Zahl seiner Gäste richtet, war die Personaldichte auch viel geringer.

Bascom war nach Mitternacht der einzige Angestellte in der Halle, der – mit Dustys Unterstützung – die Schlüssel ausgab, sich um die Zimmer kümmerte, Kasse machte und den Dienst eines Rezeptionisten versah. Nachts gab es keinen Hausdetektiv. Die Kaffeestube und der Grillroom schlossen um ein Uhr nachts. Gegen zwei Uhr hatten die Dienstmänner ihr Ausfegen und Aufwischen beendet und waren bereits auf dem Weg nach Hause. Um zwei Uhr ging der Fahrstuhlführer der Spätschicht, und von da an nahm Dusty die nicht sehr häufigen Anrufe entgegen.

Es war kurz vor zwei, als Tug Trowbridge hereinkam. Während seine Begleiter – man traf ihn selten allein – schon ein paar Stufen vorausgingen, blieb Tug vor dem Kassenraum stehen, wo Dusty und Bascom arbeiteten. Er war ein kräftiger, beinahe unablässig lächelnder Mann mit einem roten Haarschopf und einer herzlichen, dröhnenden Stimme. Als Dusty jetzt beflissen grinste und Bascom sich nervös wand, richtete er einen gewaltigen Zeigefinger wie einen Revolverlauf auf den Rezeptionisten.

»Okay, Dusty-Boy –« mit grollender Stimme versuchte er, einen drohenden Ton anzuschlagen – »ich halte ihn in Schach. Schnapp dir die Schlüssel und räume die Schließfächer aus.«

Dusty ließ sein Grinsen in ein beifälliges Gelächter übergehen. Tugs kleiner Scherz war nicht gerade neu, aber er gab im Manton die höchsten Trinkgelder. »Ich kann's nicht machen, Mr. Trowbridge! Sie erinnern sich? Man braucht zwei Schlüssel für jedes Fach.«

»Also, bei Gott!« Tug schlug sich in komischer Verzweiflung an die Stirn. »Warum kann ich das denn nie behalten?«

Er lachte polternd und wartete die Wirkung seines Scherzes ab. Dann zog er einen kleinen, schmalen Schlüssel aus seiner Westentasche und schob ihn unter dem Gitter durch. »Eine kleine Gefälligkeit! He, Bruder Bascom! Ich hab' da was, was mich in der Tasche drückt.«

»Sehr wohl, Sir«, sagte Bascom folgsam.

Es gab ein Quittungsbuch, in dem die Einlagen in die Stahlfächer, die die Rückwand des Kassenraums bildeten, verzeichnet waren. Doch bei einem Dauergast wie Tug Trowbridge war es unnötig, eigens nachzuschlagen. Bascom zog ein umfangreiches Schlüsselbund aus dem Schubfach seiner Kasse und wählte einen Schlüssel mit einer bestimmten Nummer aus – einer Nummer übrigens, die nicht mit der auf Tugs Schlüssel übereinstimmte. Sich an der Rückwand der Schließfachreihe vergewissernd, fand er Tugs Depositennummer –

und auch diese war verschieden von denen auf den beiden Schlüsseln – und schloß die zwei Schlösser auf. Er zog den Kasten aus seinem Fach und stellte ihn in das Fenster vor Trowbridge.

Dusty wandte taktvoll die Augen ab, jedoch nicht ohne noch vorher einen schnellen, verstohlenen Blick auf das Bündel Geldnoten zu werfen, das Tug achtlos in den Kasten stopfte. Es war fast drei Zentimeter stark und an den Enden mit Gummiband umwickelt. Obenauf lag eine Tausenddollarnote.

Bascom schob den Kasten wieder an seinen Platz und schloß sorgfältig ab. Er gab Tug den Schlüssel zurück und ließ den anderen wieder in die Schublade fallen.

»Na also, Dusty« – Trowbridge machte dem Pagen ein Zeichen – »ich glaube, du hast recht. Es hat keinen Zweck, Bascom umzunieten, solange wir nicht auch die anderen Schlüssel in die Finger kriegen.«

»No, Sir«, lächelte Dusty.

»Und wie sollen wir das anstellen, he? Wie sollen wir wissen, wer alles Schlüssel hat und ob die auch irgendwas Wertvolles aufheben?«

»Das ist richtig«, sagte Dusty.

Bascom versuchte ein Lächeln, doch seine Bemühungen waren nicht sehr erfolgreich. Tug zwinkerte Dusty zu.

»Sieht so aus, als würden wir unseren Kumpel hier etwas nervös machen«, meinte er. »Vielleicht hören wir besser damit auf, bevor er uns die Cops auf den Hals hetzt.«

»O nein, nein«, protestierte Bascom. Nach Dustys Meinung hatte er genauso viel Humor wie einer der sandgefüllten Kübel in der Halle. »Es ist einfach so, wenn ein Mann hier die ganze Nacht allein ist – praktisch die ganze Nacht wirklich der einzige ist – und er für alles verantwortlich sein muß –

»Klar.« Trowbridge nickte gutmütig. »So ein Scherz mit einem Raubüberfall ist nicht gerade lustig.«

»Es ist übrigens eine Tatsache«, fuhr Bascom ernsthaft fort, »daß es, soweit ich weiß, noch niemals einen erfolgreichen größeren Raub in einem der großen Hotels gegeben hat. Sehen Sie –«

»Also wirklich, im Ernst«, sagte Trowbridge, und seine Stimme klang leicht sarkastisch, »nun, jedenfalls besten Dank, daß Sie mich aufgeklärt haben.«

»Oh, das wollte ich damit nicht sagen –«

»Klar, klar, weiß ich doch.« Trowbridge lachte wieder, doch es klang nicht sehr wohlwollend. »Komm nachher mal in meine Suite, Dusty, abgemacht? Ungefähr in einer halben Stunde. Ich hab' da ein bißchen Wäsche, die du abholen könntest.«

»Ja, Sir«, sagte Dusty.

Trowbridge schloß zu seinen beiden Begleitern auf. Bascom sah ihnen nach, wie sie durch die Halle zu der Reihe der Fahrstühle hinübergingen. In sein glattes, humorloses Gesicht trat ein nachdenklicher Ausdruck. Er atmete etwas schwer, seine dünnen, verkniffenen Nasenflügel bebten vor Verärgerung.

Dusty betrachtete ihn heimlich und grinste vor sich hin. Bascom sollte sich besser vorsehen. Tug Trowbridge war ganz bestimmt niemand, den man sich zum Gegner machen durfte.

In den zurückliegenden Tagen der Prohibition hatte Tug ein landesweites Netz von Alkoholschmugglern angeführt. Sein wohlverdienter Ruf für Härte und Rücksichtslosigkeit war derart gewesen, daß sogar die Capones vor ihm zurückgeschreckt waren. Während des Krieges war er – obgleich er niemals verurteilt worden war – der Kopf einer Bande von Schwarzmarktgangstern gewesen, Männern, die darauf spezialisiert waren, am hellichten Tag plombierte Whiskeyladungen samt Lastwagen zu entführen. Zu verschiedenen Zeiten seiner Karriere wurde er – dem Vernehmen nach – mit Kredithaien und einem Ring, der Glücksspielautomaten betrieb, in Verbindung gebracht.

Diese illegalen und oftmals lebensgefährlichen Aktivitäten, oder besser gesagt, angeblichen Aktivitäten, lagen jetzt schon Jahre hinter ihm. Seine gegenwärtigen und offensichtlich einträglichen Unternehmungen beschränkten sich auf eine Musikautomatenfirma und eine Frachtmakleragentur. Noch immer war er trotz seines jovialen und gutmütigen Gehabes ganz offensichtlich ein Mann, mit dem nicht gut Kirschen essen war. Dusty konnte das aus der Art und Weise schließen, in der die Männer in seiner Begleitung sich ihm gegenüber verhielten.

Es war natürlich nicht wahrscheinlich, daß Tug Bascom jemals einen Denkzettel verpassen würde. Dazu verachtete er diesen kleinen Bürohengst zu sehr, und es gab für ihn sicher bessere Mittel und Wege, ihm seine Nichtachtung zu beweisen.

Tug zahlte monatlich siebenhundertfünfzig Dollar Miete. Seine Bar- und Restaurantrechnungen überstiegen diesen Betrag noch um ein Vielfaches. Weder er noch seine Begleitung hatten jemals Aufregung verursacht. Er stellte keine besonderen Ansprüche an das Hotel. Kurzum, er war für das Manton das Idealbild eines höchst erwünschten – eines »respektablen« – Gastes; und es bedurfte nur eines Wortes von ihm, daß Bascom gefeuert wurde.

... Dusty schaffte es nicht, innerhalb der vereinbarten halben Stunde nach oben in Trowbridge's Suite zu gehen. Zunächst kam ein Notruf von jemandem, der dringend ein Aspirin brauchte. Dann mußte er den

Gepäckraum für einen vorzeitig abreisenden Gast aufschließen, einen kleinen Koffer heraussuchen, der dort irgendwo aufbewahrt wurde und ihn zum Wagen des Mannes tragen. Schließlich gab es noch Hochbetrieb an den Fahrstühlen, die er jetzt bedienen mußte, nachdem der Fahrstuhlführer gegangen war.

Aber der eigentliche Hauptgrund für seine Verspätung war Bascom. Der Nachtportier hatte darauf bestanden, daß Dusty ihm beim täglichen Übertrag der einzelnen Rechnungen ins Journal zur Hand ging. Nachdem diese Aufgabe erledigt war, hatte er vorgegeben, daß das Schloß zum Kassenraum klemmte. Jedenfalls war Dusty überzeugt, daß es sich nur um einen Vorwand gehandelt hatte: Bascom hätte gar nicht zugelassen, daß er am Schloß herumhantierte. Wegen der starken Stahlgitter über dem Tresen konnte er nicht aus seinem Verschlag herausklettern.

Nachdem schließlich fast zwanzig Minuten vergangen waren, hatte jemand aus einem der Zimmer angerufen und, siehe da, plötzlich klemmte das Schloß nicht mehr. Bascom grinste ihn über die Schulter hinterhältig an, als er aus seinem Käfig stolziert kam. Dusty drängte sich grob an ihm vorbei, als Bascom sich daranmachte, die Tür wieder abzusperren.

Es kam ihm kurz in den Sinn, Trowbridge zu erzählen, was dazwischengekommen war, aber dafür war er eigentlich nicht wütend genug, und, wie sich dann herausstellte, hätte er dazu weder Gelegenheit gehabt, noch wäre es notwendig gewesen.

Tug und die anderen zwei Männer hielten sich im Wohnraum seiner Suite auf. Sie hatten die Mäntel ausgezogen und hielten randvolle Gläser in ihren Händen. Offenkundig war ihnen völlig entgangen, daß Dusty sich um eine halbe Stunde verspätet hatte.

»Schon hier, wie?« Tug strahlte. »Also, das nenne ich Service. Setz dich zu uns und nimm einen Drink.«

»Vielen Dank«, sagte Dusty, »aber ich trinke nicht, Mister Trowbridge.«

»Natürlich, ja, das vergesse ich immer wieder«, nickte der große breite Mann. »Nun, dann rauchst du eben eine Zigarette. Ich mache dich mit meinen Freunden bekannt. Ich glaube nicht, daß du die beiden Herren schon mal getroffen hast?«

Dusty schüttelte ihnen die Hand und setzte sich. Er hatte sie noch nie zuvor gesehen, aber irgendwie kamen sie ihm bekannt vor. Da lag etwas im Benehmen von Tugs Freunden, daß sie einander irgendwie ähnlich machte.

»Dusty ist der Bursche, von dem ich euch gerade erzählen wollte«, fuhr Trowbridge fort. »Was für ein Zufall, wie? Hier ist ein heller Bursche, hat fast vier Jahre College auf dem Buckel, und den verschlägt's hierher, wo er nach der Klingel springen muß. Nett, wie? Glänzende Zukunft für einen Knaben, der sich mal gewünscht hat, Arzt zu werden.«

Die beiden Männer zeigten Mitgefühl, oder vielmehr, sie versuchten es. Tug wiegte bedauernd den Kopf.

»Das ist doch wohl der Stand der Dinge, wie, Dusty? Dein Alter hat nicht die geringste Chance, die Sache wieder gerade zu biegen.«

»Es würde ihm wenig helfen, wenn er es könnte.« Dusty zuckte die Achseln. »Es wird ihm nie wieder gut genug gehen, daß er die Arbeit wieder aufnehmen könnte.«

»Was für eine blöde Geschichte«, meinte Trowbridge gemütvoll. »Ich erinnere mich, daß ich seinerzeit mal darüber gelesen habe. Ich fragte mich damals, also, warum zum Teufel tut ein Mann so etwas? Ein Mann in guter Stellung und mit Familie, die er zu versorgen hat. Was hat er sich bloß dabei gedacht, sich mit einem Haufen Roter einzulassen?«

»Er hat sich nicht mit irgendwelchen Roten eingelassen«, wandte Dusty beinahe scharf ein. »Ich weiß, sie haben damals versucht, es so aussehen zu lassen. Aber so ist es nicht gewesen. Sehen Sie, da gab es diese Gruppe – das Free Speech Committee – die in der Aula der Schule eine Versammlung abhalten wollte, und alles, was mein Dad getan hat, war, daß er diesen Aufruf unterschrieben hat, um –«

»Sicher« – Tug unterdrückte ein Gähnen, »nun, jedenfalls war das 'ne lausige Bruchlandung. Lausig für dich. Natürlich war es auch für deinen alten Herrn hart, aber der hatte doch sein Leben fast schon hinter sich. So wie ich es sehe, hat er den Kopf rausgestreckt, und du hast eins draufgekriegt.«

»Nun ...« Dusty murmelte. Trowbridge hatte das so beiläufig und sachlich festgestellt, daß darauf nichts zu erwidern war. Übrigens wollte er dem Ex-Gangster auch nicht in allem Unrecht geben.

Trowbridge holte den Wäschesack aus dem Schlafzimmer und gab ihm einen Dollar Trinkgeld. Er machte sich wieder auf den Weg in die Halle, frohgestimmt durch seine Unterhaltung mit Tug und dennoch etwas beschämt über sich selbst. Sein Vater hatte nichts Unrechtes getan. Jedenfalls durfte sich Tug Trowbridge nicht anmaßen, ihn abzuurteilen. Aber trotzdem war es angenehm, wenn jemand einmal seine Sicht der Dinge teilte, wenn anerkannt wurde, daß man ein gewaltiges Opfer brachte und selbst nichts davon hatte. Jeder andere – der Arzt und die Anwälte und sein Vater und auch seine Mutter bis zum Zeitpunkt ihres Todes – hatten das als selbstverständlich hingenommen, was er aus Pflichtgefühl für sie getan hatte.

Dusty konnte sich allerdings nicht erinnern, wann er Tug von der ganzen Angelegenheit erzählt haben sollte. Irgendwie mußte es ihm mal herausgerutscht sein, dachte er, als ganz natürliche Folge der Freundlichkeit und des Interesses, das dieser große, schwere Mann an ihm nahm. Trowbridge war ganz anders als der Durchschnittsgast des Manton. Er behandelte einen wie einen Freund, machte einen mit den Leuten bekannt, die mit ihm waren. Wenn er sagte »wie geht's denn so«, oder »was denkst du gerade, Dusty«, dann wollte er es auch wirklich wissen, oder jedenfalls hörte er sich so an, als sei ihm daran gelegen.

... Bascom wartete schon auf ihn, als er herunterkam, sah ihm stirnrunzelnd entgegen und trommelte ungeduldig auf dem Tresen herum. »Endlich doch zurück, wie?« sagte er grimmig. »Wie lange brauchen Sie eigentlich, um einen Wäschesack abzuholen?«

»Nicht gerade lange.« Dusty blickte ihn kühl an. »Etwa so lange, wie Sie brauchen, eine Tür aufzuschließen.«

Bascoms Blick flatterte kurz unsicher. Er schnippte einen Zettel über den Tresen. »Collegeboys«, höhnte er. »Da hat jemand gerufen, Collegeboy! Sehen Sie zu, daß Sie das zwischen jetzt und Sonnenaufgang erledigen können!«

»Schauen Sie, Mr. Bascom –« Dusty hob die Notiz auf. »Was ... nun, was ist eigentlich los? Warum nörgeln Sie so an mir herum? Wir sind doch sonst so gut miteinander ausgekommen. Aber jetzt muß ich nur auftauchen, und Sie –«

»Ja?« sagte Bascom. »Wenn Ihnen das nicht paßt, warum kündigen Sie dann nicht einfach?«

»Aber ich verstehe es einfach nicht. Wenn ich irgendwas gesagt oder getan habe –«

»Nun machen Sie schon«, sagte Bascom spitz. »Machen Sie Beine, oder Sie bekommen erst gar nicht Gelegenheit, selbst zu kündigen.«

Dusty erledigte die beiden Bestellungen – Eis auf ein Zimmer, eine Telegrammaufgabe aus einem anderen. Das war wieder etwas, woran er sich nicht mehr erinnern konnte: wann diese Streitereien mit Bascom überhaupt angefangen hatten. Er wußte nur, daß das erst seit kurzem so war. Monatelang waren sie glänzend miteinander ausgekommen, und dann plötzlich, aus keinem ersichtlichen Grund, hatte Bascom sich verändert, und seitdem konnte er nur noch nörgeln, ihn anpfeifen und sich über ihn mokieren. Das machte alles noch schwerer zu ertragen als es ohnehin schon war.

Dusty war anfangs sehr verletzt gewesen. Er war es noch immer, doch das Verletztsein war inzwischen der Wut gewichen, der hartnäckigen Entschlossenheit, den Ungerechtigkeiten Bascoms Paroli zu bieten. Er wußte, worum sich eigentlich alles drehte – und er scherte sich inzwischen auch nicht mehr darum – doch er wußte, daß Bascom es nicht schaffen würde, ihn feuern zu lassen. Jedenfalls nicht, ohne weitaus schwerwiegendere Anschuldigungen gegen ihn vorzubringen, als er sie augenblicklich machen konnte. Dusty hatte verschiedene der zahllosen Regeln des Hotels gebrochen, wie zum Beispiel, daß er hinter der Stellwand mit den Schlüsseln geraucht und gearbeitet hatte, ohne seinen Kragen umzulegen. Doch auch Bascom konnte man einige Regelverstöße anlasten. Es war ihm keineswegs gestattet, in ein unbesetztes Zimmer zu schlüpfen und dort schnell zu duschen. Er hatte auch keine Erlaubnis, die Straße hinunter zu einem Tag und Nacht geöffneten Schnellimbiß zu gehen, statt sich das Essen liefern zu lassen. Dusty wußte natürlich immer, wo er sich gerade aufhielt und konnte ihn innerhalb von zwei oder drei Minuten durch einen Telefonanruf an seinen Schalter zurückrufen. Doch für das Hotel war das ohne Belang. Von Bascom wurde erwartet, daß er während seiner ganzen Schicht hinter dem Empfangstresen blieb. So lautete die Regel, punktum. Wenn das Management je herausfand...

Dusty brachte die beiden Aufträge hinter sich und kehrte zum Empfang zurück. Bascom und er erledigten ihre nächtlichen Arbeiten, nur hin und wieder unterbrochen, wenn Dusty aus einem der Zimmer gerufen wurde oder wenn das Telefon klingelte. Sie setzten die Bons über die täglichen Ausgaben auf die einzelnen Rechnungen der Gäste, sie verglichen die Zimmerbelegung mit den Vorausbuchungen. Die Arbeit ging ihnen schnell von der Hand. Dusty gab ihm die einzelnen Daten an, Bascom überprüfte sie. In der Stille der frühen Morgenstunden tönte die klare, feste Stimme des Pagen monoton durch die Empfangshalle:

»Haines, acht vierzehn, eins zu zwölf Dollar... Hailey, neun zwölf, Mister und Mrs., zwei zu fünfzehn... Heller, sechs fünfzig und zweiundfünfzig, eins zu achtzehn... Hillis, Dallas Tex... –«

»Moment mal!« Bascom warf seinen Bleistift hin. »Welche Zimmernummer ist Dallas, Tex.? Wenn Sie's nicht besser können, also, dann werde ich –«

»Entschuldigung«, sagte Dusty schnell. »Hillis, zehn null vier, eins zu zehn.«

Bascom nahm den Bleistift zur Hand. Dann mußte er plötzlich

lachen. Gedämpft, mit leiser Heiterkeit. Plötzlich war er – jedenfalls für einen kurzen Augenblick – wieder ganz der alte Bascom.

»Gar nicht von dieser Welt, nicht wahr«, sagte er. »Ich glaube, ich habe noch nie eine Frau gesehen, die es mit ihr aufnehmen könnte.«

»Und ich weiß es definitiv«, sagte Dusty.

»Ja, Sir, eine liebreizende Frau«, meinte Bascom gut gelaunt. »So, wie eine Frau sein sollte. Wissen Sie, Bill« – er drehte sich auf dem Stuhl herum und sah Dusty ins Gesicht – »haben Sie eine Vorstellung davon, wie es ist, wenn man in meinem Alter ist, mit einem Job wie diesem, und man sieht mit einemmal jemanden wie sie? Ich habe meine Chancen alle aufgebraucht. Ich bin zwar noch kein alter Mann, aber bei mir ist nicht mehr drin als ich jetzt habe. Und das ist längst nicht genug für eine Frau wie diese . . . das ist kein schönes Gefühl, Bill. Sie können's mir glauben.«

Dusty nickte zögernd, noch immer erstaunt über den unvermuteten Wechsel in Bascoms Verhalten. Er wußte, worauf er hinauswollte, aber –

»Sie sind jetzt fast ein Jahr hier«, fuhr Bascom fort. »Wie lange wollen Sie eigentlich noch bleiben?«

»Nun« – Dusty zögerte –, »ich weiß nicht recht. Ich könnte es nicht genau sagen. Das hängt von meinem Vater ab, von meinen Ausgaben und –«

»Stimmt das denn? Ich sehe, wie Sie sich draußen geben, Bill. Wie Sie gekleidet sind, Ihr Auto. Ich habe eine ziemlich klare Vorstellung davon, was Sie hier verdienen – so um die hundertfünfzig die Woche, nicht wahr? Das ist das, was Sie hier eigentlich hält. Das Geld. Reichlich gutes Geld, ohne echte Anstrengung oder Verantwortung. Ein netter, bequemer Job, mit einem Haufen sogenannter großer Tiere, die Sie beim Vornamen rufen. Sie möchten das alles hier gar nicht aufgeben. Wenn Sie das wollten, wären Sie schon längst zur Schule zurückgegangen.«

»O ja?« Dusty wurde rot, und dann hielt er sich doch zurück. »Das heißt, ich weiß schon, daß Sie nur versuchen wollen, mir zu helfen, Mister Bascom, und ich bin Ihnen dankbar dafür, aber –«

»Ich weiß, Sie haben Arztrechnungen, Sie müssen sich um Ihren Vater kümmern. Doch Sie könnten es trotzdem deichseln, Bill. Es gibt immerhin noch Studiendarlehen, Stipendien. Anfangs, als Sie hier gerade angefangen hatten, haben Sie oft davon erzählt. Sie könnten irgendeine Teilzeitarbeit annehmen. Sie müßten sich natürlich erheblich einschränken und auf manches verzichten, aber wenn Sie wirklich wollten –«

»Ich könnte nicht, ich kann nicht«, protestierte Dusty. »Allein diese Arztrechnungen und die Medikamente, das kostet –«

»Ärzte würden schon mal auf ihr Geld verzichten, wenn es für eine gute Sache ist. Es gibt städtische Pflegeeinrichtungen für Leute mit geringem Einkommen, also« – Bascoms Augenbrauen hoben sich – »was braucht man denn sonst noch? Einen Platz zum Schlafen, etwas zu essen. Das ist so ungefähr die Größenordnung, oder nicht? Erzählen Sie mir nicht, daß Sie es in diesen Zeiten nicht bewältigen könnten. Sie könnten sich schon ein paar Jahre so durchschlagen. Lange genug jedenfalls, um Ihre Ausbildung abzuschließen.«

Dusty fuhr sich zögernd über die Lippen. Was Bascom sagte, klang alles so schrecklich einfach. Wenn er selbst in einer solchen Situation wäre . . .

»So einfach ist das nicht«, sagte er. »Es gibt noch vieles nebenher –«

»Das ist schließlich immer so. Aber es gibt nicht viel, worauf Sie nicht auch verzichten könnten. Nein, Bill, es wäre nicht leicht, jedenfalls nicht gerade ideal. Aber . . .« Er brach ab. Die Freundlichkeit war aus seinem Gesicht wie weggewischt. »Vergessen Sie es«, sagte er kalt. »Gehen wir wieder an die Arbeit.«

»Ich wollte nur sagen, daß –«

»Ich sagte, vergessen wir's«, schnappte Bascom zurück. »Sie sind faul, Sie bemitleiden sich selbst. Sie wollen etwas ohne Gegenleistung. Es ist Zeitverschwendung, mit Ihnen zu reden. Jetzt geben Sie mir diese Zimmernummern an, und machen Sie's gefälligst richtig.«

Dusty schluckte schwer. Mit unsicherer Stimme las er die Angaben vor.

Die letzten drei Stunden seiner Schicht vergingen wie im Flug.

Um fünf Uhr dreißig fand sich der Fahrstuhlführer ein. Um sechs nahm der erste Gepäckträger die Schlüssel für den Gepäckraum von Dusty entgegen und nahm seine täglichen Arbeiten auf. Um sieben dann kam die gesamte Tagschicht zur Arbeit.

Im Ankleideraum duschte Dusty noch einmal und zog seine Alltagssachen an. Er schnitt sich im Spiegel ein Gesicht und stieß angewidert einen Fluch heraus.

Er hat recht, der alte Bascom hat recht, dachte er. Kein Wunder, daß sie mit mir nichts anfangen können. Dad und ich kämen schon zurecht. Wir – er – könnten nicht ausgeben, was wir gar nicht haben. Wahrscheinlich würde er sich zusammenreißen, wenn ich wieder zur Schule ginge, wenn er wüßte, daß einer von uns etwas tut, das Hand und Fuß hat. Er hätte dann wieder etwas, wofür sich zu leben lohnte.

Er zog sich fertig an und ging hinaus zu seinem Wagen. Sich in den Verkehr einfädelnd, bedachte er das Hotel Manton mit einem wissenden, abschätzenden Blick. Zur Hölle mit dem Manton, und zur Hölle mir Marcia Hillis.

4

Es war ein schäbiges, heruntergekommenes Haus, ein Kasten von verblichenem Blau, in einem Block, den es nur noch zur Hälfte gab. Auf einer Seite wurde er von einer Freifläche begrenzt, dreißig Quadratmeter Dschungel aus Gestrüpp und Johnson-Gras. Auf der anderen flankiert von einem verfallenen Lagerhaus aus Klinker. Ihm gegenüber auf der anderen Seite der engen Straße war ein Gebrauchtwagenhandel. Dusty hatte das Haus kurz nach dem Tod seiner Mutter gemietet. Sein Hauptvorteil – oder vielmehr, sein einziger – lag darin, daß es billig war und räumlich wie sozial weit abgelegen von der früheren Nachbarschaft der Familie. Seitdem sein Vater Schwierigkeiten bekommen hatte, war es dort sehr ungemütlich geworden. In jenem neuen Stadtviertel gab es kaum Gelegenheit, ehemaligen Freunden zu begegnen.

Auf dem Heimweg frühstückte Dusty noch schnell, und es war fast neun Uhr, als er zu Hause ankam. Es war Mittwoch, einer der zwei Tage in der Woche, an denen der Arzt hereinschaute, und ein schwarzes Coupé mit den Buchstaben MD auf dem Zulassungsschild war vor dem Haus geparkt. Dusty setzte sich dahinter und wartete, bis der Arzt herauskam.

Doktor Lane war ein lebhafter, rundlicher Mann mit engstehenden, beunruhigt aussehenden Augen. Er ging geschäftig auf sein Auto zu und runzelte ungeduldig die Stirn, als Dusty ihm in den Weg trat.

»Nun, er ist schon in Ordnung«, sagte er brüsk. »So gut man eben erwarten kann. Übrigens, könnten Sie nicht darauf achten, daß er ein bißchen ordentlicher aussieht? Man kann nicht erwarten, daß ein Mensch sich gut fühlt, wenn er wie ein Tramp herumlaufen muß.«

»Ich tue mein Bestes.« Dusty errötete. »Ich gebe ihm reichlich –«

»Wirklich Ihr Bestes, wie?« Der Arzt sah ihn von oben bis unten an. »Strengen Sie sich ein bißchen mehr an, oder holen Sie jemanden ins Haus, der sich um ihn kümmert! Das müßten Sie sich doch leisten können!«

Er nickte knapp und hievte seine schwarze Ledertasche auf den

Vordersitz. Die Hand schon an der Tür, hielt er noch einmal inne und drehte sich um.

»Hab' mitbekommen, daß er ein kleines Bier getrunken hat. Nun, das wird ihm nicht schaden. Tut ihm auch nicht gerade gut, aber es gibt auch verdammt wenig, was seinen Zustand bessern könnte. In dieser Brühe ist heutzutage nicht mal genug Alkohol, um einem Baby damit zu schaden.«

»Ich wollte Sie etwas fragen, Doktor. Wenn es, wie Sie sagen, gefährlich ist –«

»Wie ich *sage*!« Doktor Lane wurde heftig. »Jede größere Menge Alkohol würde ihn umbringen. Sein Herz würde einfach schlappmachen.«

»Nun, würden Sie nicht meinen, daß es besser wäre – sicherer – wenn man es ihm sagte –«

»Nein, ich meine ganz und gar nicht! Wenn ich's täte, hätte ich es ihm schon früher gesagt.« Der Arzt seufzte müde und mußte offenbar mit sich kämpfen, seine Ungeduld im Zaum zu halten.« Ich will ihn nicht in Unruhe versetzen. Das können Sie doch verstehen, nicht wahr? Besteht nicht die geringste Notwendigkeit, ihm das zu sagen. Er hat ja immer sehr enthaltsam und sparsam gelebt, raucht nicht, trinkt keine Unmengen Kaffee, hat viel Ruhe . . . Übrigens geht es ihm auch dann sehr gut, wenn er nur wenig ißt. Hat nicht genug Bewegung, um die ganzen Kalorien zu verbrennen. Okay? Das bringt Sie wohl auch nicht besonders aus der Ruhe, oder?«

»Ich –« Dusty klappte den Mund zu. Er starrte Lane unverwandt ins Gesicht. »Was?« fragte er schneidend, »wollen Sie eigentlich damit sagen?«

»Also, äh –«, der Arzt räusperte sich. »Ich wollte Sie damit nicht kränken. Ich meine nur, weil Sie ja nachts arbeiten, und so ist es wahrscheinlich schwierig für Sie, zu – zu – zu . . .«

»Verstehe. Ich dachte mir schon, daß Sie genau das meinen, Doktor.«

Doktor Lane lachte unbehaglich. »Nun, äh – was ich da über den Schnaps gesagt habe. Die einzige Gefahr, die ich darin sehen kann, äh, ist nur negativ. Weitgehend negativ. Sie wissen was ich meine. Ihm erklären, warum er ihn nicht trinken soll, ihn damit beunruhigen . . . darf man nicht machen, verstanden! Kein Grund, das zu tun. Er hat das Zeug ja nie weggesoffen; kein Grund, warum er jetzt eine tödliche Menge zu sich nehmen sollte. Wenn er ein bißchen Geld hätte, mit dem er um sich werfen könnte, würde er –« Der Arzt verstummte abrupt. Wieder räusperte er sich. »Wie ich Ihnen gerade gesagt habe.

Mein Grund dafür, Sie zu warnen, war bloß der, daß Sie ihm vielleicht in der allerbesten Absicht etwas aufdrängen. Ich will damit sagen, daß Sie zum Beispiel mal ein paar Leute zu Besuch haben, und wenn Sie dann selbst trinken, würden Sie natürlich Ihrem Vater was anbieten –«

»Ich trinke nicht, Doktor! Für mich gibt es überhaupt keine Vergnügungen.«

»Fein, großartig. Also kein Grund zur Besorgnis.« Doktor Lane trat einen Schritt zurück. »Sonst noch was?«

Dusty schüttelte den Kopf. Es gab da zwar noch etwas, aber er konnte es jetzt nicht zur Sprache bringen. Vielleicht konnte er das später tun, aber er war nicht in der Stimmung, von Doktor Lane jetzt irgendeine Gefälligkeit zu erbitten. Wahrscheinlich wäre es auch gar nicht gut, wenn er ihn überhaupt fragte. Wenn Lane der Ansicht war, daß er so schäbig wäre, den eigenen Vater mies zu behandeln, dann würde er wohl schwerlich geneigt sein, noch unabsehbar lange auf die Bezahlung für seine Dienste zu warten.

Als er den Plattenweg zum Haus entlang ging, mußte sich Dusty eingestehen, daß das ganze Gespräch schiefgelaufen war. Der Doktor war immer sehr heftig, stets bereit, jemandem an die Kehle zu gehen, besonders zu so einer frühen Morgenstunde. Hätte er dringend etwas mit ihm besprechen müssen – und das hätte genausogut bis irgendwann später Zeit gehabt – dann wäre es unklug gewesen, mit ihm Streit anzufangen, den Arzt dahin zu bringen, sich selbst klein zu machen, und das wegen seiner Schroffheit, die bei ihm doch mehr oder weniger normal war.

Mr. Rhodes saß in der Sitzecke des Wohnzimmers und las mit zusammengekniffenen Augen die Morgenzeitung. Er lächelte seinem Sohn abwesend zu, und Dusty ging nach hinten in die Küche. Die Kaffeekanne war noch warm, und es war noch ein bißchen Kaffee übrig. Dusty goß sich eine Tasse ein und trug sie hinüber ins Wohnzimmer.

»Dad«, sagte er, und dann, schärfer werdend: »Dad, ich muß mit dir sprechen.«

»Oh.« Der alte Mann legte die Zeitung widerstrebend beiseite. »Dann nur zu, Bill.«

»Ich möchte, daß du heute deine ganze Kleidung zusammensammelst, deine ganze Wäsche. Ich – vielleicht machst du's am besten gleich. Ich will das ganze Zeug heute morgen hinbringen, so daß wir es morgen schon abholen können.«

»Na gut, mein Junge«, sagte sein Vater mild gestimmt. »Sollen auch ein paar Sachen von dir mit dabeisein?«

»Nein, nur deine. Das Hotel wäscht meine Sachen zum halben Preis.«

Mr. Rhodes schlurfte aus dem Zimmer. Dusty trank einen Schluck Kaffee und ging hinüber zum Telefon. Zuerst rief er die Reinigung an. Dann sah er im Telefonbuch nach und rief, nachdem er den restlichen Kaffee ausgetrunken hatte, ein Lebensmittelgeschäft an. Er hängte gerade ein, als sein Vater zurückkam. Er zündete sich eine Zigarette an und rutschte ein Stück, um dem alten Mann Platz zu machen.

»Ich habe gerade ein paar Lebensmittel bestellt, Dad. Sie liefern innerhalb der nächsten Stunde – für dreiundzwanzig Dollar und acht Cent –, und der Mann will das Geld gleich bei Lieferung. Ich laß dir also das Geld für ihn da und geh jetzt zu Bett. Falls du dir zutraust, die Sache selbst zu erledigen. Wenn nicht, bleibe ich auf und warte.«

»Natürlich kann ich das regeln«, sagte Mr. Rhodes. »Geh nur, du brauchst deinen Schlaf, Bill.«

»Dann noch etwas. Während du hier wartest, möchte ich, daß du dich rasierst. Ich habe eine neue Klinge für dich eingelegt. Würdest du das bitte tun, Dad?«

»Nun, ich –« Mr. Rhodes fuhr sich mit der Hand über die Bartstoppeln. »Das ist – es ist für mich ziemlich schwierig, Junge. Ich – ich kann in letzter Zeit so schlecht sehen, was ich mache, da meine Brille zerbrochen ist.«

»Aber du . . . hast du sie denn nicht richten lassen, Dad? Nachdem ich dir das Geld gegeben hatte und du mir versprochen –« Dusty brach den Satz abrupt ab. »Na schön«, sagte er, »also gut. Du gehst dann also morgen zum Optiker, veranlaßt, daß er mich hier im Haus anruft und mir sagt, wie hoch die Rechnung sein wird. Ich geb dir dann einen Scheck für ihn mit, wenn du die Brille abholst.«

»Fein«, murmelte der alte Mann.

»Ich werde dich jetzt rasieren, oder nein« – Dusty nahm einen Dollar aus seiner Brieftasche und legte etwas Wechselgeld dazu – »du kannst dir auch gleich die Haare schneiden lassen. Das hier müßte reichen. Geh am besten gleich jetzt, Dad.«

»Nun« – Mr. Rhodes blickte auf das Geld in seiner Hand – »soll ich nicht besser warten, bis die Lebensmittel . . .«

»Ich kümmere mich selbst darum. Ich möchte eigentlich auch noch gar nicht ins Bett gehen. Jedenfalls nicht, bevor du vom Friseur zurück bist.«

»Aber nein, du brauchst doch nicht –«

»Ich werde warten«, sagte Dusty bestimmt. »Ich möchte sichergehen, daß du – daß sie dir ordentlich die Haare schneiden.«

Sein Vater sah ihn gedankenverloren an, mit jenem abschätzenden Blick, den er immer für ihn gehabt hatte, bevor die Schwierigkeiten begonnen hatten, nachdem Dustys Betragen sich so verschlechtert hatte. Neugierig-enttäuscht, jedoch weder verurteilend noch überrascht.

Dusty starrte genauso unbewegt zurück.

Mr. Rhodes stand auf, schob das Geld in die Taschen seiner fleckigen, ausgebeulten Hose und verließ das Haus.

Es kamen zuerst die Leute von der Reinigung und dann der Mann aus dem Lebensmittelgeschäft. Dusty war in der Küche noch immer beim Auspacken und Wegstellen der Lebensmittel, als sein Vater vom Friseur zurückkam.

Der Friseur hatte gute Arbeit geleistet. Abgesehen von seiner Kleidung könnte Mr. Rhodes jetzt durchaus wieder Professor Rhodes, Rektor der Central High School sein. Dusty war mit dieser plötzlichen Verwandlung zufrieden, aber zugleich auch etwas verärgert. Es bestätigte ihn darin, daß sein Vater, wenn er es nur wollte, durchaus dem Sumpf der Senilität entrinnen könnte, in dem er offenbar immer mehr zu versinken schien.

»Also«, sagte er knapp, »ich hoffe, das hier wird eine Weile für uns reichen.«

»Dieses Fleisch, Bill« – Mr. Rhodes schüttelte mißbilligend den Kopf, »warum hast du so viel gekauft? Es wird schlecht werden, bevor wir das alles verbrauchen können.«

»Ich kann schließlich nicht jeden Morgen hier herumsitzen und warten, bis sie uns ein oder zwei Pfund bringen, oder?« Dusty stopfte das Paket mit Fleisch in den Kühlschrank. »Ich kann nicht morgens in der Stadt herumhängen, bis die Läden aufmachen. Ich bin müde, wenn ich von der Arbeit komme. Ich will dann nach Hause und ins Bett.«

»Maiskolben«, murmelte der alte Mann, »und Mehl. Wir brauchen so was doch nie, Bill.«

»Nun« – Dusty preßte die Lippen aufeinander – »ich hab's eben gemacht, so gut ich kann. Ich bin nicht davon ausgegangen, daß es Zweck gehabt hätte, dich zu fragen, was wir brauchen. Wenn ich es dir überlasse, läuft es meistens darauf hinaus, daß gar nichts da ist.«

»Kein Kaffee«, sagte Mr. Rhodes sorgenvoll, »keine Frischmilch oder Brot, kein –«

»Schon gut.« Dusty riß einen Fünfdollarschein aus seiner Brieftasche und schmiß ihn auf den Tisch. »Das sollte reichen. Ich gehe jetzt ins Bett.«

»Willst du nicht noch etwas essen?«

»Ich hab' schon gegessen, in der Innenstadt. Ich – Herrgott noch mal, Dad, ich –«

»Du hättest nicht soviel kaufen sollen, Bill.« Der alte Mann schüttelte den Kopf. »Dieses ganze Zeug, wo du doch so selten zu Hause ißt. Du solltest mir künftig lieber das Einkaufen überlassen.«

»Wie könnte ich das denn, gottverdammich! Ich drück dir andauernd Geld in die Hand, und du –«

Er brach ab und schluckte beschämt über sich selbst seinen Ärger hinunter; er sah ein, daß das Reden zu nichts führte. Der Mund seines Vaters stand klaffend offen, schlaff und wie bei einem halb Schwachsinnigen. In seinen Augen stand ängstliche Aufgeregtheit. Übergangslos wie immer, wenn irgend etwas Verwirrendes oder Schwieriges drohte, zog er sich hinter einer Wand von Hilflosigkeit zurück.

»Entschuldigung«, sagte Dusty mürrisch. »Mach dir einen schönen Tag, Dad.«

Er ging ins Schlafzimmer und machte die Tür fest hinter sich zu.

Also wirklich, verdammt, dachte er mit einem Anflug von Reumütigkeit. Wahrscheinlich kann er gar nicht anders; vielleicht muß es eben so sein. Es war einfach zuviel, womit er innerhalb so kurzer Zeit hatte fertigwerden müssen. Er ist ja noch ganz gut beieinander, solange alles glattläuft, doch sowie nur die geringsten Schwierigkeiten auftauchen ...

Dusty zog das Rollo herunter und stellte den Ventilator an. Er zog ein paar Mal an seiner Zigarette, drückte sie im Aschenbecher aus und streckte sich auf dem Bett aus. Er wälzte sich unruhig hin und her, zerdrückte schwitzend sein Bettzeug ... Hätte direkt von der Arbeit nach Hause gehen sollen, dachte er. Schlafen gehen, solange es noch einigermaßen kühl war. Heute würde es ein glühend heißer Tag werden, und dieser Ventilator taugte nichts. Rührte nur die alte, abgestandene Luft auf, machte ziemlichen Lärm und ... und, wie zum Teufel sollte er überhaupt Schlaf finden? Wie konnte man das, bei dieser Plackerei Nacht für Nacht, ohne daß ihn das zu irgend etwas führte? Wenn man genau wußte, daß man es nie zu irgend etwas bringen würde? Sein Vater konnte noch Jahre leben, und natürlich wünschte er es ihm, aber –

Dusty setzte sich gähnend auf. Er zündete sich eine weitere Zigarette an. Er rauchte auf der Bettkante sitzend gedankenverloren. Verdammt noch mal – tiefe Furchen durchzogen sein blasses Gesicht – das war nicht gerecht. Er mußte zuviel schlucken. Dafür gab es keine Rechtfertigung.

Der alte Mann hatte also seine Stelle verloren. *Und ich, habe ich etwa nichts verloren?* Er hatte seine Frau verloren. *Nun denn, sie war schließlich meine Mutter, oder nicht? Ich habe meine Mutter verloren . . .*

Dusty wand sich unbewußt. Er mochte nicht an seine Mutter denken. Sie hatten ganz früher einander sehr nahe gestanden. Er hatte immer mit ihr reden können, und worin seine Probleme auch bestehen mochten, sie schien immer verständnisvoll und mitfühlend. Dann, nun ja, dann waren diese Aufregungen wegen des Free Speech Committee entstanden, und Dad war aus seiner Stellung verjagt worden. Und danach dann – war alles ganz anders gewesen. All ihr Denken und all ihr Mitgefühl galten fortan nur noch seinem Vater. Für Dusty war sie fast wie eine höfliche Fremde. Sie schien ganz unbeteiligt, als er vom College abgehen mußte. Das College konnte warten: er war jung, und sein Vater war alt. Sein Opfer nahm sie als selbstverständlich an, als etwas, zu dem er verpflichtet war, eine Schuld, die er zurückzahlen müßte. Es war alles nicht sein Problem, aber er sollte es ausbaden. Er wurde ausgeschlossen – sie entfernte sich immer weiter von ihm und wandte sich immer mehr seinem Vater zu –, aber sie erwarteten, daß er für alles bezahlte. Sie wollte nicht die Sorgen oder sonst irgend etwas mit ihm teilen, nicht wirklich teilen, wie sie es früher getan hatte. Er war lediglich ein Fremder, der eine Schuld beglich.

. . . es war fast Mittag, als er einschlief. Fünf Minuten später – es war ihm erschienen, als seien erst fünf Minuten vergangen – weckte ihn ein hartnäckiges Klingeln. Noch mit geschlossenen Augen langte er automatisch nach dem Wecker. Er drückte den Alarmknopf nieder – drückte und mußte feststellen, daß er schon abgestellt war. Er hantierte noch eine Weile damit herum, öffnete dann verschlafen die Augen.

Es war noch heller Tag. Nicht ganz drei Uhr nachmittags. Das Klingeln hielt an.

Er sprang auf, rannte hinüber ins Wohnzimmer und riß den Hörer von der Gabel.

Es war Tolliver, der Manager des Manton für den Service-Bereich.

»Rhodes.«

»Bill?« fragte er kurzangebunden. »Tut mir leid, Sie zu stören, aber ich muß Sie bitten, hierher ins Hotel zu kommen.«

»Kommen . . . Sie meinen, jetzt?«

»Bedaure, ja. Mr. Steelman möchte mit Ihnen sprechen, und nach fünf ist er nicht mehr da.Gehen Sie gleich in sein Büro, Bill. Wenn jemand neugierig fragen sollte, können Sie ja sagen, daß Sie den

Kassenprüfer aufsuchen wollen. Irgendein Kuddelmuddel mit Ihrem Gehalt oder dergleichen.«

»Aber ich habe doch nicht – stimmt irgendwas nicht? Ich hoffe doch, ich habe nichts getan –«

Tollivers Lachen klang freundlich. »Hört sich an, als hätten Sie ein schlechtes Gewissen. Nein, es ist nichts dergleichen. Nichts, was Sie direkt betrifft... wir können doch gleich mit Ihnen rechnen, Bill?«

»So schnell ich kann«, versprach Dusty.

Binnen zehn Minuten war er aus dem Haus und unterwegs. Viel zu zerschlagen von Schlafmangel, um sich über den Grund Gedanken zu machen, aus dem er hinbestellt wurde... dieser Steelman, dachte er grollend, man konnte denken, er sei der liebe Gott persönlich, anstatt eben nur der Manager des Manton. Er war natürlich nach fünf nicht mehr erreichbar, dieser wichtige Mr. Steelman, durfte nicht mehr gestört werden, ganz gleich, was passierte. Doch jeder andere mußte verfügbar sein. Dich konnte er natürlich mitten am Tag aus dem Bett zerren, und das war vollkommen in Ordnung.

Dusty fand einen Parkplatz am Hintereingang des Hotels und ging wie gewöhnlich durch den Dienstboteneingang. Er fuhr mit dem Personalaufzug ins zweite Stockwerk, ging an den Büros der Kassenprüfer vorbei, vorbei auch an der Telefonvermittlung und betrat das Vorzimmer zum Büro des Managers. Die Empfangsdame nickte ihm zu, als er ihr seinen Namen nannte.

»O ja, man wartet schon auf Sie. Gehen Sie gleich hinein.«

Sie zeigte zur Tür mit der Aufschrift ›Privat‹. Dusty öffnete und ging hinein.

Der Manager saß hinter seinem Schreibtisch, gepflegt und kühl aussehend in seinem weißen Leinenanzug. Tolliver, der für den Service zuständige Direktor, saß etwas seitlich von ihm, den Stuhl aus geflammter Eiche an eine Ecke des Schreibtischs gezogen. Sie waren über einige Papiere gebeugt, als Dusty eintrat, und sie blieben noch einige Minuten in ihre Beschäftigung vertieft. Dann murmelte Steelman etwas in sich hinein, Tolliver lachte ölig, und dann blickten beide zu ihm auf.

»Setzen Sie sich, Bill.« Tolliver zeigte auf einen Stuhl. »Nein, ziehen Sie ihn besser hier heran. Wir wollen das möglichst schnell hinter uns bringen.«

Dusty setzte sich, und vom Magen her stieg leichte Übelkeit in ihm auf. Es war beinahe ein körperlicher Schock, aus der blendenden Hitze draußen in diesen vollklimatisierten, indirekt beleuchteten Raum zu kommen.

Tolliver fuhr fort. »Das hier ist streng vertraulich, Bill. Kein Wort zu irgend jemandem, verstehen Sie? Gut also. Jetzt zu dem, was wir gern wissen möchten. Sie arbeiten mit Mister Bascom jetzt fast ein Jahr lang zusammen. Sie sind mit ihm häufiger zusammen gewesen – haben sicher auch öfter mit ihm gesprochen und ihn beobachten können, – öfter als irgendein anderer von uns. Was können Sie uns über ihn sagen?«

»Ihnen sagen?« Dusty lächelte unsicher und verblüfft. »Ich glaube, ich verstehe nicht, was –«

»Formulieren wir's einmal so: Hat er je irgend etwas gesagt oder getan, was Sie vermuten läßt, daß er nicht immer ganz korrekt ist?«

»Warum – was? Nein, Sir.« Dusty schüttelte den Kopf. »Ich meine, naja, daß er sich irgend etwas hat zuschulden kommen lassen.«

»Hat er Ihnen irgendwas aus seiner Vergangenheit erzählt, davon, was er gemacht hat, bevor er hierherkam? Sagen wir, über seine Erfahrungen in anderen Hotels?«

»Nein.«

»Also ist er für Sie nach bestem Wissen ein ehrlicher Mann, der seine Arbeit so macht, wie sie getan werden muß.«

»Ja, Sir.« Dusty blickte abwechselnd von Tolliver zu Steelman. »Ich möchte nicht indiskret sein, aber wenn Sie mir vielleicht sagen könnten, worum es geht, könnte ich womöglich –«

»Das Problem ist folgendes«, sagte der Manager steif. »Wir haben einen anonymen Brief erhalten, der auf Mister Bascom Bezug nimmt. Darin steht nichts Bestimmtes. Er enthält keine Einzelheiten, doch immerhin wird darin angedeutet, daß Mister Bascoms Charakter zu wünschen übrig läßt. Gewöhnlich würden wir solcher Art der Fühlungnahme keinerlei Beachtung schenken, wenn es jemanden von unseren anderen Angestellten beträfe. Jemanden, über den wir Bescheid wissen –«

»Jemand, über den Sie Bescheid wissen?« fragte Dusty stirnrunzelnd. »Heißt das, daß Sie nichts über Mister Bascom wissen?«

»Praktisch nichts. Aus seinen Bewerbungsunterlagen geht hervor, daß er immer selbständig gewesen ist, eine Art kleiner Gewerbetreibender. Er kaufte allerlei Neuheiten und Süßwaren und dergleichen von Großhändlern und verkaufte sie weiter an den Einzelhandel. Nun, daran ist natürlich nichts auszusetzen, aber es sagt auch nicht viel über ihn aus. Es gibt uns nichts in die Hand, was wir überprüfen können. Dasselbe gilt für seine persönlichen Referenzen – ein Leiter des YMCA, wo er einige Monate gelebt hat, der Prediger in einer

Kirche, zu deren Gemeinde er kurze Zeit gehört hat, praktisch völlig nichtssagend. Solche Leute teilen wahllos Referenzen aus.«

»Aber« – Dusty spreizte die Hände – »aber warum haben Sie ihn dann eingestellt?«

Tolliver lachte freudlos. »Das klingt nicht sehr nach dem Manton, wie, Bill? Aber sehen Sie, Bascom wurde während des Krieges eingestellt, gleich zu Beginn. Wir mußten nehmen, wen wir kriegen konnten und haben nicht groß Fragen gestellt. Später dann haben wir die Dinge einfach laufen lassen, weil er sich anscheinend sehr gut bewährt hatte. Mit so großer Verspätung können wir ihn wohl jetzt kaum nach seinem Hintergrund fragen. Natürlich immer unter der Voraussetzung, daß Fragen überhaupt einen Sinn hätten.«

»Hätten sie nicht, hätten sie nicht«, sagte Steelman. »Wenn ein Mann sich um eine Stelle bemüht, erzählt er einem alles, was zu seinem Gunsten ist. Nun, es wird wohl alles darauf hinauslaufen, daß wir Bascoms Wort nehmen und so akzeptieren. Andernfalls müßten wir ihn wohl gehen lassen.«

»Das würde ich höchst ungern tun«, sagte Tolliver, »da wir schließlich nichts anderes gegen ihn vorzuweisen haben, als einen anonymen Brief.«

»Ich« –

»Ja, Bill?«

»Ich wollte nur sagen, daß die Vermittlungsagentur doch Nachforschungen angestellt haben muß. Sobald die das Gefühl haben –«

»Er hat sich nicht vermitteln lassen. Wir haben es nie für notwendig gehalten, bei der Einstellung eines Empfangsangestellten in der Nachtschicht eine Vermittlungsagentur einzuschalten. Bei ihm werden nur geringfügige Beträge aus anderer Währung gewechselt. Er bekommt kaum Bargeld in die Hände. Er hat keinen Zugang zu irgendwelchen Wertsachen. Also . . .«

»Lassen Sie uns sehen«, sagte Steelman. »Haben Sie viele Gäste, die nur für die Dauer einer Schicht da sind, Rhodes? Leute, die nach Mitternacht ankommen und schon vor sieben Uhr früh wieder abreisen?«

»Nicht sehr viele. Falls Sie das im Journal nachprüfen möchten –«

»Das haben wir bereits. Ich habe mich nur gefragt, ob Mister Bascom Sie jemals angewiesen hat, solche vorzeitig aufgegebenen Zimmer selbst in Ordnung zu bringen, anstatt das den Stubenmädchen zu überlassen.«

»Sie wollen sagen: habe ich ihm dabei geholfen, den Preis für ein Zimmer zu unterschlagen?« stellte Dusty klar. »Nein, Sir, das habe ich nicht.«

»Also Bill –« Tolliver runzelte die Stirn. »Das war eigentlich nicht das, was Mister Steelman gefragt hat.«

»Tut mir leid«, sagte Dusty. »Nein, Sir, Bascom hat niemals angeordnet, daß ich etwas ähnliches tun sollte. Er weiß, daß ich es nicht tun würde, falls er mich darum bittet. Wenn er versuchen wollte, mich in krumme Sachen hineinzuziehen, würde er mich sehr schnell los sein, bevor ...«

Seine Stimme verlor sich, und er ließ den Satz unvollendet. Steelman sah ihn verschlagen an.

»Nur weiter, Rhodes. Also er piesackt Sie, er versucht, Sie loszuwerden?«

»Nun«, Dusty zögerte. »Ja Sir, ich muß zugeben, daß er das tut. Aber ich bin mir nicht sicher, ob er nicht nur mein Bestes will. Sehen Sie, er meint – oder er scheint zu glauben – daß ich aufs College zurückgehen sollte.«

»Hmm, ich frage mich da etwas anderes«, sagte Steelman. »Wenn er einen anderen Pagen für den Job bekommen könnte, mit dem er dann ein krummes Ding ausheckt... Tolli, erinnern Sie sich an dieses Nachtschichtteam, das man vor einiger Zeit in Denver geschnappt hat? Die haben die Mieten gestohlen, umgebucht – direkt in ihre eigenen Taschen. Haben Tischdecken, Wäsche, Vorräte in ganzen Wagenladungen weggeschafft. Gott weiß, wie viele tausend Dollar die abgeräumt haben.«

»Es fällt mir wieder ein«, Tolliver nickte. »Aber mit nichts als mit diesem Brief in der Hand, der absolut nichts besagt, zögere ich doch sehr, irgendwelche Schlüsse zu ziehen. Immerhin hat Bascom schon früher mit einer ganzen Anzahl Pagen zusammengearbeitet, noch bevor Bill hierherkam. Seine Arbeit wird täglich überprüft, und wir machen auch Vergleichsberechnungen von Monat zu Monat. Mir scheint doch, daß, falls er hier irgendein Ding abzieht, wir das ganz sicher innerhalb der letzten zehn Jahre herausgefunden hätten.«

»Vielleicht hat er ja noch gar nichts angestellt. Vielleicht bereitet er sich eben darauf vor.«

»Hmm«, brummte Tolliver. »Mag sein.«

»Mir ist das unbehaglich, Tolli.« Steelmans Lippen wurden schmal. »Ein Brief wie dieser, der einen Mann betrifft, von dem wir nichts wissen. Wenn ein Mann einmal ein Gauner gewesen ist – und das hier ist wohl ein Hinweis darauf – dann wird er es höchstwahrscheinlich auch wieder sein. Er fühlt sich plötzlich verleitet, muß schnell Geld auftreiben, und schon ist er auf dem besten Weg.«

»Ja, das denke ich auch.« Tolliver nickte. »Wie steht es damit, Bill? Hat Mister Bascom irgendwelche Geldprobleme, von denen Sie wissen?«

»Nein, Sir. Er hat nie irgend etwas dergleichen erwähnt.«

»Nun, es gibt da noch einen weiteren Gesichtspunkt«, fuhr der Manager fort. »Nehmen wir mal an, der Autor dieses Briefes versucht, Bascom zu erpressen. Er will nicht gerade, daß er seinen Job verliert, also sagt er uns nur so viel, um uns in Unruhe zu versetzen. So wie er es sehen muß, werden wir dadurch gezwungen, die Angelegenheit irgendwann zur Sprache zu bringen, und Bascom wird einen solchen Heidenschreck bekommen, daß er sofort bezahlt. Andernfalls bekommen wir einen Brief mit weiteren Einzelheiten.«

Tolliver runzelte ernst die Stirn. Dann zuckte es plötzlich um seine Mundwinkel, und er beugte sich lachend vor. »Entschuldige, John aber – hahaha – wenn ich versuche, mir den armen alten Bascom in den Fängen eines Erpressers vorzustellen, dann – haha – dann –«

»Nun ja«, Steelman grinste ein bißchen dümmlich, »vielleicht sollte ich besser Westerngeschichten lesen als Detektivromane. Ich seh den mürrischen alten Knaben selber in der Rolle vor mir. Aber mal im Ernst...«

»Wir haben schon früher solche Denunziantenbriefe bekommen, John. Es ist nach all den vielen Jahren, die er schon bei uns ist, gar nicht so ungewöhnlich, daß schließlich auch mal jemand Bascom am Zeug flicken will. Wenn wir noch einen weiteren erhalten, müssen wir sicher etwas unternehmen. Aber an diesem Punkt wüßte ich nicht, was wir tun sollten. Momentan können wir nur Augen und Ohren offenhalten – das heißt, ganz besonders Sie, Bill – und –«

»Wie wär's, wenn wir Bascom für die Tagschicht einteilen?«

»Wenn du es willst, gut. Aber ich würde das nicht so gern machen. Er hat nicht das Auftreten, er hat nicht den Schliff, bei Tage an der Rezeption zu arbeiten. Abgesehen davon braucht es auch schon einige Zeit, um jemanden mit dem ganzen nächtlichen Papierkram vertraut zu machen.«

Steelman nickte. »Na schön, Tolli. Ich überlasse das ganz Ihnen. Sie meinen, Sie sollten den Brief Bascom gegenüber nicht erwähnen. Oder vielleicht nur ganz beiläufig. Wenn mit ihm alles in Ordnung ist, wird kein Schaden angerichtet, und wenn bei ihm was faul ist, nun ja, dann bewahrt es ihn vielleicht vor ernsten Schwierigkeiten.«

»Außer denen, die er mit dem Erpresser hat, eh?« Tolliver lachte. »Doch ich denke, du hast Recht, John. Also dann...«

Sie besprachen die Angelegenheit noch ein paar Minuten. Dann blickte Tolliver zu Dusty hinüber und erhob sich. »Es gibt eigentlich keinen Anlaß mehr, Bill noch länger hierzubehalten, nicht wahr? Es gibt wohl sonst nichts, was du ihm noch sagen willst.«

»Mir fällt nichts ein.« Der Manager schüttelte den Kopf. »Ich danke Ihnen für Ihr promptes Kommen, Rhodes.«

»Und denken Sie dran«, sagte Tolliver, »und behalten Sie's im Kopf, Bill. Sie wissen offiziell von der ganzen Sache nichts.«

»Ja, Sir«, erwiderte Dusty.

... Später, als es zu spät war, um noch irgend etwas rückgängig zu machen, schien es ihm, als ob die Verbindung zwischen dem Brief und Marcia Hillis und Trowbridge und Bascom nicht zu übersehen gewesen wäre ... und die Bedrohung, die das alles für ihn selbst darstellte. Später konnte er gar nicht fassen, daß er so blind gewesen war, nichts erkennen konnte. Es war alles so einfach, einfach und tödlich. Er hielt alle Teile des Puzzles in der Hand, und er hätte sie sich nur genau ansehen müssen.

Das allerdings war dann viel später. Gegenwärtig war es nur eine erhebliche Belästigung, für die es kaum eine Entschuldigung gab. Man hatte ihn um seinen Schlaf gebracht. Er war an einem heißen Nachmittag in die Innenstadt zitiert worden, und das alles nur, weil irgendein Verrückter, wahrscheinlich irgendein Gast in Katerstimmung, einen anonymen Brief geschrieben hatte. Wenn man alles andere beiseite ließ, lief es doch einzig darauf hinaus. Sollte das Hotel echte Zweifel an Bascoms Loyalität hegen, dann wäre er dort nicht zehn Jahre geblieben.

Dusty ging nach Hause, stellte fest, daß sein Vater von seinem Streifgang schon zurück war und legte sich wieder ins Bett. Es war jetzt fast sechs Uhr, aber er war von der Hitze geschafft, und zu müde, um jetzt zu essen. Übrigens auch zu müde, um einschlafen zu können. Er hörte seinen Vater in der Küche herumwirtschaften, die Kühlschranktür öffnen und schließen. Das Klappern des Eisfachs, das Geräusch der Pfanne, die auf den Herd gesetzt wurde. Das ging scheinbar endlos so weiter. So würde es – *langsam begann er in Schlaf zu sinken* – immer weiter und weiter gehen. Die Hitze und das Geräusch ... und ... sein Vater und das Nichts.

Ein lebhaftes Bild von seiner Mutter tauchte blitzartig in seinem Kopf auf, und er wälzte sich ruhelos hin und her. Das Bild veränderte sich, ein Gesichtszug hier, eine Linie da, und es war eine andere Frau: verführerisch, jung, und vor allem warm und interessiert ... und verständnisvoll.

Er schlief ein, das Gesicht halb zu einem Lächeln, halb zu einer Grimasse verzogen.

5

Der Nachtbetrieb im Manton war auch diesmal fast wie immer. Bascom gab sich anscheinend unverändert, war wortkarg, nörgelte und giftete. Falls Tolliver ihm den Brief gezeigt hatte und er darüber betroffen war, ließ er sich jedoch nichts anmerken.

Dusty fuhr von der Arbeit direkt nach Hause, oder vielmehr, er war schon auf halbem Weg dorthin, als er sich erinnerte, daß sein Vater ja heute zum Optiker mußte und daß er keine sauberen Sachen zum Anziehen hatte. Müde und fluchend verlangsamte er seine Fahrt. Natürlich konnte die Reinigung die Sachen auch schon früh am Tag zurückbringen, aber möglicherweise kamen sie auch erst sehr viel später. Und da er jetzt beschlossen hatte, seinem Vater gegenüber fest zu sein, sollte er auch Konsequenz beweisen. Er würde diesen ständigen Ausflüchten ein Ende machen. Nicht zulassen, daß es mit seiner kostspieligen und ärgerlichen Rumtreiberei so weiter ging. Er hatte ihn angehalten, heute zum Optiker zu gehen, also sollte es auch heute sein.

Dusty fuhr in die Stadt zurück und frühstückte, während er darauf wartete, daß die Läden öffneten. Er kaufte ein paar leichte Sommerhosen, ein Hemd und Unterwäsche und machte sich wieder auf den Weg heimwärts.

Mr. Rhodes war in der Küche und stocherte wirkungslos im verstopften Abfluß herum. Er nahm eine Platte aus dem Abwaschwasser und schielte vorwurfsvoll zu seinem Sohn hinüber, während er sie zu säubern begann.

»Ich hatte ein kräftiges Frühstück für dich gemacht, Bill«, sagte er. »Schinken und Ei und Toast und –«

»Tut mir leid«, sagte Dusty kurz angebunden. »Mach den Abwasch fertig und zieh dies hier an, Dad. Ich fahre dich zum Optiker.«

»Ich dachte, daß du heute bestimmt hier sein würdest«, fuhr der alte Mann fort. »Nachdem gestern das ganze Zeug eingekauft worden ist! Wenn du mir nur gesagt hättest, daß du später kommst, hätte ich –«

»Nun, dann sag ich's dir eben jetzt«, schnappte Dusty. »Ich meine, es tut mir leid, aber beeil dich doch bitte, Dad. Ich fahr dich jetzt hin, und dann kannst du zu Fuß zurückkommen.«

Mr. Rhodes nickte nachsichtig und stellte die Platte ab. »Diese

Nachtarbeit, Junge – glaubst du wirklich, daß sich das auszahlt? Du kannst dich nie richtig ausschlafen, und es kostet mehr –«

»Ich weiß schon, wir reden später darüber«, unterbrach ihn Dusty. »Jetzt mach aber schnell, Dad.«

Er wartete im Wagen, während der alte Mann sich fertig machte, ungeduldig bemüht, seine Gereiztheit zu unterdrücken. Wahrscheinlich, so fand er schließlich, hatte sein Vater ja recht. Die Nachtarbeit brachte mehr Geld ein, aber auch seine Ausgaben waren höher. Da war zum Beispiel dieses Auto; die Buslinien waren spätabends schleppend, und sie fuhren zu unregelmäßigen Zeiten, so daß das Auto eine praktische Notwendigkeit war. Und das war nur ein Aspekt der ganzen Angelegenheit. Es waren gewöhnlich zwei Mahlzeiten zuzubereiten – oder er mußte sie auswärts kaufen. Da war sein Vater, der tun und lassen konnte, was er wollte und stets Geld brauchte. Immerhin . . .

Dusty zuckte die Achseln und schüttelte den Kopf. Jedenfalls wollte er den Job noch nicht in den nächsten Tagen aufgeben. Eigentlich nicht, bis er – und falls er – aufs College zurückginge. Er konnte nachts nicht gut schlafen. Überhaupt hatte er seit dem Tod seiner Mutter schlecht geschlafen und, ja sogar schon vorher. Natürlich war es schwierig, tagsüber Schlaf zu finden. Aber das war auch was anderes. Es war nicht dasselbe wie nachts allein in der Stille und Dunkelheit zu liegen, nachzudenken, sich Sorgen zu machen und – und zu lauschen

. . . Er fuhr den alten Mann in die Innenstadt und öffnete ihm die Wagentür. Mr. Rhodes glitt von seinem Sitz, zögerte dann und sagte: »Weißt du, Bill, wir sind noch gar nicht dazu gekommen, über meinen Fall zu sprechen. Gestern abend habe ich diesen Brief erwähnt, und du sagtest –«

»Ich hab's nicht vergessen«, meinte Dusty. »Wir werden das schon nachholen.«

»Nun . . .« Mr. Rhodes sah ihn nachdenklich an; er seufzte und setzte einen Fuß auf den Bürgersteig. »Ich dachte mir, daß ich mir eine Show ansehe, nachdem ich hiermit fertig bin, Bill. Das heißt, wenn dir das recht ist.«

»Mach nur, Dad.« Dusty nickte. »Such dir ein Plätzchen, wo es eine Klimaanlage gibt.«

»Also ja, ich – ich weiß nicht, ob ich –«

»Aber ich«, sagte Dusty mit Festigkeit. »Du mußt ausreichend Geld haben, Dad. Es wäre absurd, wenn du keins hättest.«

»Na ja . . . nun, vielleicht«, murmelte der alte Mann. »Ich denke schon, daß es reicht.«

Er stieg aus und trottete davon. Dusty fuhr nach Hause und ging zu Bett. Dies war ein Tag, so glaubte er, an dem er einmal richtig ausschlafen konnte. Er war so müde, daß... daß...

Kaum daß er ins Bett gestiegen war, schlief er auch schon ein. Eine Stunde später holte ihn der Mann von der Reinigung aus dem Bett.

Er verstaute die Wäsche und ging wieder schlafen. Eine weitere Stunde verging – eine knappe Stunde, und dann wurde die Bettwäsche nachgeliefert.

Diesmal war es schwerer, wieder Schlaf zu finden. Er rauchte ein paar Zigaretten, holte sich einen Schluck Wasser, wälzte sich ruhelos auf seinem Bett. Schließlich döste er dann doch ein, und das Telefon schrillte.

Er versuchte, es nicht zu beachten, so zu tun, als hörte er das Klingeln nicht. Es klingelte weiter und weiter und ließ sich nicht überhören. Fluchend schwang sich Dusty aus dem Bett und nahm den Hörer ab.

»Mister Rhodes? Ich hoffe, ich habe Sie nicht bei irgend etwas gestört. Aber ihr Vater sagte mir, daß ich zurückrufen sollte.«

Es war der Optiker.

Dusty ließ sich die Höhe der Rechnung mitteilen, murmelte ein »Auf Wiedersehen« und knallte den Hörer auf die Gabel. Er ging wieder ins Bett zurück, doch jetzt war an Schlaf nicht mehr zu denken. Mit weit offenen Augen starrte er vor sich hin. In seinem Kopf pochte eine dumpfe, bohrende Wut. Völlig grundlos richtete sie sich ausschließlich auf ein Objekt... warum mußte er gerade heute in eine Show gehen? Warum konnte er nie etwas anderes tun, als nutzlos irgendwo herumhängen? Er dachte einzig an die eigene Bequemlichkeit, sein eigenes Wohlergehen. Lügen und Ausflüchte machen, nur um noch mehr Geld zu bekommen für diese...

Unvermittelt stand Dusty auf. Leise beschämt, leicht gereizt. Das waren nicht seine wirklichen Gefühle, die er gegenüber seinem Vater hegte. Man hätte es ihm nicht vorwerfen können, wäre es so gewesen. Doch es war nicht so. Nein, seine Gefühle waren ganz andere. Er war nur entnervt von der Hitze und mutlos vor lauter Sorgen und bekam nicht genügend Schlaf.

Auf dem Herd stand noch etwas Kaffee. Er trank eine Tasse, rauchte eine Zigarette dazu und ging ins Badezimmer. Der Tag heute war so gut wie jeder andere, um sich mit diesen Rechtsanwälten auseinanderzusetzen. Der richtige Zeitpunkt, die Sache ein für alle mal abzuschließen, da er ja doch nicht schlafen konnte. Er kam aus dem Bad, zog sich an und machte sich auf den Weg in die Stadt.

. . . das Gebäude war ein altes Wohnhaus mit verwitterten, glanzlosen Ziegeln, das sich direkt gegenüber dem Gerichtsgebäude des County breitmachte. Dusty stieg die ausgetretenen Treppen in den zweiten Stock hinauf und ging an einer Reihe von Türen mit der Aufschrift vorbei –

Mc Teague & Kossmeyer
Attorneys at law
Entrance 200

Zimmer 200 befand sich am Ende des Korridors. Es war ohne Teppich, mit hohen Decken und völlig kahl – so schien es jedenfalls Dusty – mit Ausnahme von Spucknäpfen und einer Ansammlung wartender Menschen. Ein niedriges hölzernes Geländer mit einer Schwenktür schloß eine Ecke des Zimmers ein. Dusty ging bis zu der Barriere vor und gab einer grauhaarigen, abgekämpft aussehenden Frau seinen Namen.

»Mc Teague?« sagte sie. »Eine persönliche Sache? Sind Sie ein Freund? Nein, nein, dann können Sie Mac nicht sehen. Kossy fertigt die Besucher der Firma ab.«

»Nun . . .« Dusty zögerte. Er wollte Kossmeyer nicht begegnen – »Caustic« Kossmeyer, wie die Zeitungen ihn nannten. Wie er den Anwalt kannte, würde es nicht leicht sein, ihm die Dinge zu sagen, derentwegen er hergekommen war.

»Nun«, sagte die Frau, »also Kossmeyer?«

»Was meinen Sie, kann ich nicht doch –«

»Kossmeyer«, sagte sie grimmig und mit Endgültigkeit und steckte energisch einen Stöpsel am Schaltbrett ein. »Jetzt setzen Sie sich, und bleiben Sie auf Ihrem Platz, und wandern Sie nicht irgendwo herum, wo ich Sie nicht finden kann.«

Ihre Augen ließen nicht von ihm ab, bis er sich hingesetzt hatte – auf eine Bank zwischen einem Mexikaner mittleren Alters in schmutzigen Khakisachen und einer mittelalterlichen Matrone in gestärkter Cretonne. Dusty zündete sich eine Zigarette an, und als er dann den giftigen Seitenblick bemerkte, den die Matrone ihm zuwarf, ließ er sie in einen der allgegenwärtigen Spucknäpfe fallen. Unbehaglich schaute er sich im Zimmer um. Ein junges, ängstlich aussehendes Paar saß händchenhaltend vor einem der Fenster. Ein paar Schritte weiter sprach ein dicklicher Mann in einem teuer aussehenden Anzug eindringlich auf eine vollbusige, aufgetakelte Blondine ein. Zwei Männer in Jacketts mit wattierten Schultern und Schlapphüten spielten das Streichholzspiel. Drei Neger, offenbar Vater, Mutter und

Sohn, drückten sich in eine Ecke und unterhielten sich flüsternd ... es war so, als sei ein Querschnitt der Stadtbevölkerung hier hineingespült und sitzengelassen worden.

Dusty erhob sich unauffällig. Die Empfangsdame schaute nicht zu ihm hinüber. Er würde sich einfach hinausschleichen. Morgen konnte er dann einen Brief an die Firma schreiben. Ein Brief wäre genauso wirksam wie ein persönliches Gespräch – jedenfalls fast genauso gut – und ...

Die Schwenktür der Barriere öffnete sich und Kossmeyer kam heraus. Vielmehr, er kam herausgeschossen, wobei er einen ältlich aussehenden jungen Mann mit scharfen Gesichtszügen vor sich herstieß. Seine Stimme schnarrte schneidend durch den Raum, in dem es plötzlich ganz still geworden war.

»Also gut«, sagte er, »machen Sie doch, was Sie wollen. Seien Sie Ihr eigener Anwalt. Doch kommen Sie hinterher nicht heulend zu mir gelaufen. Wenn Sie in den Knast wollen, nur zu. Es ist Ihr eigenes Begräbnis. Aber rechnen Sie nicht damit, daß ich Blumen schicke.«

»Nun warten Sie doch mal, Kossy« – die Augen des Mannes blickten sich unstet im Zimmer um – »ich wollte doch gar nicht –«

»Sehen Sie genau her«, sagte Kossmeyer. »Haben Sie sich jemals selbst im Spiegel angeschaut? Sehen Sie mal ganz genau hinein ...«

Dusty beobachtete die Szene fasziniert.

Kossmeyer war dem anderen Mann völlig unähnlich; er war knapp ein Meter sechzig groß, und er konnte kaum mehr als hundert Pfund wiegen. Doch jetzt sah er, trotz aller Unähnlichkeit in Gesicht und Figur, verblüffend wie sein Gegenüber aus. Im Bruchteil eines Augenblicks hatte er aus sich selbst eine bösartige Karikatur des anderen gemacht: Stechende Augen schweiften jetzt rastlos hin und her. Sein Gesicht mit den mahlenden Kiefern wirkte finster und böse. Er hatte seinen Brustkasten einfallen lassen und gleichzeitig seine Schultern herausgedrückt, so daß seine Ellbogen eckig und spitz zu beiden Seiten vorstanden. Die Hosen waren bis zu seinen Achselhöhlen hochgezogen. Er trug zwar keinen Mantel, doch schien es so. Einen imaginären Mantel, der ihm fast wie jenem anderen Mann bis zu den Knien reichte. Mit flackernden Augen drehte er sich langsam um, wobei sich kein Muskel in seinem völlig ausdruckslosen Gesicht bewegte ... er wirkte grotesk. Ja, grotesk, aber auch irgendwie furchterregend, wie eine Comicfigur mit der Überschrift *Verbrechen*. Und dann plötzlich war er wieder sein normales Selbst.

»Hast du kapiert, Ace? Im selben Moment, in dem sie dich zu sehen bekommen, wirst du ganz lausige Karten haben und bist ein geschlagener Mann. Ihnen alles offen vor die Nase zu legen, reicht eben nicht aus. Wir müssen sie überrumpeln, verstehst du? Es um sie herum so hoch aufschichten, daß sie nicht 'rübersehen können.«

Der Mann nickte. »Sie haben's mir deutlich gesteckt. Was ist nun aber mit –«

»Vergiß es, komm morgen wieder.« Kossmeyer schob ihn durch das Gatter und beugte sich zu der Empfangsdame hinüber. Er sagte: »So? Wo?« und blickte auf. Dann hörte Dusty ihn sagen: »Oh... der Sohn... Junior...«

Und im nächsten Augenblick kam er schon aus dem Verschlag herausgeschossen und ergriff Dustys Hand.

»Freut mich, Sie zu sehen, Rhodes, Bill... Nein, ich wette, man nennt Sie Dusty, oder nicht? Kommen Sie rein.«

Dusty ließ sich zurückhängen, oder vielmehr, er versuchte es. »Ich – es ist nichts Wichtiges, Mister Kossmeyer. Ich kann ein andermal irgendwann –«

»Unsinn.« Der Anwalt schubste ihn auf den Durchlaß zu. »Hab' schon gehofft, daß Sie mal reinschauen. Warten Sie, Sie sind doch im Manton, richtig? Nette Leute, hab' auch schon mal eine Sache für sie erledigt. Wie geht's Ihrem Vater? Was halten Sie vom Wetter, was...«

Unablässig schwatzend und seine Fragen gleich selbst beantwortend, führte er Dusty in sein Büro und warf die Tür hinter sich zu.

Bis auf die Bücherregale war der Raum praktisch genauso kahl wie das Vorzimmer. Kossmeyer winkte Dusty, sich auf einen Stuhl zu setzen und kauerte sich vor ihn auf seinen Schreibtisch.

»Freut mich, daß Sie gekommen sind«, wiederholte er. »Wollte Sie schon darum bitten, aber ich wußte ja, daß Sie nachts arbeiten müssen. Wie wärs mit einem Drink? Sie sehen ziemlich müde aus.«

»Danke, ich trinke nicht«, sagte Dusty.

»So? Na ja, ich wollte sagen, ich bin verdammt froh, daß Sie gekommen sind. Ich kann mir ziemlich gut vorstellen, wie Sie sich fühlen, Dusty. Wir sind jetzt fast ein Jahr an dieser Sache dran, und es scheint so, als kämen wir überhaupt nicht voran. Ihr Vater ist immer noch aus seinem Job raus. Sie haben eine Menge Ausgaben. Bestimmt fragen Sie sich manchmal selbst, was zum Teufel, und ich kann es Ihnen nicht verübeln –«

»Das ist es –« Dusty räusperte sich. »Wegen der Ausgaben, Mister Kossmeyer. Ich fürchte, ich kann nicht – ich meine, mir scheint, daß –«

»Klar«, der kleine Mann nickte heftig. »Sie waren hoch. Die einfachen Kosten bei einer Sache wie dieser können einen schon hart treffen. Ich« – er legte eine Pause ein – »Sie wissen, daß das alles ist, was wir verlangt haben, nicht wahr? Nur die effektiven Kosten für Schriftsätze und Anträge und so weiter.«

»Nun ja, nein«, sagte Dusty. »Das wußte ich nicht, aber –«

»Jaja, es ist noch immer zuviel«, unterbrach ihn Kossmeyer. »Alles ist zuviel, solange es nichts einbringt. Aber so sieht es für Sie wohl aus, nicht wahr, Dusty? Von außen muß es ja genauso aussehen. Aber tatsächlich haben wir Riesenfortschritte gemacht. Wir haben einen Sack voll Münzen reingeworfen und stehen jetzt kurz vor dem Hauptgewinn. Ich –«

»Mister Kossmeyer«, sagte Dusty, »ich möchte, daß Sie den Fall aufgeben.«

»Oh, oh, oh, nein, das tun Sie nicht«, sagte der Anwalt. »Das glauben Sie bloß selbst. Wie ich Ihnen gerade erzählt habe, Junge, wir stehen kurz davor, wir stehen vor dem ganz großen Durchbruch. Geben Sie mir noch zwei oder drei Monate und –«

»Es würde doch überhaupt nichts bringen, wenn Dad die Sache gewinnt. Er ist nicht mehr in der Lage, in seinen Job zurückzugehen. Er ist nicht – er ist nicht mehr derselbe wie früher.«

»Verdammt, wer könnte das überhaupt von sich behaupten?« Kossmeyer zuckte die Achseln. »Aber ich glaube, ich weiß, was Sie meinen, Dusty. Ich habe ihn ja selbst gesehen, wissen Sie. Das hat ihm einfach die Beine weggehauen, und er läuft noch immer ganz benommen herum. Wie ich schon sagte, die beste Art, ihn da rauszuholen, ist –«

»Auch körperlich geht es ihm schlecht. Er ist –«

»Klar, wie sollte er auch anders«, stimmte Kossmeyer zu. »Wenn ein Mann krank ist, dann ist er es rundum.«

»Ich möchte, daß Sie das Ganze fallenlassen«, sagte Dusty hartnäkkig. »Den Fall zu gewinnen würde doch nichts ändern. Die Leute würden nach wie vor denken, daß – nun, was sie immer gedacht haben. Es wäre für ihn unmöglich, wieder zu arbeiten.«

»Ja, aber Junge ...« Kossmeyer machte wieder eine Pause mit nachdenklich ernster Miene in seinem kleinen, scharfgeschnittenen Gesicht. »Wollen mal sehen, ob ich Sie richtig verstanden habe, Dusty. Angeblich wird uns in diesem Land Redefreiheit zugesichert; sie wird uns von der Verfassung garantiert. Also tut ein Mann etwas, um dieser Garantie Nachdruck zu geben, und eine Meute von Blödmännern und Berufspatrioten würgt ihm eins rein. Er ist im Recht, und sie sind im Unrecht, auf der ganzen Linie. Doch ihm wird zugemutet, daß er das so einsteckt, daß er sich in ein Loch verkriecht und drin bleibt. Leg ihnen keine Steine in den Weg, damit sie so weitermachen und sich gleich den Nächsten vornehmen können. Ist es das, was Sie meinen?«

»Tut mir leid«, sagte Dusty verbohrt. »Ich kann es nicht ändern, daß die Dinge so sind, wie sie sind. Natürlich ist es nicht richtig, aber –«

»Ich glaube, Sie unterschätzen Ihren Dad«, wandte Kossmeyer ein. »Ihm war immerhin soviel an der Sache gelegen, daß er sie durchkämpfen wollte. Ich kann ihn eigentlich nicht so sehen, daß er gleich in einen Bunker rennt, nur weil ein paar Strolche mit Flaschen nach ihm schmeißen. Falls er seinen Job zurückbekommt – besser gesagt, wenn er ihn zurückbekommt –, hat er ihnen gezeigt, daß man die Menschen nicht wie Ungeziefer ausräuchern kann. Noch lange, nachdem diese Bastarde selbst in Deckung gehen mußten, wird er aufrecht und stolz dastehen können.«

Er nickte grimmig und nachdrücklich. Dusty schüttelte den Kopf. »Ich glaube nicht, daß er das so empfunden hat. Ich meine, na ja so, als müßte er für irgend etwas kämpfen. Ich bezweifle, daß er überhaupt gewußt hat, was er da unterschreibt. Irgend jemand legt ihm eine Petition hin, und er . . .«

»Wirklich?« sagte Kossmeyer verhalten. »Warum hat er's dann nicht gesagt, daß alles nur ein Mißverständnis war? Damit wäre er doch dann fein rausgewesen.«

»Nun«, Dusty zögerte. »Ich . . . er dachte wahrscheinlich, daß sie ihm doch nicht glauben.«

»Verstehe«, sagte Kossmeyer gedehnt. »Nun ja, vielleicht haben Sie recht. Immerhin, wenn ein Sohn seinen Vater nicht richtig kennt, wer soll es dann können?«

Er starrte Dusty offen ins Gesicht, die glänzend schwarzen Augen freundlich und ohne eine Spur von Hinterhältigkeit. Und doch hatte er etwas an sich, es war jetzt schon seit einigen Minuten etwas an ihm, das leicht irritierend wirkte. Er war wie ein kleiner, böser, listiger Vogel, der ein hilfloses, angststarres Beutetier in die Reichweite seines Schnabels zwingt.

Dusty holte seine Zigaretten hervor und zog mit fahrigen Händen eine aus der Packung. Sofort hielt Kossmeyer ihm ein brennendes Streichholz hin.

»Das war wohl eine ziemlich harte Zeit, Junge, wie? Die Schule aufgeben zu müssen, die Mutter verlieren, arbeiten gehen und versuchen, für einen kranken, alten Mann zu sorgen?«

»Das macht mir nichts aus«, sagte Dusty. »Ich bin glücklich, das alles nach besten Kräften tun zu können.«

»Ja klar, gewiß. Doch es ist trotzdem ziemlich hart. Nun, ich dachte eigentlich, daß wir Sie mit den Zahlungen einigermaßen verschont haben. Doch vielleicht können wir Sie noch ein bißchen mehr entlasten. Das ist wohl ihr einziger Einwand dagegen, den Fall weiter zu verfolgen, nicht wahr? Die Ausgaben. Wenn wir das regeln könnten, würden Sie uns ja wohl weitermachen lassen?«

»Nun, ich – ich möchte ja nicht, daß Sie –«

»Wir lassen uns irgendwas einfallen«, sagte Kossmeyer. »Vielleicht – wissen Sie, es ist gut möglich, daß wir die Sache auch ohne weitere Kosten voranbringen, falls Sie Ihren Vater dazu bringen können, mit uns zusammenzuarbeiten.«

»Falls ...« Dusty fühlte sich leicht benommen. »Das verstehe ich nicht.«

»Sie haben mich da vorhin auf einen Gedanken gebracht. Wissen Sie, daß Ihr Vater diese Liste unterschrieben haben soll, ohne zu wissen, was er da tat, das mag für manche Leute ja schwer zu schlucken sein, besonders jetzt, wo es schon so lange her ist, und ich würde auch nicht denken, daß er sich zu einem solchen Zugeständnis leicht bereitfindet. Wenn er nicht klüger wäre, als nur das zu wollen, hätte er sich in seiner Stellung auch gar nicht halten können ...«

»Aber was –«

»Diese Liste ist ja überall herumgeschwirrt. In verschiedenen Exemplaren. Vielleicht hat irgend jemand den Namen Ihres Vaters einfach daruntergesetzt. Sie ... da bitte, Sie verbrennen sich gleich die Finger, Junge.«

Kossmeyer langte hinter sich und stellte einen Aschenbecher hin. Seine ausgestreckte Hand war schlank und kräftig.

Dusty drückte seine Zigarette aus. »Warum sollte irgend jemand mit seinem Namen unterschreiben?«

»Vielleicht irgendein Spaßvogel. Vielleicht jemand, der ihn in Schwierigkeiten bringen wollte?«

»Doch warum hätte Dad dann nicht sagen können, daß –«

»Jaaa« – Kossmeyer spitzte die Lippen – »das ist die große Frage, wie? Eigentlich würde ich ja sagen, daß er eine ganz prinzipielle Einstellung zu der Sache hatte. Er hatte das Recht, zu unterschreiben, und ob er's nun gemacht hat oder nicht, ist belanglos. Es geht dabei ums Prinzip, nicht um die Handlung als solche. Aber Sie sagen ja, daß er das nicht so empfunden hat. Also – das haben Sie doch gesagt, oder? Also vermute ich, daß er noch einen anderen Grund hatte.«

Er starrte Dusty unverwandt an, runzelte nachdenklich die Stirn, gab sich interessiert und mitfühlend: ein Mann, der einem Freund bei einem kniffligen Problem hilft. Er blieb abwartend, ruhig und beobachtend, und Dusty konnte nur wortlos zurückstarren, mit trockener Kehle und mit langsam und heiß sich ausbreitender Röte im Gesicht. Das Schweigen lastete. Es wurde unerträglich.

Schließlich zuckte Kossmeyer die Achseln und grinste entwaffnend. »Mußten sich meine Phantastereien anhören, eh? Zum Teufel, wer würde denn die Unterschrift Ihres alten Herrn fälschen? Von welcher Seite man es auch betrachtet, es ergibt keinen Sinn. Ihr Dad müßte nur einen Handschriftenexperten bestellen, und schon wäre er aus dem Schneider, einfach so.«

Er schnippte mit den Fingern. Dann glitt er vom Schreibtisch herunter und streckte die Hand aus. »Ich möchte Sie nicht drängen, Junge, aber draußen warten eine Menge Leute und ...«

»Ich muß mich ohnehin sputen.« Dusty stand hastig auf. »Ich werde – also nochmals vielen Dank, daß Sie mich angehört haben und –«

Das war eigentlich nicht das,was er sagen wolle. Er hatte eigentlich überhaupt nichts von dem gesagt, was er zu sagen beabsichtigt hatte. Er war durch die Mangel gedreht worden und wollte eigentlich nur schleunigst von hier wegkommen. Er wollte unbedingt diesem freundlichen, hilfreichen und erschreckenden kleinen Mann entrinnen.

»Ich – ich hoffe, daß ich Sie bald wiedersehe«, murmelte er lahm.

»Sicher werden Sie das.« Kossmeyer klopfte ihm herzlich auf den Rücken. »Wann immer Sie wollen, Junge. Wenns Ihnen nicht paßt, bei uns hereinzuschauen, komme ich Sie besuchen.«

Er hielt ihm die Tür auf, lächelte ihn strahlend an und geleitete Dusty hinaus. Er schüttelte ihm noch einmal die Hand. »Ja, mein Lieber«, sagte er, »wir bleiben in Verbindung. Sie können sich darauf verlassen, Dusty.«

6

Wie so oft nach einem brennend heißen Tag regnete es in dieser Nacht. Der Regen hatte nur wenige Minuten, bevor Dusty zur Arbeit gekommen war, eingesetzt; jetzt um drei Uhr früh war er in einen stetigen Nieselregen übergegangen.

Es war eine ruhige Schicht. Mit dem Spätzug waren keine neuen Gäste eingetroffen, und bisher hatte man ihn kaum ein dutzendmal von einem der Zimmer aus gerufen. Bascom und er hatten den Papierkram fast schon erledigt; zumindest gab es nur noch wenig, bei dem er helfen konnte. Seitlich in den Eingang zur Lobby gelehnt, atmete er in tiefen Zügen die wunderbar kühle, klare Luft ein und beobachtete den sanften Regenvorhang, der unablässig auf das ölig schwaze Pflaster niederfiel.

Alles in allem fühlte er sich rundum wohl, obwohl er fast keinen Schlaf gehabt hatte. Es war kühl, und Kossmeyer hatte nichts geargwöhnt – was zum Teufel hätte er auch schon argwöhnen können? – und Bascom war zur Abwechslung einmal ganz verträglich. Bascom hatte es ihm ganz schön schwer gemacht, dachte er bei sich. Da mußte man ja nervös und deprimiert sein, wenn man einen Kerl im Nacken hatte, der einen Nacht für Nacht schikanierte.

Dusty schnippte seine Zigarette auf die Straße und ging zurück in die Lobby. Bascom rief ihn gutgelaunt zu seinem Kassiererverschlag herüber.

»Wie siehts aus, Bill? Schüttet es immer noch so stark?«

»Ist nicht mehr so doll, nein. Mit einem Regenschirm läßt sich's schon machen.«

»Gut. Ich glaube, ich hole mir dann mal einen Happen zu essen.«

Dusty ging hinter den Empfangstresen. Bascom kam aus dem Kassiererverschlag, schloß die Tür hinter sich ab und ging sich einen Schirm holen. Er öffnete die Tür am Ende des Schlüsselbretts und schritt in die Lobby hinaus.

»Also –« seine Stimme klang beiläufig; er sprach fast über die Schulter, wie im Theater – »ich vermute, daß Sie nicht zurück ans College gehen werden.«

»Ich denke immer noch daran«, erwiderte Dusty. »Ich möchte ja. Aber es braucht Zeit, das ganze richtig zu planen.«

»Verstehe.« Bascom nickte. »Jedenfalls glaube ich nicht, daß Sie vor Beginn des neuen Semesters im Herbst gehen können.«

»Nein, Sir, das wird wohl nicht gehen.«

»Ich bin in einigen Minuten zurück«, sagte Bascom. »Sie wissen ja, wo Sie mich erreichen können, falls es irgendwas Dringendes gibt.«

Er ging aus der Seitentür und spannte den Schirm auf, als er unter der Markise war. Dusty hatte die Ellenbogen auf der Marmorplatte des Empfangspults aufgestützt und ließ seine Augen durch die Lobby schweifen. Er gähnte genüßlich. Eine richtig angenehme Nacht, von welcher Seite man es auch betrachtete. Bascom, das Wetter, und auch in geldlicher Hinsicht. Tug Trowbridge hatte ihm zehn Dollar Trinkgeld gegeben. Auch wenn er zwischen jetzt und Arbeitsschluß keine müde Mark mehr bekam, wäre das immer noch eine sehr gute Schicht.

Neben seinem Ellenbogen klingelte plötzlich das Telefon für den

Zimmerservice. Dusty fuhr erschreckt zusammen und nahm dann den Hörer ab.

Es war sie. Marcia Hillis. Er erkannte sogleich ihre Stimme wieder, und auch sie wußte sofort, wer am Apparat war.

»Dusty? Können Sie mir etwas Schreibpapier hochbringen?«

»Ja, Madam, sofort, Miss – das heißt, ich kann es Ihnen in ein paar Minuten bringen, Miss Hillis. Der Mann vom Empfang ist essen gegangen, und ich muß hier auf den Tresen aufpassen.«

»Oh, haben Sie Angst, daß er Ihnen davonläuft?«

»Nein, Madam, ich –«

Sie lachte weich. »Ich hab' Spaß gemacht... also sobald Sie können, ja?«

»Ja, Madam.«

Ungeschickt legte er den Hörer auf. Eine der Schubladen aufziehend, nahm er einen Stapel Briefpapier heraus, kleinere Bogen und solche im Schreibmaschinenformat und legte sie aufs Pult. Er ging in den Waschraum hinter dem Schlüsselbrett und kämmte sich die Haare. Dann kam er wieder hervor und schaute auf die Uhr. Bascom war rausgegangen... nun, er war jetzt lange genug draußen. Er mußte doch jeden Augenblick zurück sein. Er blickte auf den Stapel Briefpapier, schüttelte abwägend den Kopf und verstaute zwei Drittel davon wieder in der Schublade.

Irgend etwas daran hatte eine Erinnerung wachgerufen, oder vielleicht war es auch andersherum: eine Erinnerung, eine Ermahnung hatte ihn zu seinem Handeln bewogen. Etwas, das der Chef des Service ihm zum Zeitpunkt seiner Einstellung beigebracht hatte.

... Seien Sie sorgsam und nicht verschwenderisch, Bill. Licht, das nicht unbedingt gebraucht wird, laufende Wasserhähne, zwei Fahrten mit dem Fahrstuhl, auch wenn eine reichen würde, mehr Seife und Handtücher und Briefpapier, als ein Gast sinnvollerweise verbrauchen kann. Es sind diese kleinen Dinge... aber sie sind nicht mehr klein und unbedeutend, sobald man sie mit etlichen hundert multipliziert. Es sind jene kleinen Dinge, die zählen. Sie machen den ganzen Unterschied zwischen Gewinn und Verlust...

Dusty sah noch einmal auf die Uhr. Aus keinem für ihn ersichtlichen Grund, wohl einfach nur, um Zeit totzuschlagen, durchquerte er den Durchgang und ging zu der Tafel, in der die Kärtchen steckten, die ihm die Zimmerbelegung verrieten. Natürlich gab es da für ihn nichts neues zu sehen. Sie war eben auch nur eine von Hunderten weißer Kärtchen... der Name in großen Anfangsbuchstaben, Wohnort, Tarif und Datum... Er ging zurück zur Abteilung des Zimmerdienstes und trommelte nervös auf dem säuberlichen Stapel Briefpapier herum.

Er zog den Telefonapparat für Gespräche nach draußen zu sich heran, wählte die ersten zwei Nummern des Imbißlokals und legte den Hörer dann wieder auf die Gabel. Das hier war nicht wichtig genug, Bascom unverzüglich zurückzubeordern. Wenn sie sich bis in die späten Nachtstunden Zeit damit lassen konnte, Briefe zu schreiben, dann war ihr auch noch eine etwas längere Wartezeit zuzumuten. Genauso würde wohl auch Bascom die Sache sehen. Auch er sah die Sache so und nicht anders. Sie war eben auch nur ein Gast wie alle anderen, der ihm vielleicht ein bißchen Kleingeld in die Hand drücken würde. Warum also die Eile?

Dusty beugte sich über den Tresen und sah über die ganze Länge der Lobby zum Vordereingang hin. Dann ging er durch die Schwingtür und baute sich vor dem Empfangstresen auf.

Briefpapier um drei Uhr morgens. Nicht gerade üblich, aber so außergewöhnlich nun auch wieder nicht. Vielleicht fand ein Gast keinen Schlaf, und um die Zeit herumzubringen, schrieben er oder sie eben Briefe. Das kam vor. In jeder zweiten oder dritten Nacht kam ein solcher Ruf nach Briefpapier. Was aber die Art und Weise anging, wie sie am Telefon gesprochen hatte, die Art, wie sie sich in jener ersten Nacht benommen hatte ...

Na ja ...

Er zuckte die Achseln und verfolgte diesen Gedanken nicht weiter. Warum sollte er sich was vormachen. Sie war von Anfang an an ihm interessiert gewesen. Inzwischen war sie wohl so weit, daß sie mit ihm ein bißchen ihr Spiel treiben wollte, und solange sie kein Lockvogel war – und das war sie nicht – solange er ihr die Initiative überließ – und das hatte er auf jeden Fall vor –, nun, solange ging das ja in Ordnung. Kein Problem. Nicht die Spur eines Problems. Er hatte früher noch nie etwas ähnliches gemacht, und er würde es auch nie wieder tun. Bei diesem einen Mal sollte es bleiben.

Bascom kam durch den Vordereingang. Dusty machte ihm ein Zeichen und streckte einen Finger in die Luft. Er nickte zurück, und Dusty nahm das Briefpapier und trottete zum Fahrstuhl.

Im zehnten Stock öffnete er die Tür der Kabine und klemmte ein Holzstück in den Türspalt, um sie oben zu halten. Dann ging er den schwach erleuchteten Flur hinab. Hinter sich hörte er einen leisen Pfiff und den Zuruf:

»Hey, Dusty!«

Dusty drehte sich um. Es war Tug Trowbridge, der in Unterhemd und Hosen in der Tür seiner Suite stand. Zwei Männer – die beiden, denen er vor ein paar Nächten begegnet war – waren bei ihm.

»Bist du sehr in Eile? Wie wärs, wenn du meine beiden Freunde nach unten bringst?«

»Also« – Dusty zögerte – »ja, Sir«, sagte er schließlich, »mache ich gern.« Er mußte es auch tun. Es ging schließlich nicht an, daß er sie endlos auf den Fahrstuhl warten ließ.

Er fuhr sie nach unten, wünschte ihnen eine Gute Nacht und fuhr dann wieder zum zehnten Stock hinauf. Wieder stellte er die Tür fest und lief durch den Gang.

Zögernd erst, und dann verlangsamte er seine Schritte noch mehr.

Jetzt, wo er hier oben war, um die Ecke des Flurs bog, auf ihre Tür zuging, dann davorstand – jetzt kehrten seine Nervosität, ein sechster Sinn für Gefahr wieder zurück. Eine unbehagliche Vorahnung beschlich ihn, das Gefühl, daß er etwas ähnliches schon einmal getan hatte, und daß die Folgen erschreckend peinigend gewesen waren. Es hatte eine andere Frau gegeben, gleich dieser hier durch und durch Frau, und er –.

Er schüttelte es ab und verdrängte die Erinnerung daran bis in sein tiefstes Inneres. Es war nie geschehen, nie etwas wie jetzt dies. Es hatte keine andere Frau gegeben.

Er hob die Hand und pochte leise an die Tür. Von drinnen hörte er ein leichtes Rascheln und dann die gedämpfte Frage: »Dusty?«

»Ja.«

»Kommen Sie herein.«

Er ging hinein und ließ die Tür hinter sich zufallen. Einen Augenblick stand er da, die Augen noch an das Licht der Flurbeleuchtung gewöhnt und konnte in der rabenschwarzen Dunkelheit nichts erkennen. Seine Hand öffnete sich unwillkürlich, und das Briefpapier segelte auf den Fußboden.

Sie lachte weich. Sie murmelte ... eine Frage, eine lockende Einladung. Langsam tastete er sich nach vorn, ließ sich vom Klang ihrer Stimme leiten.

Seine Knie stießen ans Bett. Eine Hand griff aus dem Dunkel nach ihm. Er setzte sich auf die Bettkante, und ihre Arme schlangen sich fest um seinen Nacken.

Es war ein wilder, alles hinwegschwemmender Augenblick, als ihre Lippen sich fanden. Als er die kühle und zugleich warme Nacktheit ihrer Brüste spürte. Dann mit einemmal wurde ihm schwindlig, und er zitterte vor Benommenheit und Angst. Hier stimmte etwas nicht. Es war nicht so, wie es hätte sein sollen.

Auf ihren Mund hatte sie Lippenstift aufgetragen. Er spürte den unangenehmen, muffigen Geschmack auf seinen Lippen, fühlte, wie die klebrigen Spuren auf Gesicht und Nacken haften blieben, und sie war auch nicht ganz nackt. Nur Teile waren entblößt, und wo ihr Körper ihn berührte war ihre Nacktheit vollständig. Es fühlte sich irgendwie so an, als wäre ihr Nachthemd zerissen. Es –

Sie redete nicht. Noch immer hielt sie ihn umklammert, beschmierte ihn mit ihrem Lippenstift, grub ihre Nägel in sein Gesicht. Sie sprach kein Wort, doch seltsam unwirklich hörte er eine Stimme.

»Du, du dreckiger geiler kleiner Bastard! Ja, Bastard, hörst du? Wir haben dich aus dem Waisenhaus geholt, und verflucht sei der Tag, an dem wir... Nein, unbesorgt. Ich werde ihm nichts sagen. Das kann ich ihm nicht antun. Doch wenn du jemals –«

Für einen kurzen Augenblick war er fast erstarrt, gelähmt von jener Stimme, die ihm unsägliche Qual bereitete. Doch das war doch nie wirklich geschehen. Es war doch nur ein böser Traum, und dies...

Von draußen war plötzlich ein Donnergrollen zu hören. Ein Windstoß teilte die zugezogenen Vorhänge, und ein Blitz tauchte den Raum in gleißende Helle. Das dauerte nur den Bruchteil einer Sekunde, doch es reichte für ihn aus, alles zu erfassen:

Die umgestürzten Stühle, die umgekippte Lampe, die absichtsvoll arrangierte Unordnung, das Nachthemd, das ihr halb vom Leib gerissen war und der verschmierte rote Mund... jetzt zu einem Schrei geöffnet. Er schlug sie so hart, wie er nur konnte.

7

Die folgenden dreißig Minuten waren ein Alptraum. Ein wirrer und tückischer Traum, dessen einzelne Szenen sich übereinander schoben, beklemmend, angsterregend wie eine Serie gräßlicher Bilder. Er hatte sich über sie gebeugt – flehend und um Verzeihung bittend – hysterisch, fieberhaft bemüht, sie wieder zu Bewußtsein zu bringen. Dann stürzte er aus ihrem Zimmer, rannte blindlings den Flur hinab und riß die Tür zu Tug Trowbridges Suite auf, und Tug packte ihn bei den Schultern, schlug ihn ein-, zweimal ins Gesicht und zwang ihn, sich halbwegs zusammenzunehmen... *»Ist schon gut, Kid. Ich werd' versuchen, das Dämchen auf die Beine zu bringen. Also reiß dich jetzt zusammen und fahr schleunigst wieder nach unten, bevor der alte Bascom Alarm schlägt und nach dir suchen läßt.«*

Unter Tugs Aufsicht wusch er sein Gesicht und kämmte sich die

Haare. Dann fand er sich plötzlich im Fahrstuhl wieder, und als er unten war, durchquerte er eine scheinbar endlose Strecke der Lobby. Bascoms Augen verfolgten jeden seiner Schritte. Und schließlich stand er Bascom an der Marmortheke Auge in Auge gegenüber.

Versuchte, das Unerklärbare zu erklären.

»Bill, nun antworten Sie schon, Bill!«

»Ja, Sir . . .«

»Was hat Sie so lange aufgehalten? Was haben Sie da oben in Miss Hillis' Raum gemacht?«

»Ich, ich –«

In jenem Augenblick hakte es bei ihm nicht ein: die Tatsache, daß Bascom unerklärlicherweise zu wissen schien, wo er gewesen war. Er war noch immer zu sehr von Angst erfüllt, viel zu schuldbewußt, um auch nur ganz zaghaft eine Gegenfrage zu stellen.

»Bill!«

»Nichts Sir, das . . . das Fenster in ihrem Zimmer klemmte, ich mußte es aufstemmen, mußte es aufreißen.«

»Und dafür haben Sie eine halbe Stunde gebraucht? Unsinn. Was haben Sie da oben gemacht? Was haben Sie mit ihr – ihr –«

Bascoms Stimme brach. Augen saugten sich an Dustys Gesicht fest. Er griff zum Telefon, nannte der Zentrale eine Zimmernummer.

Dusty hätte in diesem Moment weglaufen können. Er wollte es, doch seine Beine weigerten sich, den Befehlen seines Gehirns zu gehorchen. Er konnte nur einfach dastehen, gelähmt, abwarten und zuhören, wie Bascom ins Telefon sprach.

». . . eh, Miss Hillis? Hier ist der Empfang. Der Page erzählte mir gerade, daß Sie Ungelegenheiten gehabt haben – daß es Probleme mit Ihrem Fenster gegeben hat und . . . ach ja, verstehe. Ihnen ist nichts passiert – ich meine, es ist also alles in Ordnung gebracht worden. Ah ja, besten Dank. Ich hoffe nur, daß ich Sie nicht gestört habe.«

Er legte den Hörer auf. Unfaßbar, er legte einfach auf . . . ohne die Polizei oder den Hausdetektiv zu rufen! Anscheinend hatte der Alptraum jetzt ein Ende.

Dusty konnte wieder atmen. Er konnte reden – und wieder denken.

Tug hatte das Flittchen also irgendwie zur Raison gebracht. Vielleicht hatte er sie mit Geld gekauft oder, wahrscheinlicher noch, er hatte sie eingeschüchtert und davon abgebracht, ihre Schau abzuziehen. Wahrscheinlich war er mit ihr im Zimmer gewesen, als Bascom angerufen hatte. Er hatte ihr zu verstehen gegeben – und das mit allem Nachdruck –, daß man ihr die Zähne einschlagen würde, falls sie versuchen sollte, irgendein linkes Ding zu drehen.

Jedenfalls war jetzt offenbar alles in Ordnung. Ein Wunder war geschehen, und er war nur allzu dankerfüllt, groß danach zu fragen, wie es zustande gekommen war oder wie lange es vorhalten würde.

»Ich hab' es Ihnen doch erzählt«, sagte er – hörte er sich selbst sagen, »zum Teufel, was haben Sie denn geglaubt, was ich angestellt hätte?«

Bascom runzelte verwirrt die Stirn. Er blickte ihn lange und unverwandt an und wandte sich schließlich wieder seiner Arbeit zu, dem Übertragen der einzelnen Angaben in das Journal.

»Ich werd' Ihnen sagen, was ich denke«, meinte er schließlich, »was mir schon seit einiger Zeit durch den Kopf geht. Sie sind hier am falschen Platz. Sie gehören nicht in diesen Job. Wenn Sie dabeibleiben, werden Sie sich früher oder später in ernsten Schwierigkeiten befinden.«

Dusty lachte. Es gelang ihm fast mühelos. »Was geht Sie das überhaupt an? Ich kann mich ja kaum noch rühren, ohne daß Sie daraus gleich was ganz Schwerwiegendes machen.«

»Kommen Sie hier um den Tresen herum«, sagte Bascom. »Helfen Sie mir gefälligst ein bißchen. Tun Sie was, um Ihr Geld zu verdienen.«

»Klar«, Dusty grinste, »warum nicht?«

Er und der Nachtportier hatten die Einzelposten schnell zusammengestellt. Dann verschwand Bascom im Kassenraum, und Dusty schlenderte zu seinem Bereich hinüber, wo die Rufanlage stand. Die Ellenbogen auf den marmornen Tresen gestützt, fragte er sich – ohne daß es ihn eigentlich groß interessierte – wie es Tug wohl gelungen sein mochte, Miss Marcia Hillis aus Dallas, Texas, zum Schweigen zu bringen.

Vielleicht hatte er sie ein bißchen hart angefaßt, so vermutete er, nicht gerade so hart, daß Spuren zu sehen waren, doch immer noch hart genug, um sie gehörig einzuschüchtern. Sie hatte offenbar nicht damit gerechnet, daß er einen guten Freund wie eben Tug besaß. Sie hatte es so zu arrangieren versucht, daß der Schein einer versuchten Vergewaltigung erweckt wurde, ein Fall, der stichhaltig genug wäre, eine Entschädigungsklage gegen das Hotel anzustrengen. Doch jetzt hatte sie wohl einsehen müssen, worauf sie sich da eingelassen hatte – daß das einzige, was sie sich dabei einhandeln konnte, allenfalls ein gebrochenes Genick war . . .

Dusty zog die Stirn kraus, noch immer nicht eigentlich ihretwegen beunruhigt oder besorgt, sondern nur leicht verwundert. Er hätte doch schwören können, daß sie keine so üble Schmierenkomödiantin war. Wodurch hatte er sich so täuschen lassen? Und wenn sie das war – falls sie das war – warum hatte sie dann so lange gewartet, bis sie diese Vergewaltigungsnummer mit ihm abzog?

Ein Dämchen, das so gerissen war, wie es bei ihr den Anschein hatte, hätte doch gleich beim erstenmal den Versuch gemacht. Ihr wäre bewußt gewesen, daß das Hotel Verdacht schöpfen könnte, daß man vielleicht beschlossen hätte, das Zimmer als »durch Voranmeldung reserviert« auszugeben und daß-bedauerlicherweise-keine anderen mehr frei wären.

Das hätte sie wissen müssen. Jeder, der überhaupt etwas von Hotels verstand, mußte das einfach wissen. Und dennoch ... Dustys Gesicht glättete sich, und er lächelte beinahe mitleidig. Trotz der Nervenprobe, der sie ihn ausgesetzt hatte, empfand er ein leichtes Bedauern für sie.

Sie verstand überhaupt nichts von Hotels: das war die ganze Antwort auf das Rätsel. Sie war einfach ein wunderhübsches Kind und zweifellos in mancher anderen Hinsicht ganz clever, doch wie es in Hotels zuging, war ihr offenbar völlig unbekannt. Genausowenig verstand sie offenbar von einem gutgeplanten Coup.

Er hatte sich in ihr nicht getäuscht. Sie war keine professionelle Fallenstellerin. Dies war ihr erster Versuch gewesen. Sie hatte sich irgendwie über die Runden gebracht, alles mehr oder weniger anständig, und dann hatte sie diesen grandiosen Einfall gehabt – von dem sie auch noch geglaubt hatte, er sei wer weiß wie originell. Also hatte sie sich einen Plan ausgearbeitet und dabei die stümperhaftesten Fehler gemacht wie sie im Buche stehen.

Schon die Wahl des Manton war der erste Fehlgriff. Ein echter Profi hätte sich ein wirklich großes Haus ausgesucht, wo das Kommen und Gehen von Gästen und Personal sich in raschem Wechsel vollzog. Und dann war da Irrtum Nummer zwei – etwas, bei dem es einen echten Profi nur schütteln konnte. Das war einfach der dickste Patzer gewesen. Ohne Reservierung mitten in der Nacht aufzukreuzen! Mein Gott, und dann auch noch ein billiges Zimmer zu verlangen, und dann ein Spiel zu versuchen, den Verdacht eines Angestellten zu erregen, bevor sie die Sache überhaupt in Angriff genommen hatte ...

Also ein Fehler nach dem anderen. In gewisser Weise hatten ihre zahlreichen und unglaublichen Anfängerfehler sie vor Schlimmerem bewahrt. Unwissenheit war ihm in der Maske der Unschuld begegnet, und solange er sich von ihr hatte täuschen lassen, war sein Argwohn nicht eben groß gewesen.

Na ja ... Dusty seufzte bedauernd. Sie war beileibe nicht die einzige, die blöd gewesen war. Wenn er die einfache Wahrheit nur früher erkannt hätte, dann hätte er das erschreckende Erlebnis dieser Nacht vermeiden können. Es vielleicht mit etwas vertauschen können, das weitaus angenehmer gewesen wäre. Er hätte sagen können: *sieh mal, Schätzchen, du versuchst es am falschen Ort, und ich bin dafür auch nicht der Richtige*... und ohne Zweifel wäre sie ihm dafür auch noch dankbar gewesen, sehr dankbar...

Wie die Dinge jetzt standen – nun, was war denn jetzt eigentlich der Stand der Dinge? Verstohlen blickte er durch den langen Gang zu Bascom hinüber, zögerte und stieß dann wieder einen langen Seufzer aus. Er war ja bereits mißtrauisch geworden. Abgesehen davon kam ein Anruf oder ein Besuch in ihrem Zimmer gar nicht in Frage. Sicher war sie gehörig erschrocken und wütend. Ängstlich und jetzt ganz sicher darauf vorbereitet, jeden Annäherungsversuch, den er machen würde, zurückzuweisen. Womöglich war auch Tug noch bei ihr... und vollauf beschäftigt, so daß er sicher über jede Einmischung aufgebracht wäre. Das sähe Tug ähnlich. Sie hatte diesem starken Mann Ärger gemacht; mit einem Wort, sie war ihm etwas schuldig. Und selbstverständlich würde er diese Schuld auch eintreiben.

Dusty wünschte sehr, daß er sie sich aus dem Kopf schlagen könnte. Er wünschte sich, daß er größere Erleichterung empfände, Dankbarkeit dafür, daß ein unentrinnbares Verhängnis noch einmal abgewendet worden war. Aber je älter die Nacht wurde, desto stärker wurde ein Gefühl: das eines unersetzlichen Verlustes. Schon wieder hatte er sie verloren. Zum zweitenmal schon hatte er die einzige Frau auf der Welt verloren.

Nach und nach begannen die ersten Angestellten von der Tagschicht einzutreffen. Der erste Page, der den Fahrstuhl bediente, kam zur Arbeit. Das erste Zimmermädchen, der erste Empfangsangestellte. Der erste Gepäckträger verlangte den Schlüssel zum Gepäckraum und schloß ihn unter den schläfrigen Blicken eines Untergebenen im schwarzen Hemd auf.

Als die Morgendämmerung sich im hellen Tageslicht auflöste, wurde Dusty aus seinen Träumereien aufgescheucht. Als sich die Anrufe und Zimmerbestellungen häuften, hatte er alle Hände voll zu tun und fand keine Gelegenheit mehr, an sie zu denken.

Mit dem Dienstaufzug, der jetzt in Betrieb war, jagte er ständig rauf und runter. Er hastete die langen, mit dicken Teppichen belegten Flure entlang, klopfte an Türen, reichte Zigaretten und Morgenzeitungen, Toilettenartikel und allerlei andere Sachen hinein. Das alles war von einer blinden, automatischen Geschäftigkeit. Es gab für ihn keine Personen mit Gesichtern, sondern nur Zimmernummern. Und auch die Zimmernummern selbst verloren für ihn jegliche Bedeutung. Sie verbanden sich lose mit den flüchtigen Besorgungen des Augenblicks und waren darüber hinaus ohne jede Wirklichkeit.

... sein ständiger Refrain lautete: Danke, besten Dank, Sir, und gelegentlich steckte er einen Vierteldollar ein. In schnellem Trab bog er um die Ecke des Flurs.

Er blickte gerade noch rechtzeitig hoch, und fast wäre er mit ihnen zusammengestoßen.

Der Gepäckträger machte die Spitze, hatte ihr Handgepäck unter einen Arm geklemmt und trug Hutschachtel und Koffer in den Händen. Neben ihm her schlenderte einer von Tugs Männern, und am Ende der Prozession ging ein anderer. Sie lief zwischen diesen beiden. Hinter ihrem Kopf zusammengeknotet waren die Bänder eines dichten, schwarzen Schleiers sichtbar.

Dusty schluckte schwer. Er machte schleunigst kehrt und eilte den Gang zurück. Er vermochte selbst nicht zu sagen, warum die ganze Szene ein solcher Schock für ihn war. Warum er von Wellen der Übelkeit ergriffen wurde. Aber natürlich hätte er etwas ähnliches wohl erwarten müssen. Tug mußte es für besser halten, sie schleunigst aus dem Hotel zu entfernen. Alles andere wäre nicht sicher genug – absolut sicher –, und Tug war nicht gerade der Typ, der unnötige Risiken einging. Also ... nun, eigentlich war daran nichts auszusetzen. Tug oder vielmehr Tugs Helfershelfer mußten sich darum kümmern, daß sie auch wirklich das Hotel verließ. Wahrscheinlich hatten sie ihr ein bißchen Geld gegeben und würden sie in einen Zug verfrachten und – und das war's dann auch schon, was sie tun würden. Genug, um Tugs Sicherheit und seine, Dustys, zu garantieren.

Demnach war alles genauso, wie es sein sollte. So, wie er es erwarten durfte und nicht anders. Aber trotzdem spürte er Übelkeit, und es ging ihm mit jedem Augenblick schlechter. Ihm war so, als wäre er Zeuge eines Leichenzuges geworden, Zeuge, wie ein Schwerverbrecher zur Stätte seiner Hinrichtung geführt wurde.

Er lief die Treppe des Dienstbotenaufgangs zum nächsten Stockwerk hinab. Er rannte über den Flur und hastete um die Ecke zum Lastenaufzug. Warum, wußte er selbst nicht zu sagen, denn ganz sicher durfte er sich hier nicht einmischen. Wenn er es täte, riskierte er dabei seinen Kopf und ... und warum sollte er das wohl tun?

Warum wohl, so fragte er sich wuterfüllt. Sie hatte versucht, ihn reinzulegen, oder etwa nicht? Sie würden ihr schon nichts tun. Doch falls sie es täten, was sollte es ihn kümmern?

Die Übelkeit nahm noch zu. Ganz plötzlich aber löste sie sich auf, war zwar noch immer in ihm, doch breitete sie sich jetzt über seinen ganzen Körper aus und war nicht mehr ein schwerer, schmerzhafter Klumpen. Und seltsamerweise mischte sie sich mit einem unerwarteten Gefühl des Stolzes. Tug Trowbridge. Er und Tug. Sie war Dusty auf die Füße getreten, und jetzt wurde ihr bei Gott eine Lektion erteilt. Sie zeigten es ihr gründlich. Ihr und dem Manton und dem Rest der Welt. Alles war auf ihrer Seite gewesen, alle Mächte von Gesetz und Ordnung. Und gegen ihn und Tug konnten sie nicht das geringste ausrichten! Sie wurde am hellichten Tag aus einem der größten Hotels der Stadt gekidnappt.

Sie waren gerissener als alle anderen, oder etwa nicht? Sie dachten einfach schneller als die anderen. Klar, alle wußten, wer die Jungens von Tug waren. Doch schließlich führten sie sie nicht in aller Öffentlichkeit ab, nicht wahr? Sie waren nur rein zufällig in der Nähe, als sie beschlossen hatte, zu bezahlen und das Hotel zu verlassen.

Sie ließen sie einen Gepäckträger rufen, dann stellten sie ihr Gepäck im Korridor ab und forderten sie auf, zu warten, bis der Gepäckträger käme. Und als er da war, nun, da befanden sie sich einfach ein paar Schritte hinter ihr im Gang. Gerade so, als wären sie eben erst aus einem anderen Zimmer gekommen – so schien es jedenfalls. Und dann wandten sie sich alle ganz beiläufig, ganz unauffällig und unschuldig dem Fahrstuhl zu. Gewiß übernahm einer von ihnen die Führung. Doch was war daran auszusetzen? Und zweifellos mußte der, der ein bißchen zurückhing, sich eben nur die Schuhbänder zuknüpfen.

Dusty trat aus dem Aufzug und eilte auf den Eingang der Lobby zu. Unbewußt keuchte er; sein Herz fing wild an zu rasen. Nun aber der nächste Schritt, der zu tun war – wie würden er und Tug vorgehen? Sie mußte ihre Rechnung selbst bezahlen. Sie mußte das Hotel allein verlassen. Eigentlich konnten sie es nicht wagen, sie gehen zu lassen. Doch das mußten sie wohl. Gott, was sollten sie denn sonst tun? Und sobald sie erst einmal auf der Straße war – Himmel, nein, sogar schon bevor sie auf die Straße hinaustrat – sogar hier schon in der Lobby . . .!

Sie konnten ihr nicht hier unten eine Pistole in die Rippen drücken. Sie konnten ihr nicht bis zum Kassenschalter folgen, warten, bis sie ihre Rechnung bezahlt hatte und sie dann auf die Straße eskortieren. Das konnten sie doch nicht, aber genau das mußten sie machen! Sie mußten es tun, ohne daß es jemandem auffiel, daß sie es tatsächlich so machten, und wie zum Teufel wollten sie das bewerkstelligen?

Dusty stürzte blindlings in die Lobby. Sein stolzgeschwelltes Hochgefühl verließ ihn; es löste sich genauso schnell auf wie vorhin seine Übelkeit. Aber die Übelkeit kehrte zurück und schwoll an, ergriff Besitz von allen Fasern und Zellen seines Körpers.

Er und Tug oder vielmehr Tug und seine Jungens würden niemals damit durchkommen. Sie waren nur eine Bande dämlicher Stümper, und die Schwierigkeiten, in die sie ihn brachten, waren doppelt so schlimm wie alles, was vorher gewesen war und –

Jetzt stiegen alle vier gerade aus dem Fahrstuhl. Fast in Tuchfühlung kamen sie an ihm vorbei, während er am Gepäckschalter stehenblieb, festgenagelt von seiner Angst und nicht imstande, sich ins Foyer hinauszuwagen. Blind, würgend vor Angst und Übelkeit.

Zur Hölle, warum mußten sie es bloß so machen? Warum versuchten sie, alles so richtig zu machen, daß allein schon deswegen alles schiefgehen mußte? Sie hätten sich den Teufel um ihr Gepäck oder ihre Rechnung scheren sollen. Einfach die Gepäckstücke auf ihrem Zimmer und die Rechnung unbezahlt lassen! Natürlich würden dann lästige Nachforschungen angestellt werden. Das Hotel würde sie als Zechprellerin anschwärzen, und ihr Name und ihre Personenbeschreibung würden in allen Hotels des Landes verbreitet werden. Man würde ihr Gepäck öffnen und untersuchen. Sicher würde man die Polizei in ihrer Heimatstadt in Kenntnis setzen, und sollte sich dabei herausstellen, daß sie eine einschlägig bekannte Person war – daß sie sich aus dieser Stadt einfach auf und davon gemacht hatte – nun, dann mochte es wohl für jeden ein bißchen ungemütlich werden, der mit ihr in Berührung gekommen war. Doch das wäre immer noch besser als das hier, oder etwa nicht? Auf diese Weise bestünde noch eine geringfügige Chance. Aber so, wie es jetzt war – aber so wie es jetzt war, konnten sie sich nichts ausrechnen. Sie waren von Anfang an erledigt.

. . . der Gepäckträger steuerte auf den Taxistand zu. Sie ging gerade durch die Lobby auf den Kassenschalter zu. Sie war jetzt allein, denn die zwei Männer hielten Abstand von ihr. Sie waren stehengeblieben, um sich wie beiläufig zu unterhalten und ließen sie vorangehen. Jetzt war es an ihr, zu schreien oder davonzulaufen – das war der Augenblick der Entscheidung, als sie vor dem Kassenschalter stand.

Sie bewegte sich langsam und steif darauf zu wie eine Schlafwandlerin. Fast war sie am Ziel, beinahe in Sicherheit, außer Reichweite ihrer beiden Bewacher.

Warum nur macht sie es denn nicht? dachte Dusty wütend. Wenn sie es jetzt macht, ist alles aus und vorbei und vorüber.

Eine Stimme dröhnte an sein Ohr, laut, aufgekratzt, leutselig und vertraut. Tug Trowbridges selbstbewußtes, gemütliches und freundliches Getön. Es durchdrang das Chaos in Dustys Kopf und machte seinen von Angst getrübten Blick wieder klar.

Ja, es war Tug, der sich vor dem Fenster des Kassenraums aufgebaut hatte. Jetzt trat er höflich einen Schritt zurück, machte der Dame Platz und rief den beiden Männern jovial zu:

»He, Jungs, ich hab' auf euch gewartet!«

Sie blickten auf, sie taten so, als entdeckten sie ihn jetzt erst. Dann gingen beide auf ihn zu.

Alle drei standen in einem Halbkreis nur wenige Schritte vom Kassenschalter entfernt. Sie bildeten einen dichten Ring um sie (wohl niemand hätte Verdacht geschöpft), während sie unhörbar in ein offenbar ernsthaftes Gespräch vertieft waren.

Sie beglich ihre Rechnung und reichte das Geld hinüber. Unbeholfen nahm sie ihr Wechselgeld entgegen und wandte sich vom Schalter ab. Im selben Augenblick beendete Tug mit dröhnendem Lachen sein Gespräch mit den beiden anderen.

»So, das hätten wir also«, tönte er laut. »Wir kümmern uns dann also gleich um diese Sache und – he, du Flegel, mach gefälligst mal der Lady Platz!« Der Mann, dem er sich zugewandt hatte, gab der Lady den Weg frei. Alle drei machten ihr Platz, gestikulierend und schwatzend und unter höflichem Gemurmel.

Einen Augenblick lang blieb sie wie erstarrt stehen, dann ging sie mit gesenktem Kopf auf die Tür zum Taxistand zu. Die drei Männer gingen geschlossen hinterher.

Sie folgten ihr die Treppen hinunter bis auf die Straße. Sie lungerten auf dem Bürgersteig herum, bis sie dem Gepäckträger ein Trinkgeld gegeben und ihn weggeschickt hatte. Dann...

Sein Herz tat vor Erleichterung einen Sprung, und mit einem triumphierenden Gefühl, das ihn jetzt wieder überkam, wagte Dusty es schließlich doch, das Foyer zu betreten. Er ging bis zur großen Vorderscheibe, von wo er einen ungehinderten Blick auf den Bürgersteig hatte und beobachtete diesen letzten und alles entscheidenen Schritt.

Nicht, daß er an dem Erfolg zweifelte. Er und Tug hatten die Sache bis hierher gedeichselt, und sie beide würden sie glatt durchziehen. Aber wie – das *Wie* war etwas, das er nicht bis zu Ende bedacht hatte. Das war der dickste, unüberwindlich scheinende Stolperstein gewesen, den einzig Tug überwinden konnte.

Draußen wartete ein Taxi auf sie. Es war ihr Taxi, das der Portier gerufen hatte, und ihr Gepäck wurde eingeladen. Und falls sie jetzt versuchten, sich zu ihr hineinzudrängen...

Tatsächlich zwängten sie sich mit ihr hinein. Fast schoben sie sie hinein und drängten dann hinterher. Die Tür wurde zugeworfen, und der schwarze Wagen löste sich vom Bordstein und verschwand im fließenden Verkehr. Einen kurzen Augenblick lang konnte Dusty das alles nicht fassen. Doch dann wich dieses Gefühl.

Natürlich hatte der Fahrer keinen Lärm geschlagen. Er war einer von Tugs Boys. Er war vorsorglich am Eingang postiert worden, und da schließlich bereits ein Taxi dagestanden hatte – warum wohl hätte der Portier ein anderes rufen sollen?

Dusty grinste. Grinsend wandte er sich ab und begegnete plötzlich Bascoms starrem Blick.

Er fühlte seine Kehle trocken werden; seine verzerrten Lippen waren wie steifgefroren, denn ganz offensichtlich wußte Bascom Bescheid. Er hatte alles mit angesehen, und er wußte, was gespielt wurde. Vielleicht wußte er nicht, warum das alles so ablief, aber wie es abgelaufen war, hatte er deutlich beobachtet. Dieses Wissen zeigte sich deutlich auf seinem kreidebleichen, alten Gesicht.

»Ja, nnnnun«, sagte Dusty, und dann lauter, aufgeräumt »ja, was ist?« Denn es breitete sich jetzt ein anderer Ausdruck über das Gesicht des Mannes vom Empfang: Entsetzen und ein Anflug von Schwäche, die schlimmer waren als alles, was Dusty in dieser Nacht erlebt hatte.

»Bill...« Bascoms Stimme klang geradezu flehend und servil, »ich – Bill, Sie sind mir doch nicht wegen irgend etwas böse, oder? Ich weiß ja, es mochte für Sie den Anschein haben, als wollte ich Ihnen Unannehmlichkeiten machen, aber das war doch nur, weil ich –«

»Ja und?« Das Grinsen war in Dustys Gesicht zurückgekehrt. »Worauf wollen Sie eigentlich hinaus?«

»Ich möchte nicht, daß jemand anderer dafür zu leiden hat, Bill. Wegen all dessen, was Sie meinetwegen empfinden mögen. Das würden Sie doch nicht zulassen, nicht wahr? Sie würden mich doch nicht hochgehen lassen bei jemand wie – wie...«

Dustys Grinsen wurde breiter. Bascom war so eingeschüchtert, daß er fast den Verstand verlor. Für diese Frau war *er* verantwortlich. Er war leichtfertig und fahrlässig gewesen, indem er ihr ein Zimmer gegeben hatte. Nun, falls ihr irgend etwas zugestoßen war – falls das Hotel durch sie in einen Skandal verwickelt wurde – würde Bascom seinen Namen nicht reinwaschen können.

Dusty starrte zurück. Er zuckte ärgerlich die Achseln. »Ich weiß nicht, wovon Sie reden«, sagte er.

»Bitte, Bill. Ich weiß, was Sie meinetwegen empfinden, aber –«

»Meinen Sie wirklich? Na, dann ist ja alles in Ordnung.«

Vor die Augen des alten Mannes schob sich ein Vorhang. Alles Feuer war daraus verschwunden, und was geblieben war, war nur stumpfe, fahle Asche.

»Es sind einige Bestellungen für Sie eingegangen, Bill. Ich hab' mich darum gekümmert, während Sie weggewesen sind.«

»Oh«, meinte Dusty ironisch, »gut, sehr gut. Das war wirklich sehr rücksichtsvoll von Ihnen, Mister Bascom.«

Er blätterte die Bestellzettel durch und blickte dann auf die große Uhr im Foyer. Gähnend schnippte er die Zettel mit einem Finger weg, die sich über den ganzen Tresen verteilten, wobei einige auf Bascoms Seite herunterfielen. »Heben Sie sie für die Tagschicht auf«, meinte er. »Für mich wird es jetzt Zeit, zu verschwinden.«

8

Seine Hochstimmung hielt an, bis er nach Hause kam. Sie begann zu verfliegen, als der die Stufen des schäbigen alten Hauses hinaufstieg. Nach fünf Minuten, die er mit seinem Vater verbrachte, war es endgültig von ihm gewichen.

Dusty hätte selbst nicht sagen können, was um den alten Mann war, das seine Stimmung so gründlich umschlagen ließ. Vielleicht, so räumte er mißmutig und mit leichtem Schuldgefühl ein, war es eigentlich gar nichts. Mr. Rhodes hatte es geschafft, einigermaßen adrett auszusehen. Er sah aus und redete fast so gewandt wie in alten Tagen. Und zum erstenmal – wirklich zum erstenmal – ging er ihn nicht um Geld an. Aber dennoch, er war halt da – und daß er überhaupt da war, war das Problem. Einer, der sich um nichts kümmerte, einer, um den man sich kümmern mußte. Einer, für den man verantwortlich war. Einer, der immer wieder Dinge in ihm wachrief, die man längst schon vergessen geglaubt hatte.

Leicht beschämt gab Dusty dem alten Mann fünf Dollar (gib's für irgend etwas aus, worauf du Lust hast, Dad). Doch dieses Almosen, das er zugegebenermaßen nur gab, um sich selbst zu beschwichtigen und nicht, um seinem Vater eine Freude zu machen, vermochte nicht seine bohrenden Schuldgefühle zu zerstreuen. Innerlich sich windend, zog er sich auf sein Zimmer zurück, heimgesucht von allerschwärzesten Depressionen.

Langsam zog er sich aus. Er stellte den Ventilator an und streckte sich auf dem Bett aus. Er zündete eine Zigarette an . . . und wie die

Zeit so verstrich, rauchte er eine nach der anderen. Zündete mit der Glut der einen die nächste an.

Die feuchte Sommerhitze strich in Wellen über seinen Körper. Sie kühlte ihn nicht ab, vielmehr trocknete sie ihn aus, und die Trockenheit wurde immer schlimmer. Er dachte nach, zwang sich, ganz zum Anfang zurückzugehen – zurück in die Zeit, von der an bewußt etwas für ihn angefangen hatte –, und Schweiß trat ihm aus allen Poren, trocknete unter den trägen Umdrehungen des Ventilators.

...ja, er erinnerte sich. Zum Zeitpunkt seiner Adoption war er fünf Jahre alt gewesen. Er wußte, daß sie nicht seine wirklichen Eltern waren. Doch das war etwas, das man leicht vergessen konnte. Sie hatte es ihm leicht gemacht. Ausgehungert und voll Sehnsucht nach der Mutterschaft, die ihr auf natürlichem Wege nicht vergönnt gewesen war.

Er war ihr ein und alles, ihr süßester Liebling, Mamas einziges Herzblatt, ihr süßes Schätzchen. Die Tage waren erfüllt mit Streicheln und Herzen und Knuddeln, bildeten eine unaufhörliche Kette begeisterter, zärtlichster Gefühlsausbrüche. Sie konnte einfach nicht genug für ihn tun. Sie badete ihn unablässig, wechselte seine Kleidung ein dutzendmal am Tag.

Der alte Mann – damals noch kein alter Mann, doch weitaus älter als sie – hatte schwächlich protestiert. Doch er hatte sich nie wirklich eingemischt. Er war sehr verliebt in sie gewesen, sehr glücklich in seiner Rolle als Familienvater. Und es brauchte nicht mehr als ein paar Tränchen oder eines gekränkten Blicks von einem der beiden, der Frau oder dem kleinen Liebling, um ihn unverzüglich sanft zu stimmen.

Nur ein einziges Mal, soweit Dusty sich erinnern konnte, hatte sein Dad (nennen wir ihn so; er hatte ihn stets so genannt) so etwas wie Festigkeit bewiesen. Das war damals gewesen, als er, Dusty, gerade neun Jahre alt war. Er hatte darauf bestanden, daß der Junge sein eigenes Zimmer und sein eigenes Bett haben sollte; es mußte einfach sein, punktum, hatte er erklärt, und keine Widerrede.

Aber so war's dann doch nicht ganz wie sich herausstellen sollte. Mr. Rhodes war in jenen Tagen viel von zu Hause fort – er hielt im Winter Vorlesungen ab und im Sommer Doktorrandenseminare. Und während seiner Abwesenheit wurden seine Verfügungen gemeinhin mißachtet.

Sie bemühten sich, gehorsam zu sein und beachteten all die

kleinen, netten, unverfänglichen Präliminarien. Sie brachte ihn auf sein Zimmer, machte das kleine Nachttischlämpchen an und strich ihm seine Bettdecke zurecht. Er lag unter den Federn, und sie zupfte hier und da, verschob die Bettdecke und steckte sie fest, stellte die Nachttischlampe hierhin und dahin, sie schaute dann liebevoll auf ihn herab; entschuldigend, mit leicht schwankender Stimme, versuchte sie ihm zu erklären, warum alles so sein mußte und nicht anders sein durfte. »Du verstehst doch, mein Schatz, nicht wahr? Dad ist so gut zu uns beiden, und er weiß, was für uns am besten ist, und wenn er etwas von uns verlangt – auch wenn es für uns eigentlich keinen Sinn ergibt – nun, dann müssen wir's eben tun. Es ist ja nicht so, daß Mutter dich nicht mehr liebt, mein Kleiner, sie liebt ihren kleinen Jungen so sehr, daß . . . o mein Schätzchen, mein Schätzchen« – ein langer Seufzer –« ich kann es nicht, ich will es nicht, nein, nicht heute abend, morgen ja, aber nicht heut abend . . .«

In ihrem Bett war es am schönsten. Es war natürlich größer als sein eigenes, und er empfand ein seltsam wohliges Gefühl der Sicherheit, wenn er sich dort hineinkuscheln konnte. Diese Sicherheit fühlte er nicht immer, trotz der täglichen Liebesbeweise, die sie und sein Vater ihm zu geben versuchten. Es blieb stets ein Gefühl der Bedürftigkeit, als würde ihm etwas vorenthalten. Etwas blieb unerfüllt. Doch wenn sie beide in dem großen Bett lagen, nur sie und er allein, fühlte er sich rundum geborgen: das nagende, undeutliche Hungergefühl war dann nicht mehr vorhanden, und es waren Augenblicke, in denen er nichts mehr begehrte.

In seiner Erinnerung war er etwa elf Jahre alt gewesen, als es passiert war. Es war ein Sonntagmorgen, und sie war früh von einem Regenguß geweckt worden und hatte ihn (gewiß nicht absichtlich) mit schläfrigen Küssen und Umarmungen wachgemacht. Er hatte sich ganz dicht an sie gedrängt. Wohlig, schläfrig hatte er seinen Kopf hin und her bewegt, fühlte er eine überraschende Weichheit und Wärme. Und plötzlich fühlte er, daß ihm etwas entzogen wurde, oder vielmehr, da er sich noch immer an sie klammerte, wie sie den Versuch machte, sich ihm zu entziehen.

»Bill, laß mich los, mein Schatz.«

»Wie?« Träge und widerwillig öffnete er die Augen. »Was ist denn los?«

»Nun ja, das siehst du doch, oder etwa nicht« – ihre Stimme klang beinahe schneidend. »Schau doch, Mutter muß ihr Nachthemd wieder glattziehen.«

Sie strich es glatt und errötete dabei. Sie legte sich beinahe steif zurück und dann, als sie den Ausdruck grenzenloser Ahnungslosigkeit in seinem Gesicht sah, zog sie ihn wieder ganz dicht an sich.

»Es tut mir so leid, mein Schatz. Mutter wollte doch zu ihrem kleinen Baby nicht böse sein.«

»Ich bin nicht dein Baby«, sagte er, und diesmal war er es, der sie wegschob.

»Du bist, du bist –? O ja, natürlich bist du das nicht, du bist Mamas großer Junge, ihr kleiner Mann.«

»Ich bin nie dein Baby gewesen«, sagte er.

»Aber, aber, mein Liebling« – sie stützte sich auf einen Ellenbogen und blickte auf sein Gesicht hinunter – »natürlich bist du mein Baby gewesen, du bist es immer noch. Hat dir irgend jemand – hat dir irgend jemand erzählt, daß –«

»Ich weiß«, sagte er, »ich weiß, wofür die sind. Ich weiß, die sind für Babys da. Mütter geben sie ihren Babys, und das hast du ja nie gemacht. Also bin ich auch keins.«

»Aber Dummchen« – sie lachte unsicher. Eine leichte Röte überzog ihr blasses Gesicht, breitete sich über ihren Nacken und den Hals hinab bis zur Furche zwischen ihren Brüste aus. »Aber Liebling« – ihr Lachen war etwas zaghaft. »Natürlich hab ich das getan. Du erinnerst dich nur nicht.«

»Nein«, sagte er, »ich war nicht dein Baby. Also willst du es jetzt auch nicht.«

»Aber das hätte ich doch, ich meine, das habe ich doch, als du noch ein Baby warst, habe ich immer – also, da hast du sie immer bekommen, ist es immer so gewesen.«

Er wälzte sich herum und wandte ihr den Rücken zu. Sie versuchte, die Arme um ihn zu legen, und er riß sich von ihr los.

»Liebling, mein Schätzchen, es ist wahr. Du glaubst doch nicht, daß Mutter dich belügt, oder?«

Er antwortete nicht.

»Du mußt mir glauben, mein Kleiner. Du bist immer mein Baby gewesen, mein ein und alles. Wessen Baby wärst du denn sonst, wenn nicht ... wenn nicht ...«

Noch immer antwortete er ihr nicht.

»So hör mir doch zu, Bill! So kann es einfach nicht weitergehen! Du benimmst dich wirklich ausgesprochen albern und ... oh, Liebling, mein armer Liebling, was soll ich dir denn sonst noch sagen?«

Schweigen.

»Liebling ... mein süßes Schäfchen ... glaub mir doch, Mutter war nicht böse mit dir. Es war doch nicht ernst gemeint. Sie hätte doch nichts dagegen gehabt, wenn du noch immer mein kleines Baby wärst, oder? Oder, ich möchte... verstehst du mich denn nicht, mein Liebling?«

Schweigen.

»Wenn ich... du, wäre dann alles wieder gut, mein Schatz, wenn ich... würdest du mir dann glauben, wenn – wenn – wenn ich jetzt...«

Noch immer verharrte er schweigend. Doch das Schweigen war diesmal anders. Warm, erwartungsvoll, wohlig erschauernd. Unbeweglich lagen sie eine Weile nebeneinander. Dann setzte sie sich auf, und dann hörte er ein Geräusch, wie wenn Seide über seidige Haut streifte.

Sie hatte sich weit zurückgelegt. Sie flüsterte: »O Baby, dreh dich zu mir, Baby...« Und dann wandte er sich zu ihr.

Und dann, kurz bevor der Himmel seine Pforten für ihn öffnete, verschloß sich mit einemmal alles vor ihm.

Sie lag ganz still neben ihm und atmete ganz gleichmäßig. Sie mußte ihn gar nicht von sich wegschieben. Jedenfalls nicht körperlich. Es reichte vollauf, wie ihre Augen ihn ansahen. Vor kurzem noch von sanfter Röte überzogen, war ihr Gesicht jetzt spitz, scharf und von eisiger Blässe.

»Du bist wirklich sehr durchtrieben, Bill.«

»Wirklich, bin ich das, Mutter?«

»Ja, doch, sehr. Deinen Jahren um einiges voraus. Wie lange hast du das eigentlich schon geplant?«

»Was denn geplant, Mutter?«

»Du hast das von langer Hand vorbereitet, oder etwa nicht? Dein – dein armer alter Dad, so krank und frühzeitig verbraucht. Und dann ich, noch immer jung und töricht und verspielt und so verliebt in dich und so bereitwillig, alles für dich zu tun, damit du durch nichts gekränkt und verletzt wirst.«

»Ich – was ist denn? Was macht dich so böse auf mich, Mutter?«

»Sei still, mach mir jetzt nichts mehr vor. Tu nicht so, als wüßtest du nichts, Bill. Sei wenigstens einmal ehrlich mit dir selbst.«

»Mutter, es tut mir leid, aber ich...«

»Ja, schon gut, es tut dir nicht halb so leid wie mir, Bill. Nicht halb so schockiert oder ängstlich wie...«

Sie hatte Angst. Und da sie außerstande war, mit ihrer Angst zu leben, versuchte sie, sich deren Vorhandensein zu leugnen. Es war nie geschehen, redete sie sich ein – und redete sie ihm ein. Dieser regnerische Sonntagmorgen war nur ein schlechter Traum gewesen, oder schlimmstenfalls nur ein Mißverständnis. Etwas, was durch Schlaftrunkenheit und Verwirrtheit übertrieben, aufgebauscht und dessen eigentliche Harmlosigkeit und Unschuld mißdeutet worden war. Es war in Wirklichkeit gar nichts gewesen, sagte sie sich und sollte besser ein für allemal vergessen werden. Und er vergaß – beinahe. Er hatte keine bewußte Erinnerung mehr daran.

Er war ihr Sohn. Er begriff, wie wichtig es war, das zu glauben. Also glaubte er. Und offensichtlich gab es – auch in den Augen von Mr. Rhodes – in ihrem Verhältnis zueinander keinerlei Veränderung. Keine Veränderung zum Schlechteren. Sie war dem Jungen wie immer herzlich zugetan und kümmerte sich liebevoll um sein Wohlergehen. Noch immer betete er sie stumm in ihrer Gegenwart an. Gewiß gab es jetzt kein Streiten und Schmollen mehr darüber, wo Bill schlafen sollte. Und sicher waren auch die zwischen der Frau und dem Jungen ausgetauschten Zärtlichkeiten scheinbar nicht mehr ganz so glühend und leidenschaftlich. Die Dinge waren genauso, wie sie sein sollten, und Bill wuchs heran. Natürlich mußte er sich von den Schürzenzipfeln seiner Mutter lösen.

Dusty wälzte sich noch immer ruhelos auf dem Bett herum und grübelte weiter. Da war sein Desinteresse an Mädchen, sein »Mangel an Zeit«, wenn sie etwas von ihm wollten: War sie der Grund dafür? Doch, das war sie. Er konnte es sich jetzt zugeben. Sie war die Frau gewesen, die eine und einzige. Bis er in Marcia Hillis ihrem Abbild begegnet war, hatte es keine andere für ihn geben können.

So gingen die Jahre dahin und alles war tatsächlich vergessen. Soweit es überhaupt in der Macht des Menschen liegt, etwas zu vergessen. Mr. Rhodes blieb auch weiterhin ein vielbeschäftigter Mann. Doch seine Gesundheit ließ nach. Ihre Sorge um ihn und die Notwendigkeit, sich verstärkt um ihn zu kümmern, brachte die beiden einander nur noch näher.

Es gab lange Gespräche im Wohnzimmer bis fast in die Nacht, nachdem der alte Mann sich zurückgezogen hatte. Flüsternd wurden Konferenzen abgehalten, bei Dämmerlicht, um ihn nicht zu stören. Sie teilten Kaffee miteinander und tauschten untereinander Zigaretten aus. Es war eine Intimität aus schweigendem Einverständnis und voll gemeinsamer Seufzer. Manchmal gab es auch Tränen, und dann tröstete Dusty sie. Zog ihren Kopf zu sich heran an seine Schulter, strich ihr zärtlich über das dichte, schimmernd graue Haar.

Alle Verlegenheit zwischen ihnen hatte sich verflüchtigt. Das Band gegenseitigen Vertrauens und wechselseitigen Angewiesenseins wurde fester. In manchen Nächten schlief sie ein, und dann trug er sie hinauf in ihr Zimmer... ein Zimmer, das sie nicht mehr mit ihrem Mann teilte.

In der ersten Nacht, als er das tat, war sie aufgewacht. Sie hielt die Augen geschlossen, doch er wußte, daß sie wach war, und einen schrecklichen Augenblick lang hatte er Angst, daß sie schreien oder nach ihm schlagen könnte. Da er jedoch nichts anderes tun konnte, als weitermachen, machte er eben weiter, streifte ihr den Hausmantel ab, bettete ihren Körper in seinem luftigen Nachtgewand zwischen den Laken und hüllte seine weiche, runde Fülle liebevoll darin ein. Dann hatte er ihr ganz zart einen keuschen Kuß auf die Stirn gegeben und wollte sich dann auf Zehenspitzen aus dem Zimmer entfernen.

Also wußte ich wohl, was ich tat. Aber was war denn schon dabei? Wurde denn von ihm erwartet, daß er sich wie der letzte Schuft aufführte?

Sie flüsterte »Bill...«, und er kam zu ihr zurück. Sie streckte ihm die Arme entgegen, und er ließ sich neben dem Bett auf die Knie nieder, und ihre Arme schlossen sich fest um ihn. »Bill, mein Schatz, Bill...« Ihre Lippen fuhren fiebernd über sein Gesicht. »Wie konnte ich bloß jemals – was würde ich wohl ohne dich machen. Du bist so gut gewesen, so wunderbar.«

»Du bist selbst ziemlich wunderbar«, sagte er. »Und jetzt wirst du schlafen. Auf der Stelle, junge Dame, verstanden?«

Mit übermenschlicher Anstrengung zwang er sich, sich aus ihren Armen zu befreien, aufzustehen und das Zimmer zu verlassen. Er war danach aufgelöst und fand die ganze Nacht keinen Schlaf, doch es hatte sich gelohnt. Die letzte Barriere der Vorsicht war gefallen. Sie auf ihr Zimmer zu tragen, wurde zu einem fast allnächtlichen Ereignis, selbst dann, wenn sie nicht eingeschlummert war. Spielerisch forderte sie es von ihm, kuschelte sie sich schläfrig in seine Arme. »Ich bin ja sooo müde, Bill! Hilf der alten Schlafmütze die Treppen hinauf, hm?...«

Er wußte, ihre Müdigkeit war nicht gespielt. Sie machte sich Sorgen bis zur Erschöpfung, und die langen Jahre sexueller Austrocknung oder Fast-Enthaltsamkeit hatten sie ihrer Vitalität beraubt. Jetzt hatte sie wenigstens jemanden, an den sie sich anlehnen konnte, jemanden, der sie so selbstlos liebte wie sie es tat. Also lehnte sie sich willig und begierig an ihn.

Und dann diese Unterschrift gegen die staatliche Einschränkung der Redefreiheit... nun, der alte Mann hatte genauso reagiert, wie er es in dieser Angelegenheit von ihm erwartet hatte. Er war nicht sicher, ob er nicht doch selbst unterschrieben hatte. Jedenfalls war er nicht bereit gewesen, abzuleugnen, daß er es getan hätte, womit er ja indirekt eine Sache verurteilt hätte, hinter der er stand. Er war standhaft geblieben, und natürlich hatte die Schulbehörde ihn prompt aus seiner Stelle verjagt. Und bei seinem angegriffenen Gesundheitszustand war dieser Schlag fast tödlich gewesen.

Doch nein, NEIN – Dusty schrie das Wort fast heraus. So war's ja gar nicht gewesen. Es hatte sich dann zwar so entwickelt, doch er hatte es doch nicht geplant! Ein Unterschriftensammler hatte ihm an einer Straßenecke die Petition hingehalten, und er selbst hatte sie unterschrieben ... ohne auch nur im Entferntesten an die Folgen zu denken. Er hatte sie einfach mit William Bryant Rhodes unterzeichnet, weil nicht genügend Platz gewesen war, das ›Junior‹ hinzuzufügen (das war wirklich der einzige Grund). Und ganz bestimmt hatte er nicht die Unterschrift seines Vaters gefälscht. Dad hatte ihm das Schreiben beigebracht. So war es doch nur natürlich, daß ihre Unterschriften einander sehr ähnlich waren.

Sie war in jener Nacht fast hysterisch gewesen. Es war ihr so viel versagt geblieben. Eine echte Mutterschaft, das Leben einer gesunden Frau; sie hatte so wenig gehabt, und jetzt war auch noch dieses wenige – die bescheidene Sicherheit – verlorengegangen. Sie war verängstigt; sie war entsetzt. In dem schwach erleuchteten Wohnzimmer hatte sie schluchzend in Dustys Armen gelegen, geweint und sich wie ein verlassenes Kind an ihn geklammert. Hatte langsam Ermutigung und Stärke aus seiner Kraft gezogen, sich von seinen sanft geflüsterten Worten beruhigen lassen.

Sie hatte geschnüffelt und dann zu lächeln angefangen. Er hatte ihr ein Taschentuch unter die Nase gehalten, und sie hatte gehorsam hineingeschneuzt.

»Schau mich nur an«, hatte sie mit zittrigem Lächeln gesagt, »was für eine große Heulsuse.«

»Mein Baby«, hatte er zurückgeflüstert, »mein kleines Baby. Heul nur nach Herzenslust.«

»O Bill, Liebling, was würde ich bloß ohne dich tun –«

»Nichts. Weil ich nämlich immer bei dir bleiben werde. Jetzt bleib ein Weilchen ganz ruhig und ...«

Er nahm das Taschentuch und tupfte ihr die Tränen aus dem Gesicht. Ganz geschäftsmäßig tupfte er sie auch von ihrem Hals ... von ihren halbentblößten Brüsten.

»Also, weißt du«, sagte er, »noch ein bißchen mehr, und du wärst völlig aufgeweicht«, und er legte die Wölbung einer Hand auf ihr nacktes Fleisch. »Du solltest dich nur mal selbst fühlen.«

Dann blickte er zu ihr auf, mußte sich selbst dazu zwingen, und da sah er, wie sich ihre Augen verdunkelten. Dann kamen seine Augen träge und verträumt näher, und sie begrub ihr Gesicht an seiner Brust. Und sie flüsterte: »Das solltest du nicht tun, Bill. Du weißt doch, daß du das nicht sollst. Nie, niemals!«

»Warum nicht«, sagte er. »Wenn du wüßtest, wie sehr ich dich liebe . . .«

»Ich weiß, ich liebe dich auch, mein Liebling. Du bist so wunderbar, so gut zu mir gewesen, daß – o Bill, Liebster« – ihre Arme klammerten sich noch fester an ihn – »ich wünschte, ich könnte dir sagen, wieviel du mir bedeutest.«

Ihr Körper versteifte sich und wurde dann ganz schlaff. Er zog seine Hand zurück, dann ließ er sie von seinem Schoß herunter auf die Liege gleiten. Sie lag bewegungslos da, schien kaum zu atmen, einen Arm über ihr Gesicht gelegt.

Er zögerte noch. Dann, vor ihr kniend, streifte er ihr Hauskleid zurück, schob sacht ihr Nachthemd hoch und . . .

Ihre offene Hand explodierte in seinem Gesicht.

Er wurde davon zurückgeschleudert und fand sich auf dem Fußboden sitzend wieder. Er setzte sich auf und sie brachte ihr Nachthemd wieder in Ordnung.

»Ich mußte sichergehen. Ich wollte nie glauben, daß du wirklich das im Schilde führst, was du anscheinend schon immer gewollt hast – ich konnte und wollte es nicht glauben, aber ich mußte Sicherheit haben . . .«

. . . dann hatte sie ihn angeschrien . . . »Bastard, Dreckstück . . . Ungeheuer« . . . und ließ ihn ihren ganzen Haß und Ekel fühlen.

Glücklicherweise hatte Mr. Rhodes ein schweres Beruhigungsmittel genommen, bevor er sich zurückgezogen hatte.

. . . Der Ventilator summte schläfrig vor sich hin. Hingestreckt unter dem warmen, narkotisierenden Luftzug durchlebte Dusty noch einmal diese schreckliche Szene mit seiner Pflegemutter und empfand sie dann doch nicht mehr als gar so schrecklich. Er war froh, daß er es endlich doch geschafft, sich dazu gezwungen hatte, in aller Aufrichtigkeit sich die Vergangenheit noch einmal zu vergegenwärtigen. Besah man sich dies alles, Stück für Stück, rückte man es in das Licht voraufgegangener Geschehnisse, dann hatte er vor diesem Hintergrund eigentlich nur ganz normal auf eine abnorme Situation reagiert. Es war ihr Fehler gewesen, nicht seiner. Sie war die treibende Kraft gewesen, nicht er. Wäre er etwas geschickter vorgegangen, etwas weniger unbeholfen, dann hätte sie ihn wahrscheinlich tun lassen, was er so sehnsüchtig von ihr begehrt hatte. Und zweifellos hatte sie auch gewollt, daß er es mit ihr tun würde.

Nein, ganz so schlimm war es nicht. Und ganz so schlecht war er auch nicht. Im ganzen gesehen hatte er sich weitaus anständiger verhalten und verhielt er sich noch immer weitaus anständiger, als es die meisten anderen getan hätten.

Er haßte Dad nicht. Manchmal war er seinetwegen etwas gereizt. Deprimiert auch, wenn er daran dachte, daß er in all den kommenden Jahren diesen Mühlstein um den Hals haben würde – aber wem ginge das nicht so. Bestimmt haßte er ihn nicht, und ganz gewiß wünschte er sich nicht seinen Tod.

Und Bascom, auch Bascom haßte er nicht, noch wünschte er ihn sich tot ... selbst wenn es möglich war, seinen Tod herbeizuführen. Monatelang hatte Bascom ihn mit der Nase in den Dreck gestoßen; jetzt war der alte Knabe vor Angst selbst wie von Sinnen. Und jetzt war mal Dusty an der Reihe, ihm ein bißchen die Hölle heißzumachen. Und warum sollte er sich davon abbringen lassen, das zu tun?

Tug Trowbridge. Er empfand keine Bewunderung für Tug, identifizierte sich nicht mit ihm. Es war Tugs Sache gewesen, ihn aus einer Falle zu retten. Da die Sache für ihn natürlich lebenswichtig war, hatte er an ihrem Erfolg schon ein brennendes Interesse. Das war aber eigentlich auch schon alles.

Marcia Hillis ...

Nun, seine Haltung ihr gegenüber war schon schwerer zu analysieren. Erst war er ganz krank vor lauter Zuneigung zu ihr gewesen, dann war dieses Hingezogensein in etwas umgeschlagen, das man fast Haß nennen konnte. Sie war das Wild gewesen, und sie die Jäger. Und als es den Anschein gehabt hatte, daß sie vielleicht davonkommen könnte – wie er es noch vor wenigen Augenblicken gehofft hatte –, war in ihm beinahe Haß hochgekommen.

Na ja, aber war das nach allem so verwunderlich? Er empfand dieselben gemischten Gefühle gegenüber jener *anderen* sie, seiner Pflegemutter. Und es hatte in diesem Fall Parallelen gegeben. Er hatte Angst gehabt, daß sie es Dad erzählen könnte – fürchterliche, schwindelerregende Angst. Indem er sie also liebte, unfähig war, etwas anderes zu tun als sie zu lieben, hatte er sie zugleich auch gehaßt. Er wollte, daß sie für das Entsetzliche bestraft würde, das sie über ihn heraufbeschworen hatte.

Aber jetzt, hier und heute, empfand er natürlich nichts anderes als Liebe für sie; er hätte sie auch geliebt, wenn sie noch am Leben gewesen wäre. Und jetzt, da die Gefahr für ihn Vergangenheit war, fühlte er einzig Liebe – er fand nichts Treffenderes, seine Gefühle zu beschreiben – für Marcia Hillis. Heute abend wollte er mit Tug reden. Herausfinden, wohin sie sie gebracht hatten. Dann, wenn Dad starb ... falls er starb ... oder irgendwann, irgendwie würde er sich mit ihr wieder in Verbindung setzen. Zu ihr gehen und sie bewegen, zurückzukommen. Sie mochte ihn. Dessen war er sich ganz sicher. Trotz dieser Sache, die sie aus finanzieller Gewinnsucht mit ihm versucht hatte. Also ... dann also würden sie zusammen sein. Diesmal wäre es ganz anders. Die Verhältnisse wären noch dieselben, aber diesmal ...

... Kein unvermuteter, erschreckender Schlag ins Gesicht, keine eiskalte Stimme, keine haßerfüllt herausgeschrienen Anklagen. Nur der sehnsüchtige, elfenbeingetönte Leib, die warmen, lockenden Arme, diese Haarfülle, die sich silbrig über ihr Gesicht ergoß ... und dann schließlich die Erfüllung.

Dusty zerwühlte ruhelos sein Bett. Seine Augen öffneten sich einen Spalt breit, und nachdem er noch eine Weile unruhig gelegen hatte, setzte er sich auf. Er zündete eine Zigarette an und stieß in hastigen, nervösen Zügen den Rauch aus.

Genau so würde es sein. So mußte es sein, erkannte er mit einemmal. All die vergangenen Jahre hatten ihn so geprägt, daß es für ihn nur eine einzige Frau geben konnte. Und ohne sie gäbe es nichts – keine Ruhe, keinen Frieden, keine Erfüllung, nur eine schmerzhafte Leere, in der unbestimmte Ängste hausten und sich vervielfachten, unablässig an ihm nagen würden.

Er mußte sie haben, und es würde ihm gelingen. Sie mochte ihn. Er verdiente gutes Geld – und es gab Wege, mehr zu verdienen – und wenn *sie* schon verzweifelt genug gewesen war, das zu versuchen ...

Noch halb benommen hörte er das Läuten des Telefons. Dann die Stimme seines Vaters, der abgenommen hatte und seine Schritte, die sich ihm vom Wohnzimmer her näherten. Er stand auf, kurz bevor der alte Mann die Tür geöffnet hatte.

»Ich wollte dich nicht rufen, Bill, aber jemand aus dem Hotel ...«

Dusty murmelte eine Verwünschung. »Du hast ihnen also gleich erzählt, daß ich hier bin. Na ja, dann okay.«

Er schob sich an Mr. Rhodes vorbei und schnappte sich den Hörer. Bemüht um einen Anschein von Höflichkeit, sagte er dann: »Ja bitte, hier ist Bill Rhodes.«

»Wie gehts denn so, Freundchen« – es war Tug Trowbridge. »Tut mir leid, dich geweckt zu haben, doch ich dachte mir, daß du und ich uns mal unterhalten müßten... am besten gleich, eh?«

9

Fünfzehn Kilometer außerhalb der Stadt verlief etwa über anderthalb Kilometer ein stillgelegtes Stück Teerstraße parallel zu dem breiten, neuangelegten Highway. Es lag jenseits der Bahngeleise, schlängelte sich durch die Hügel und verlor sich in einer öden Landschaft mit verlassenen Bauerngehöften. Hier, kurz hinter dem Hang des ersten Hügels, traf sich Dusty mit Tug Trowbridge.

Er parkte sein Coupé hinter dem großen, schwarzen Cadillac des Gangsters. Tug strahlte ihn mit breitem Lächeln an und hielt ihm eine Flasche Bier hin, als Dusty sich neben ihm in den Sitz gleiten ließ.

»Is das 'ne Hitze, wie, Junge? Hier, schütte dir davon ein bißchen rein, und gleich wirst du dich besser fühlen.«

Dusty warf nervös den Kopf zurück. »Ich trinke nicht, danke. Was haben Sie« –

»Nicht mal 'n Bier? Na ja« – Tug setzte die Flasche an und schluckte. Gurgelnd sagte er: »Es gibt Schlimmeres, Kid. Manchmal muß man auf diese Weise ein bißchen Dampf ablassen, und Bier ist die sicherste Sache, die ich kenne.«

Er rülpste und schleuderte die Flasche durchs Fenster. Über den Sitz nach hinten langend, nahm er die nächste Flasche aus einem Eiskübel. Er riß die Verschlußkappe mit seinen Zähnen auf und nahm einen tiefen, nachdenklichen Schluck. Abwesend starrte er durch die Windschutzscheibe und rülpste wieder.

»Yes, Sir«, meinte er. »Es gibt für einen Mann Schlimmeres als Biertrinken.«

»Wegen letzter Nacht«, unterbrach ihn Dusty. »War's das, was« –

»Ja«, sagte Tug. »Letzte Nacht. Das ist wieder so ein Beispiel. Nach dieser Sache solltest du dich besser an Bier halten und die Puppen in Ruhe lassen, Kumpel. Du ersparst dir damit 'ne Menge Ärger. Jeder erspart sich 'ne Menge Ärger damit.«

Dusty wurde rot. »Aber so war's doch gar nicht. Es war genauso, wie ich's erzählt habe. Sie hat nach Briefpapier gerufen und dann, als ich reinkam, hat sie –«

»Na ja, was macht das schon.« Tug zuckte gleichmütig die Achseln. »Aber ihre Geschichte klang ganz anders, und die schien mir gar nicht so abwegig, Kid. Sie redete, und sie hatte Sachen dabei, mit denen sie das bestätigen konnte. Zeitungsausschnitte und Briefe, und so weiter. Es sieht so aus, als wenn sie genau das ist, was sie behauptet – eine Nachtclubtänzerin der Spitzenklasse. Kam ein paar Tage früher hierher in die Stadt, weil sie sich ausrechnete, daß sie während der Rennen hier vielleicht ein Engagement findet.«

»Aber das heißt doch noch nicht –«

»Klar, weiß ich doch. Vielleicht hat sie damit grade erst angefangen. Oder vielleicht hat sie ihre Geschichte nur zur Tarnung für diese andere Sache benutzt. Mag ja sein. Aber dies kleine ›Vielleicht‹ könnte einen in Teufels Küche bringen. Setz dieses ›Vielleicht‹ dazu, und es ergibt sich eine ganz andere Sache als die, an die ich dabei gedacht habe. Rück so einem schrägen Vogel mal den Kopf zurecht, und kein Hahn kräht danach. Sie kann nichts ausplaudern, und falls sie doch herumplappert, bringt's ihr absolut nichts ein. Aber eine Frau wie die hier – eine, die beweisen kann, daß sie echt ist, oder die es einem vielleicht unmöglich macht, zu beweisen, daß sie es nicht ist – na ja ...«

Er hob die Flasche an seine Lippen. Verstohlen musterte er aus seinen gerissenen Tieraugen Dustys blasses Gesicht. Er grinste in sich hinein und verfiel in einen nachdenklichen, mürrischen Ton.

»Sieht gar nicht gut aus, Junge, wie? Mir war schon klar, daß wir uns da auf eine heiße Sache eingelassen haben. Aber natürlich war es da schon zu spät, die Finger davon zu lassen. Wir mußten weitermachen, ich und meine beiden Jungs. Und ich sag's dir, denen paßte es auch ganz und gar nicht. Die stecken jetzt auch bis hier hin mit drin – sie alle und du und ich, und diese saubere kleine Dame muß nur ein paar Worte fallen lassen, und schon gehen wir alle fünf hops.«

»Hops?«

»Hops.« Tug nickte feierlich. »Versuchte Vergewaltigung, Entführung. Das ist nicht ganz dasselbe wie bei Rot über die Kreuzung fahren, oder auf den Bürgersteig zu spucken, Kid. Ganz besonders hier im Süden ist es ganz und gar nicht dasselbe.«

»Aber ihr Wort steht doch gegen –«

»Ja, ja, ja. Nicht, daß ihr Wort sehr schwer wiegen würde gegen uns, einen Pagen und drei schwere Jungs! Aber da hängt noch ein bißchen mehr dran. Denk mal drüber nach, Dusty. Vielleicht ein Dutzend Leute haben heute morgen unsere kleine Show mitbekommen. Die hatten da sicher noch nichts geschnallt. Aber gesehen haben sie's. Und die werden alle anfangen, zu reden, wie ein Wasserfall, sobald sie damit anfängt.«

Denk darüber nach ... Vor Dustys Augen flimmerte es. Gott, doch nicht *er* mußte darüber nachdenken! »Gibt's denn nicht irgendeinen Ausweg, um – um –?«

»Ja nun«, sagte Tug bedächtig. »Es gibt 'nen Ausweg. Also, mir selbst geht das ja auch schwer gegen den Strich, und den Jungens schmeckt das ebensowenig, aber...«

Er brach ab und ließ den Satz in der Luft hängen. Dusty starrte ihn an, verstand nicht gleich, was er meinte, und dann wurde sein Gesicht um eine Schattierung bleicher.

»Nein«, keuchte er, »nein, das könnt ihr doch nicht machen.«

»Na jaa –« Tug warf ihm wieder verstohlen einen Blick zu. »Wie ich schon sagte, ich würd's höchst ungern machen. Bei manchen dieser Puppen wär's mir ja fast ein Vergnügen, aber eine Dame wie die – echte Klasse, und dann noch mit diesem Aussehen, und eine unwahrscheinliche Figur. Also warum...«

»Das werdet ihr doch nicht tun, oder? Versprecht mir, daß ihr das nicht tun werdet.«

»Na jaaa... weißt du, woher man zehntausend Dollar in die Finger kriegt?«

»Zehntau... – natürlich nicht.«

»Siehste, ich auch nicht. Aber darauf wird's hinauslaufen, Dusty. Das oder eben das andere. Für zehntausend Riesen hält sie dicht. Sie gibt es uns schwarz auf weiß, daß keiner von uns Hand an sie gelegt hat und daß sie das Hotel aus eigenem freien Willen verlassen hat.«

Er machte eine Pause und musterte wieder den Pagen, verstohlen in sich hineingrinsend wie vorhin. Dann fuhr er mit ernstem Stirnrunzeln fort: »Wenn ich dir sage, daß ich's nicht habe, dann mein ich das auch, Kid. Ganz unter uns und im Vertrauen gesagt, mein Lieber, ich bin pleite. Viel schlimmer noch als total pleite.«

»Aber –« Dusty schüttelte ungläubig den Kopf – »aber wie –«

»Ich kann noch immer den feinen Mann markieren, einen protzigen Schlitten fahren, 'ne hohe Miete zahlen, klar, kann ich – ein paar Wochen noch. Mit mir geht's schon 'ne ganze Zeit bergab, Dusty, und jetzt bin ich ganz tief unten angelangt. Ich bin blank. Ich habe ein dickes Verfahren wegen Steuerhinterziehung am Hals. Jahrelang hab' ich's abbiegen können, aber jetzt läuft da nichts mehr. Entweder zahlen, oder die harte Tour.« Er seufzte und warf die leere Flasche aus dem Fenster. »Schon richtig. In gewisser Weise macht es die Sache für mich leicht. So wie ich in der Scheiße stecke, könnte sich die Puppe die Seele aus dem Leib schreien und würde es damit auch nicht schlimmer machen, als es ist.«

»Aaaber...«

»Klar doch.« Tug nickte. »Da sind noch du und die Boys, an die man denken muß. Und natürlich würde mir das keinen Spaß machen, stillzusitzen und abzuwarten, bis der gute alte Uncle Sam mir eins reinwürgt. Wenn's nicht irgendwie anders geht, würde ich mir am liebsten ein fettes Bündel Geld schnappen und aus dem Land verduften.«

Er verfiel wieder in ein langes Schweigen, das große, gutmütige Gesicht kummervoll verzogen. Das breite Gesicht, das so bieder aussah, wandte sich zum Fenster. Seitlich war ein kleiner Außenspiegel angebracht. Er gestattete ihm einen guten Blick auf Dustys gequältes Gesicht.

Er seufzte schwer auf und wechselte den Tonfall. Jetzt schien es ein versonnenes, belustigtes Lachen. »Weißt du, das ist schon komisch, Kid – ich meine, mit dieser Frau, der Hillis. Man müßte doch annehmen, daß sie verdammt sauer auf dich ist, aber das scheint sie überhaupt nicht zu sein. Eigentlich hatte ich irgendwie den Eindruck, daß sie dich sehr gut leiden kann. Sie ist ein bißchen herumgeschubst worden, und meint jetzt, daß sie dafür bezahlt werden müßte. Aber, verstehst du, das hat gar nichts Persönliches. Also, ich würde wetten, wenn du in sie verknallt wärst – das mußt du ja wohl, natürlich, bei einer Puppe wie der – also, ich möchte wetten, sie käme angelaufen wie –«

»Ich muß es wissen«, sagte Dusty. »Ich muß die Wahrheit wissen, Mister Trowbridge. Ist sie –«

»Ja. Warum nennst du mich nicht einfach Tug, Junge?«

»Ich muß das wissen, Tug. Ist sie – ihr habt sie doch nicht etwa schon umgebracht?«

»Aber, aber«, rief Tug aus. »Selbstverständlich haben wir das nicht, und wir werden's auch nicht tun, wenn es einen anderen Ausweg gibt. Wir halten sie sicher und bequem versteckt, und sie hat's im Augenblick weiß Gott gemütlicher als wir beide zusammen.«

»Könnte ich – könnte ich sie sehen?«

»Klar, kannst du«, meinte Tug gedehnt. »Wenn du glaubst, daß ich dich anlüge, dann sag's nur, und ich bring dich zu ihr.«

Dusty zögerte. Dann ging ihm die Bedeutung dessen, was Tug gerade gesagt hatte, voll auf, und er schüttelte heftig den Kopf. Er mußte dem Gangster glauben. Zumindest durfte es nicht so aussehen, als traute er ihm nicht. Denn falls Tug angeordnet hatte, sie zu töten, um sie zum Schweigen zu bringen, und falls er gezwungen wurde, diese Tatsache zuzugeben . . . nun ja, dann würde man auch ihn, Dusty, zum Schweigen bringen. Genauso, für immer.

Tug wäre gezwungen, es zu tun und das nicht nur, um sich selbst zu schützen. Der große Mann war verzweifelt. Er wollte etwas von Dusty, und er beabsichtigte auch, es unbedingt zu bekommen, und eine Frau war dabei ein entscheidender Pluspunkt für ihn – ein Mittel, um seine Forderungen durchzusetzen. Sie mußte also noch am Leben sein. Er durfte nicht offen Zweifel daran äußern, daß sie noch am Leben war. Täte er dies, dann könnte er Tug nicht mehr von Nutzen sein – ein Mann mit einem gefährlichen Wissen, der sich weigerte, mitzuarbeiten – und dann würde er wohl nicht mehr lange zu leben haben.

Dusty dachte, daß es so sein müßte, doch war er sich noch nicht ganz schlüssig. Er redete vorsichtig, unterzog seine Theorie einem Test: »Da gibt's eins, was ich nicht verstehe, Tug. Also du willst auf jeden Fall aus dem Land verduften. Also, nun, warum läßt du dann nicht die Frau einfach laufen, wenn du so entschlossen bist, den Absprung zu machen? Laß sie doch reden, was sie will. Du wärst doch dann eh nicht mehr da, um dir das Gelaber anzuhören.«

»Nun ja –« Tug ließ sich tiefer in den Sitz rutschen – »eh, das könnte ich wohl kaum tun, Kid. Ein Verfahren wegen Steuerhinterziehung ist eine Sache. Kidnapping und Beihilfe zu einer Vergewaltigung ist da was ganz anderes.«

»Aber du wärst doch gar nicht mehr da. Du hast doch nicht die Absicht, zurückzukommen.«

»Also, eh, schön. Wie ich gerade vorhin gesagt habe, da bist du noch, und da sind die Jungs, an die ich denken muß. Wir stecken alle mit drin, und du wärst ja dann immer noch hier und –« er brach ab, und seine Augen schimmerten. »Sag ich da was Komisches, Kid?«

»Nein« – Dusty schüttelte den Kopf. »Ich wollte nur wissen, wie die Dinge stehen.«

»Okay«, schnappte Tug grimmig. »Jetzt weißt du's, jetzt bist du im Bilde. Ich hab' meine Pläne, und ich lasse sie mir nicht vermasseln. Ursprünglich hast du da gar nicht reingepaßt, aber so hat es sich nun mal ergeben. Du bist mit dabei, und du wirst mitspielen. Entweder – oder.«

Wütend langte er wieder hinter den Sitz und schnappte sich eine weitere Bierflasche. Der Verschluß knirschte zwischen seinen Zähnen, löste sich mit einem lauten »Plopp«, und er spuckte ihn aus und trank.

Er hustete, lehnte sich in seinen Sitz zurück, und die alte Jovialität kehrte in seine Stimme zurück. Ein bißchen angestrengt, aber immerhin, sie war wieder da.

»Ach, Junge, das ist doch nicht die Art, wie Kumpel miteinander reden sollten, und ich bin doch immer dein Kumpel gewesen, oder etwa nicht? Immer freundlich und umgänglich, und ich hab' immer mit dem Kies um mich geschmissen. Ich mochte dich, verstehst du. Ich dachte immer, daß du zu mir gehörst. Und ich weiß, daß du dasselbe über mich gedacht hast. Also hör mal zu. Zu wem bist du denn an diesem Morgen gekommen, als du wirklich im Schlamassel gesteckt hast? Siehst du, zu mir bist du gekommen, nicht wahr, und ich habe keinen Augenblick gezögert, oder? Ich hatte selbst reichlich eigene Sorgen, aber ich hab' einfach gesagt: geht doch klar, Dusty! Überlaß die Sache mir, und ich kümmere mich drum. Das ist doch richtig, oder?«

»Das stimmt«, murmelte Dusty.

»Und ich wußte selbst nicht, worauf ich mich da einlasse, stimmt's? Ich hatte nicht die geringste Ahnung, daß die Sache so laufen würde, daß ich jetzt ein bißchen Druck machen kann – dich darum bitte, mir einen Gefallen zu tun. Du hilfst mir, und gleichzeitig gehst du dabei ganz auf Nummer sicher. Ich habe wirklich nie im Traum daran gedacht, daß das so kommen würde. Ich wußte bloß, daß du ein Kumpel bist, und ich war bereit, mich selbst in die Bredouille zu bringen, um dir aus Schwierigkeiten herauszuhelfen.«

Seine Stimme tönte gewichtig... »Kumpel... Gefälligkeiten... dir heraushelfen... konnte nicht wissen.« Und Dusty nickte zustimmend zu all dem, kämpfte dagegen an, daß sich die plötzlich aufsteigende Erregung auf seinem Gesicht zeigte.

Angenommen aber, Tug hatte es gewußt, angenommen, er hatte die ganze Sache arrangiert? Das ergab doch wohl einen Sinn, oder nicht? Das machte es so sonnenklar, daß keine andere Erklärung der Sache näher kommen konnte. Es erklärte Dinge, die sich auf andere Weise nicht erklären ließen.

Bascom. Warum hatte er zugelassen, daß Marcia Hillis sich ins Hotelregister eintrug – eine alleinstehende Frau, die noch dazu spät nachts angekommen war? Warum wohl? Nun, weil Tug es ihm befohlen hatte und er Angst davor hatte, es ihm abzuschlagen. Und das Zimmer zu zehn Dollar. Nun eben. Auch die Antwort darauf war wunderbar einfach. Es gab nur ganz wenige solcher Zimmer im Hotel, und eins davon befand sich auf Tugs Etage. Ohne daß Dusty Verdacht geschöpft hatte, war sie genau dort untergebracht worden, wo Tug sie haben wollte – und wo er ihn haben wollte, wenn sie die Falle zuschnappen ließ. Es war alles so angelegt, daß er praktisch gezwungen gewesen war, sich an den Gangster um Hilfe zu wenden. Sein alter

Kumpel Tug würde dann unversehens bereitstehen, und er, Dusty, würde automatisch zu ihm hinrennen.

Die Entführung, das Kidnapping. Und er hatte auch noch Angst gehabt, daß sie damit nicht durchkommen würden – und seine Befürchtungen hatten berechtigt geschienen! Denn wäre alles echt gewesen, wäre es ihnen wohl schwerlich geglückt. Eine echte Entführung hätten sie nie und nimmer gewagt. Alles war nur Theater gewesen, ein Teil des Plans, ihn Tugs Forderungen gefügig zu machen.

Es gab noch einige ungeklärte Punkte in seiner Theorie, doch im großen und ganzen war die Sache wasserdicht. Es war immerhin fast genauso bequem wie plausibel gewesen. Wenn Marcia Hillis mit Tug zusammenarbeitete, dann befand sie sich natürlich nicht in Gefahr. Falls sie mit Tug gemeinsame Sache machte, dann war sie auch für ihn, Dusty, nicht unerreichbar. Natürlich war sie nicht allein mit Geld zu haben. Trotz der Rolle, die sie gespielt oder anscheinend gespielt hatte, wollte er nicht glauben, daß bei ihr mit Geld allein allzuviel auszurichten war. Aber gewiß wäre einer Frau wie ihr Geld doch etwas sehr Wichtiges. Sie würde es erwarten, es als Selbstverständlichkeit nehmen. Und mit Tugs Hilfe, indem sie Tug bei seinem Plan half, worin dieser Plan auch immer bestehen mochte . . .

»Nur noch einen Augenblick, Junge«, Tug beugte sich zu ihm hinüber und ließ das Handschuhfach aufschnappen. »Ich weiß, daß du vielleicht annimmst, daß ich dir mit dieser Puppe was vorgemacht habe, aber hier, sieh es dir selbst an.«

Er zog etwas aus dem Handschuhfach, ein zerknittertes, rechtekkiges Stück Karton im 8 × 4-Format. Er glättete es nachlässig und reichte es dem Pagen hinüber, der scharf den Atem einzog. Es war ein Bild von ihr, ein Agenturfoto, das in weißer Tinte ihren Namenszug am unteren Rand trug. Sie posierte vor einem Hintergrund mit künstlichen Palmen; lächelnd stützte sie sich halb liegend gegen den Stamm eines dieser Gebilde. Ihre untere Partie war von einem aufreizend kleinen Weinblatt bedeckt. Ihre Hände, die gespreizt vor ihren Brüsten lagen, enthüllten mehr, als sie bedeckten. Sonst war sie nackt.

»Du siehst, Junge« – Tug nahm ihm das Bild aus der Hand und stopfte es zurück ins Handschuhfach – »sie ist genau das, was ich gesagt habe, wie? Ich hab' nicht gelogen, oder?«

Dusty schüttelt den Kopf. Also war sie in der Unterhaltungsbranche oder war es früher mal gewesen. Das bewies allerdings noch immer nicht, daß sie nicht mit Tug zusammenarbeitete. »Die Frau ist eine

Wucht, wie Dusty?« Tug schnalzte anerkennend. »Hast du in deinem ganzen Leben schon mal jemanden wie sie gesehen?«

»Nein. Vermutlich keine, die genauso war wie sie«, sagte Dusty.

»Aber eigentlich hat sie auch kein bißchen mehr vorzuweisen als du, Dusty. Für einen Mann verfügst du auch genau über das, was sie hat. Das gute Aussehen, die Klasse und alles übrige.«

»Und du meinst wirklich« – Dusty räusperte sich – »du meinst wirklich, daß sie – daß sie vielleicht –«

»Daß ihr was an dir liegt, falls du selbst in sie verknallt wärst? Ich sag dir, was ich denke, Junge.« Tug tippte ihm mit ernster Miene aufs Knie. »Ich geb dir meine Garantie dafür, verstehst du. Ja, mein Lieber, ich garantiere dir, daß sie anspringen wird.«

Dusty zögerte. Es war alles so falsch. Er war völlig durcheinander. Tug hatte ihn zuerst an einem schwachen Punkt getroffen und jetzt am nächsten; ritt nacheinander auf seinen Schwachstellen herum. Selbsterhaltung, Habgier, Sorge um sie, sein unübersehbares Verlangen. Nur allzu eifrig hatte er ihm viel zu viel versprochen; hatte ihm zu sehr gedroht. Und das Endergebnis war völlige Verwirrung, oder genauer gesagt, das Infragestellen oder die Zurücknahme all dessen, was er geäußert hatte.

Sie befand sich nicht in Gefahr, vermutete Dusty. Nach seiner Meinung war da nichts – jedenfalls nichts, womit er nicht mit etwas Geistesgegenwart fertigwerden könnte. An diesem Punkt konnte er noch immer einen Rückzieher machen, ohne daß außer Tug jemand einen Nachteil hätte. Und dennoch...

Nun ja. Eigentlich versuchte er doch nur zu raten, oder? Vielleicht waren seine Überlegungen grundfalsch. Und falls es so war, wäre sie für ihn verloren. Tot. Und falls er richtig lag, wäre sie auch dann für ihn verloren. Er würde dann so weiterleben müssen wie bisher, von einem Tag zum nächsten, von der Hand in den Mund leben, müßte weiter durch eine graue Öde waten, die mit jedem Schritt öder und grauer wurde.

Er schauderte innerlich; das konnte er nicht ertragen, nicht einmal den Gedanken daran. Doch konnte er – konnte er andererseits – die düstere Alternative akzeptieren? Konnte er einen Weg einschlagen, der mit allergrößter Sicherheit all dem entgegenlief, was er in all den Jahren geplant und vorbereitet hatte?

Seine Stimme klang brüchig. »Ich weiß nicht, Tug. Es kommt mir irgendwie verrückt vor, daß ich überhaupt nur daran denke... na ja, an das, worüber wir gesprochen haben. Du weißt ja, ich habe immer Arzt werden wollen. Mein Vater und meine Mutter haben es sich gewünscht. Ich wollte nur vorübergehend im Hotel arbeiten, bis –«

»Ja?« Tug lachte glucksend. »Wem willst du eigentlich was vormachen, Junge? Du bist im Hotel, weil da leichtes Geld zu holen ist. Du bist halt einer von denen, die es leicht verdienen wollen. Ich weiß das ziemlich genau, verstehst du. Ich kann Leute wie dich auf meilenweite Entfernung riechen. Vielleicht denkst du selbst anders von dir. Aber ich weiß es. Du würdest nicht mal dann wieder die Schulbank drücken, wenn man dich dafür bezahlen würde.«

»Aber ich –«

»Wir haben jetzt lange genug geredet, Dusty. Viel länger, als ich es mir eigentlich vorgenommen hatte. Aber vielleicht sollte ich dir noch was sagen. Meine Jungs sind ziemlich nervös geworden. Sie sind ein bißchen sauer auf dich, Junge. Wenn die spitzkriegen, daß du vielleicht aus der Reihe tanzt, wüßte ich wirklich nicht, wie ich sie bei der Stange halten soll.«

Tug nickte düster zu ihm hin, und unversehens waren alle Zweifel und war alle Verwirrung von Dusty gewichen. Er kannte Tugs Muskelmänner nicht so gut wie er ihn, Tug, kannte. Er hatte sie nie näher kennengelernt. Für sie würde er nichts weiter sein als ein Stolperstein, ein Kerl, der Ärger machte und von dem man noch Schlimmeres erwarten konnte. Und was sie dann tun könnten, tun würden, das war nur allzu leicht vorauszusehen.

... »solange werd ich ja auch nicht mehr dableiben, verstehst du, Kid. Die sind dann auf sich gestellt und machen allein weiter. Also, hast du's dir überlegt?

Was würde nun werden? Was konnte das sein? Ihm blieb wohl keine Wahl.

»Also gut«, sagte er, »also gut, Tug. Was soll ich für dich machen?«

Und Tug erzählte es ihm.

10

Wie es für den Körper Grenzen der Leidensfähigkeit gibt, ist auch das Bewußtsein nur begrenzt durch Schocks belastbar. Man kann nur bis zu einem bestimmten Punkt aufgewühlt, fassungslos, entsetzt sein, und darüber hinaus geht nichts mehr. Der Wirbel der Gefühle erreicht einen toten Punkt, in dem alles erstarrt.

Genauso ging es Dusty. In weniger als einer Stunde wurde ihm der Boden unter seinem ganzen bisherigen Leben weggezogen und ein neuer Grund gelegt. Er wurde bis an die äußerste Grenze des Schocks getrieben; mit grenzenloser Müdigkeit gab er Tug zur Antwort:

»Das läßt sich nicht machen, Tug. Diese Schließfächer sind diebstahlssicher. Man braucht zwei Schlüssel für jedes einzelne. Einen hat das Hotel, den anderen der Einlieferer. Und selbst dann, wenn man beide hat...«

»Ja? Red weiter, Junge.«

»In jedem Fach gibt es noch einen Extrakasten. Man würde die ganze Nacht brauchen, um sie alle zu öffnen. Und man würde nicht wissen, ob es sich lohnt, sie zu plündern, bevor man sie nicht alle aufgemacht hat. Jedenfalls hab' ich keine Ahnung, welche das sind. Praktisch alles, was hinterlegt wird, wird tagsüber abgewickelt und –«

»Ja ja, ist mir schon klar«, unterbrach ihn Tug. »Das weiß ich alles. Am besten, ich erkläre dir noch einmal alles Punkt für Punkt, wie?«

»Das wäre wohl besser, ja.«

»Die Rennsaison beginnt übernächste Woche. Die großen Buchmacher trudeln nächste Woche hier ein. Sie wollen sich die Rennbahn ansehen, die Voraussagen eingehend studieren, und so weiter. Sie werden massenhaft Bargeld bei sich haben. Da gibt's ja wohl kein Vertun, oder? Sie haben die Kohle, und bei der Beinarbeit, die sie tagtäglich machen, müssen sie sie im Hotel lassen. Wir brauchen also ihre Schlüssel. Sagen wir mal, die von sechs oder sieben der größten Fische, und wenn wir die haben, gehört der große Topf uns. Wir reißen uns ein paar hundert Riesen unter den Nagel, in nur fünf Minuten vielleicht eine Viertelmillion.«

»Ja, aber...« Dusty leckte sich über die Lippen. »Wie meinst du das, daß wir uns ihre Schlüssel verschaffen? Soll das heißen, daß du – daß du«

»Na aber«, Tug knuffte ihn jovial in die Rippen. »Nichts dergleichen, Junge. Ich schmeiß in meiner Suite nur 'ne kleine Party; Gott, sie sind schon früher auf vielen meiner Parties gewesen. Dann, na ja, dann sorgen ich und meine Jungens für eine kleine Überraschung. Verpassen ihnen eins und halten sie fest, verstehst du. Ziehen sie einfach für eine Weile aus dem Verkehr.«

»Nun ja...«, sagte Dusty zögernd, »bleiben noch immer die Schlüssel vom Hotel. Bascom –« er legte wieder eine Pause ein, »Gott, ich kanns einfach nicht machen, Tug. Natürlich wird Bascom auf dem Posten sein, und es gibt keinen Weg, wie ich an die Schlüssel herankommen kann, ohne –«

»Halt mal, immer mit der Ruhe«, sagte Tug. »Du sollst sie ja gar nicht benutzen. Das macht Bascom. Was du machen sollst, ist, dir die

Kohle schnappen und im Gepäckraum einschließen. Du tust sie in eine Umhängetasche, die ich dir geben werde und hinterlegst sie dann, als wäre es ein ganz gewöhnliches Gepäckstück. Ich –«

»Aber Bascom. Was ist mit ihm?«

»– will es nicht bei mir haben, verstehst du? Falls irgendwas schiefläuft. Meine Jungens könnten ein bißchen hektisch werden, du begreifst schon, was ich meine. Vielleicht fangen sie an, wegen ihres Anteils herumzustreiten. Also verstaust du das Ding und merkst dir den Kontrollabschnitt – natürlich mußt du nur die Nummer im Kopf behalten – und ich setz mich mit dir in Verbindung, sobald die erste Aufregung sich gelegt hat.«

»Ja, aber –«

»Ich teile den ganzen Ramsch mit dir, Junge. Eine Hälfte ganz allein für dich und die andere für mich und die Jungens. Ein paar Monate lang rührst du das Zeug nicht an, und dann legst du es darauf an, daß du gefeuert wirst und –«

»Ich hab' nach Bascom gefragt«, beharrte Dusty. »Also, was ist nun mit ihm?«

In gespielter Verzweiflung ließ Tug die Augen rollen. Er schaute voll in das gleißende Sonnenlicht, kniff die Augen spaßhaft zusammen und blickte dann wieder Dusty an.

»Na gut, Junge. Am besten, ich erzähl dir gleich alles. Aber du weißt von nichts, verstanden? Von Bascom weißt du absolut nichts! Er weiß nämlich nicht, daß du und ich eine kleine Abmachung haben.«

»Ich verstehe.«

»Einer meiner Verbindungsleute hat mir vor drei, vier Monaten einen Tip über Bascom gegeben. Er ist aus einem Knast in den Oststaaten getürmt, abgehauen, als er noch zwanzig Jahre von einer dreißigjährigen Haftstrafe wegen eines Banküberfalls abzusitzen hatte. Nur ein Wort von mir, und er sitzt wieder drin und muß die volle Zeit abreißen.«

»Also . . . oh«, sagte Dusty und nickte in plötzlichem Begreifen.

»Sie haben dich danach ausgefragt, wie?« Tug verzog die Lippen zu einem kleinen Grinsen. »Du weißt, warum ich diesen Brief an das Management geschrieben habe, Junge? Einfach wegen der Art, wie er dich behandelt hat. Ja, ich hab's wohl bemerkt – meine Augen sehen viel. Du hast alles getan, um gut mit ihm auszukommen, und er hat immer wieder nur Steine in den Weg gelegt. Ich hab' mit ihm darüber gesprochen, und er hat immer nur so getan, als ob, wenn ich in seiner Nähe war. Aber ich wußte, daß er nicht aufgehört hatte, dich zu piesacken. Also dachte ich mir, daß ich ihn mal ordentlich durchschüttle –«

»Na«, meinte Dusty, »das war, eh, das war wirklich nett von dir. Aber ich finde immer noch –«

»Ich weiß. Ich weiß schon, was du sagen willst. Du willst sagen, daß Bascom bei dieser Sache nicht mitspielen kann. Wenn er's tut, muß er seine zwanzig Jahre absitzen und vielleicht noch zwanzig Jahre dazu. Aber schau mal, es gibt da einen Dreh. Er spielt zwar mit, aber es sieht nicht so aus, als ob. Er bekommt eine Kanone vorgehalten, und er verliert die Nerven, benimmt sich wie ein gottverdammter Narr, anstatt –«

»Damit kommt er doch niemals durch.« Dusty schüttelte den Kopf. »Das ist einfach nicht drin, Tug. Ein Mann draußen vor dem Kassenraum könnte niemals den Mann drinnen mit einer Kanone in Schach halten. Die Öffnung im Fenster ist viel zu klein. Der Kassierer, der Mann drinnen am Schalter, könnte sich einfach auf den Fußboden fallenlassen oder müßte nur ein Stück zur Seite gehen, und schon wäre er aus dem Schußfeld.«

»Könnte er schon, wenn er geistesgegenwärtig genug ist, falls er nicht vor Angst die Hosen verliert.«

»Du kannst es nicht so hinbiegen, daß die Sache sauber aussieht«, sagte Dusty hartnäckig. »Die würden doch sofort wissen, daß das ein Insiderjob ist.«

»Ja ja ja, mag ja sein, daß sie das glauben. Aber sie können nichts beweisen. Was sie beweisen können, ist, daß Bascom nicht gerade ein Held ist, daß er die Situation nicht richtig eingeschätzt hat.«

»Ich seh's immer noch nicht.« Dusty runzelte die Stirn. »Die werden doch nie – ich meine, ich glaube nicht, daß die jemals glauben werden, daß er mit einer Waffe bedroht worden ist. Nicht von außen. Ja, wenn drinnen noch ein Kerl wäre – sagen wir mal, einer der Gepäckträger aus dem Foyer – dann sähe alles schon anders aus. Er könnte da drin zu tun haben und plötzlich Bascom eine Kanone in die Rippen drücken. Und dann müßte Bascom eben spuren. Es gäbe für ihn keine andere Möglichkeit und – und«

Er schluckte und ließ den Satz unvollendet. Es entstand ein langes Schweigen, währenddessen ihn Tug unverwandt anstarrte. Und dann fand er seine Stimme wieder.

»Bascom. Ist er überhaupt bereit, ein solches Risiko einzugehen?«

»Klar ist es ein Risiko.« Tug zuckte die Achseln. »Wenn er's nicht eingehen will, hat er überhaupt keine Chance. Dann sorg ich dafür, daß er zurück in den Bau geht.«

»Also . . .« sagte Dusty, »und wie ist das mit mir? Wo soll ich mich aufhalten, während diese ganze Sache abgezogen wird?«

»Drinnen im Kassenraum, mit ihm zusammen. Du hilfst ihm da bei seiner Arbeit, wie jeden anderen Morgen um zwei Uhr dreißig. Du mußt dabei sein, verstehst du? Diese Geldtasche wird zu groß sein, als daß man sie durch dieses kleine Fenster pressen könnte, und es bleibt einfach nicht genug Zeit, den ganzen Weg bis zur nächsten Ecke zu traben. Du schnappst sie dir und bringst sie sofort unter Verschluß.«

»Aber dann stecke ich doch voll mit drin. Wenn ich wirklich unmittelbar dabei bin –«

»Was macht das denn? Du bist bloß ein Page; Bascom ist dein Boss. Kann man von dir erwarten, daß du versuchst, ihn zu bremsen, es riskierst, selbst umgelegt zu werden, während er dazu bereit ist, die Fächer aufzuschließen? Nein, nein, nein Junge, das können sie von dir nicht erwarten. Sie würden glauben, daß du ein verdammter Narr bist, wenn du es versuchen würdest.«

»Schon.« Dusty nickte. »Mag sein. Ich glaube, da hast du Recht. Aber – na ja, was ist mit dem anderen? Wenn ich diese Tasche nehme und einschließe? Du sagst, daß Bascom keine Ahnung haben sollte, daß ich dabei bin, daß ich auch mit drin stecke, aber –«

»Tut er auch nicht, wird er auch nicht, und du weißt absolut nichts, verstehst du? Nichts, was ihn angeht und nichts darüber, wie es laufen wird.«

»Aber wenn ich vor seinen Augen das Geld nehme –«

»Junge«, Tug seufzte, »Mensch, Dusty. Herrgott, gibt's denn nichts, was du nicht auch mal mir allein überlassen kannst? Glaubst du denn, ich hätte das ganze Ding erst vor fünf Minuten ausbaldowert?«

»Nein, aber –«

»Bascom wird dich gar nicht zu sehen kriegen. Sobald er dem Fenster nahekommt, packe ich ihn am Schlafittchen und verpasse ihm eins, schlag ihn bewußtlos. Er wird schon stillhalten, verstehst du; dadurch wird die ganze Sache viel besser aussehen. Ich zieh ihm also eins über, er geht k. o., und wenn du zurückkommst, nachdem du den Kies in Sicherheit gebracht und dich wieder im Kassenraum eingeschlossen hast, wird er noch immer voll hinüber sein. Jeder wird glauben müssen, daß du diesen Verschlag keinen Augenblick lang verlassen hast.«

»Wenn doch aber die Tasche nicht durch die Fensteröffnung geht, dann muß er doch –«

»Verdammt noch mal, ich – sie geht doch durch, solange sie leer ist, oder etwa nicht? Sie muß einfach, hörst du! Auf dem Weg zurück also nehm ich vielleicht einen Teil des Geldes heraus, steck's mir in die Taschen oder vorne unter mein Hemd.«

Grimmig, das Gesicht vor Ärger verzerrt, riß Tug eine neue Flasche aus dem Kübel. Er rammte sich den Verschluß fast gegen die Zähne und riß ihn mit einem schmerzerfüllten Grunzen ab. Er trank in gierigen Zügen. Er setzte die Flasche erst ab, nachdem er sie leergetrunken hatte.

»Entschuldige, Junge –« er zwang sich zu einem entschuldigenden Lachen. »Ich mach dir ja daraus keinen Vorwurf, wenn du alles bis in die letzten Einzelheiten wissen willst. Natürlich nicht. Aber, Teufel noch mal, jede verdammte winzige Kleinigkeit! Das hört sich ja beinahe so an, als hieltest du mich für total plemplem oder als würdest du mir nicht trauen.«

»Nein«, wandte Dusty hastig ein, »nein, das ist es nicht, das glaube ich ganz und gar nicht. Es ist nur – na ja, eben alles ein bißchen unklar. Es gibt dabei so vieles, was schiefgehen könnte, und falls irgendwas nicht –«

»Da läuft schon nichts falsch.« Tug legte ihm die Hand freundschaftlich auf die Schulter. »Laß dir mal was sagen, Dusty. Das scheint zu Anfang immer so, wenn ein Bursche vorhat, ein Ding zu drehen. Immer und besonders dann, wenn es sein erstes ist. Er glaubt einfach, daß jeder auch wissen müsse, was er weiß, und daß sie alle dieselben kleinen Löcher sehen, die er sieht, und daß sie den Finger drauf legen und ihn festnageln. Aber so läuft das nicht, verstehste! Er ist der Mann, der die Antworten weiß, der einzige. Die anderen – die sehen nichts oder wissen nichts, und selbst wenn sie es wissen, ziehen sie daraus nicht die richtigen Schlüsse.«

Dusty nickte widerstrebend. Es war ihm nicht gelungen, zu sagen, was er sagen wollte. Er war nicht bis zum Kern der Befürchtungen, die er hegte, vorgedrungen, und sie waren für ihn selbst nicht so recht greifbar. Eine schwarze Wand hatte sich vor ihm aufgerichtet, verschlug ihm die Sprache, drängte den halbfertigen Gedanken zurück, der ihm auf der Zunge lag.

»Du mußt es mal so sehen, Junge ... ich nehm ja schließlich das Geld nicht mit, oder? Du weißt doch, daß ich dir da nichts vormache.«

»Ja« – Dusty bewegte tonlos die Lippen – davon war er einigermaßen überzeugt. Doch, er war sich ganz sicher.

»Es wird so sein, wie ich gesagt habe. Du verstaust den Kies und reißt den Gepäckschein ab. Du mußt das so machen, verstehst du. Die Cops werden mit dir reden, und vielleicht durchsuchen sie dich auch zufällig noch. Jedenfalls wäre es nicht gut, das Zeug irgendwo bei sich zu haben. Es gibt so verdammt viel unvorhergesehene Dinge, die damit passieren können.«

»Ich weiß« – wieder bewegten sich Dustys Lippen. Die Nummer im Kopf behalten, den Aufbewahrungsschein abreißen. Ja, das war's, so müßte es eigentlich gehen.

»Nun, Junge, das wär's also. Es gibt einzig und allein einen Weg, wie ich an den Kies herankommen kann, wie ich mir meinen Anteil hole. Durch dich, ganz allein durch dich. Also muß ich zusehen, daß dir nichts passieren darf, nicht wahr? Ich muß absolut sicher sein, daß alles glattgeht, und daß du ohne den kleinsten Kratzer aus der ganzen Sache rauskommst. Du siehst, ich muß dafür sorgen. Ich muß ganz sicher sein, und ich bin sicher. Zum Teufel auch, ich müßte ja verrückt sein, wenn ich das Ding anders über die Bühne bringen wollte, meinst du nicht auch?«

Dusty nickte. Auch darin stimmte er ihm zu. Zu seinem eigenen Besten mußte Tug zusehen, daß er in Sicherheit war. Aber dennoch...

Er brachte es beim besten Willen nicht heraus. Jene Sperre in seinem Kopf rückte und rührte sich nicht und hielt gemeinschaftlich mit ähnlich hinterhältigen und tückischen Gefangenen den einen Gedanken fest unter Verschluß, den er sich bewußt noch nicht eingestehen, den er nicht akzeptieren wollte.

»Das wärs, Dusty. Das ist eigentlich alles. Wenn du mitmischst, ist auf deiner Seite alles absolut sicher, und du bekommst satte hundert Riesen als Anteil. Mindestens hunderttausend, Mensch –« Tug stupste ihn grinsend an. »Ich übernehm sogar noch die zehn Riesen für die Puppe aus dem, was für mich rausspringt.«

»Na ja«, Dusty murmelte. »Ich... du, eh, also das mußt du nicht. Schön also, ich hab' über sie nachgedacht, Tug. Ich meine, du hast gesagt, daß sie anständig ist und –«

»Na und? Sie ist herumgekommen, sie weiß, so es langgeht. Sie ist kein schwärmerischer Backfisch, der hinter'm Mond lebt. Puppen wie diese hier in ihrem Gewerbe, Junge – die in Nachtclubs herumhüpfen und alles vorzeigen, außer dem, worauf sie wirklich scharf sind – weißt du, die gehören alle zur selben Sorte, zum Verein »Zeig-mir-erst-das-Geld-Schätzchen-und-ich-stell-dir-keine-Fragen-mehr.«

Dusty mußte gegen seinen Willen lachen. Tug stimmte in sein Lachen ein, sah ihn prüfend an und fuhr dann mit leiser, verschwörerischer Stimme fort: »Laß dir eins gesagt sein, Junge. Wenn es bei der Sache keinen Haken gibt, wie ich ganz fest glaube, dann bringe ich sie mit dir zusammen über die Bühne, bevor wir dann den Kies aufteilen.

Bestimmt. Vielleicht müssen wir damit 'ne ganze Weile warten, aber es hätte ja keinen Sinn, wenn du *ewig* lange auf sie warten müßtest. Wie gefällt dir das, eh? Ihr werdet sofort zusammengebracht, beinahe gleich.« Er schlug dem Hotelpagen kräftig auf den Rücken, ohne eine Antwort abzuwarten. »Ich deichsle das schon für dich, Dusty. Du kannst dich drauf verlassen. Aber jetzt zum Geld, der Aufteilung . . .«

»Ich hab' mir schon darüber Gedanken gemacht.« Dusty kniff die Augen zusammen. »Du weißt doch, ich darf keine Pakete oder Taschen oder so was aus dem Hotel heraustragen, Tug. Ich meine, ich muß sie öffnen und durchsuchen lassen, bevor ich sie mitnehmen kann und –«

»Vergiß es«, schnitt ihm Tug das Wort ab. »Ich werd' mir was überlegen, sobald es soweit ist.«

»Wie kann ich – wie willst du dich mit mir in Verbindung setzen?«

»Auch das überlege ich mir noch. Es wird davon abhängen, wie die Dinge dann liegen. Überlaß das doch um Himmels willen mir – ich muß mir doch darüber den Kopf zerbrechen, oder? – und hör endlich auf, dich selbst verrückt zu machen.«

Sein Gesicht war wieder stark gerötet, und seiner Stimme konnte man die Gereiztheit anhören. Mit wütendem Schwung schleuderte er die leere Flasche aus dem Fenster.

»Bei Gott, Junge, ich will dir ja nicht immer eins aufs Dach geben, aber – na schön, laß gut sein. Wir sind jetzt klar, oder? Bis nächste Woche gehen wir die ganze Sache noch einmal durch, aber soweit sind wir miteinander klar. Wir haben eine Abmachung.«

»Zwischen uns ist alles klar«, sagte Dusty mit fester Stimme. »Wir haben eine Vereinbarung.«

11

Es war schon seltsam, aber während der Zeit, die zwischen seinem Treffen mit Tug und dem Morgen des Überfalls lag, fühlte er sich einigermaßen ruhig und ausgeglichen. Einzig dann, wenn er versuchte, seine Gefühle zu befragen – ihm ihre Fremdartigkeit bewußt wurde –, gab es einen Riß in diesem inneren Frieden. Und auch dann noch waren seine Gewissenszweifel nur schwach und von kurzer Dauer. Es gab nichts, wodurch sie neue Nahrung bekommen hätten.

Sein hübsches, olivfarbenes Gesicht war glatt und faltenlos, aufgeweckt und ehrlich wie eh und je. Die weit auseinanderstehenden Augen klar und sorglos. Seine Stimme, sein Auftreten, die vielen kleinen Einzelheiten – in denen sich die Persönlichkeit verrät – das alles war ganz normal. Denn soweit er zurückdenken konnte, waren zum ersten Mal überhaupt alle Selbstzweifel verschwunden, und er fühlte große Selbstsicherheit. Aus ihm würde jetzt ein Ganzes werden. Er wußte es, und dieses innere Wissen spiegelte sich in dem äußeren Menschen wider.

Trotz aller Zweideutigkeiten in Tugs Ausführungen würde der Raubüberfall ein voller Erfolg werden. Das wußte er, und das war alles, was er wissen mußte. Wichtiger noch, ja am allerwichtigsten war, daß er Marcia Hillis für sich haben würde. Bei allen Nebenabsichten, guten oder bösen, die Tug verfolgen mochte – er würde sie haben, er spürte es, er wußte es, und das war alles, was er wissen mußte.

Mit dieser neu gewonnenen Selbstgewißheit zeigte er sich Mr. Rhodes gegenüber ungewöhnlich geduldig. Auf eine lässige Weise war er höflich und nett gegenüber Bascom – einem Bascom, dessen Gesicht faltig und eingefallen, dessen Augen unstet waren und der stumm vor sich hin brütete, bis er zum Reden gezwungen wurde. Es war leicht, Geduld zu haben, leicht, gefällig und höflich zu sein. So wie er sich jetzt fühlte – unbezwingbar und furchtlos –, hätte er sich auch gar nicht anders verhalten können.

Und diese Sicherheit wuchs noch. Stark und unerschütterlich, verließ sie ihn auch nicht während der härtesten Bewährungsprobe, die er durchzustehen hatte – seiner Begegnung mit I. Kossmeyer, seines Zeichens Rechtsanwalt.

Am zweiten Tag nach seinem schicksalhaften Gespräch mit Tug Trowbridge händigte der Oberpage Dusty eine Notiz aus, als er zum Dienst kam. Sie war von Kossmeyer. Ein kurzgehaltenes Gekritzel auf einem Bogen mit dem Briefkopf des Anwalts. Es hieß da einfach: *Rhodes: halte es für ratsam, wenn Sie morgen früh zu mir ins Büro kommen.*

Dusty warf die Nachricht mitsamt den Umschlag in einen Papierkorb. Er suchte Kossmeyers Büro nicht auf. Er mochte den kleinen Anwalt nicht, und er wußte – so sagte er sich – Besseres mit seiner Zeit anzufangen.

Zwei Tage später, als er gerade das Hotel verlassen wollte, begegnete ihm Kossmeyer vor dem Personaleingang.

»Muß mit Ihnen sprechen, Rhodes«, sagte er brüsk. »Wie wär's mit Kaffee?«

»Ja, gewiß doch«, Dusty nickte. »Wo immer Sie wollen, Mister Kossmeyer.«

Sie setzten sich in einem nahegelegenen Restaurant in eine Nische.

Dusty nippte an seinem Kaffee, setzte ihn ab und blickte hoch. Und zum ersten Mal seit Tagen fühlte er sich in seiner Ruhe erschüttert.

Nicht daß er Angst gehabt hätte, ganz gewiß hatte er vor diesem Wichtelmännchen keine Angst! Aber er war doch außerordentlich beunruhigt, beinahe verärgert. Er starrte über den Tisch hinweg, seine Gereiztheit verstärkte sich, und sein Gesicht war von Röte überzogen.

Die Augen des Anwalts waren unnatürlich geweitet, randvoll mit einem übertriebenen Ernst, der die aufgesetzte Miene Lügen strafte. Er hielt seine Gesichtshaut gestrafft, die gewohnten Fältchen waren weggeglättet, was ihm ein treuherziges und unbekümmertes Aussehen verlieh. Seine Lippen waren in tiefem Ernst geschürzt – eine groteske Karikatur der Ernsthaftigkeit – und das Kinn hatte er unmerklich zu einer Pose ruhiger Unerschrockenheit leicht vorgeschoben. Alles an ihm strahlte heuchlerische Würde, unterwürfigen Mut und sündhafte Frömmigkeit aus. Er war ein Spiegel, der alles verhöhnte, was er getreu zurückzuwerfen vorgab. Dennoch hatte der Hohn sich so gut getarnt, war die Mimik so unmerklich fein verrutscht, daß sich das, was nicht stimmte und schief war, leicht der Beobachtung entziehen konnte. Wahr und falsch waren unlösbar verschmolzen. Das Falsche war nur der verlängerte Schatten des Wahren.

Die Röte in Dustys Gesicht vertiefte sich. Unbewußt versuchte er, den Gesichtsausdruck zu wechseln, und sogleich veränderte sich das Gesicht des Anwalts, paßte sich dem Minenspiel seines Gegenüber an. Jetzt gerade war er verletzt (verletzt in Anführungszeichen), dann verlor er die Beherrschung – in der Art eines melodramatischen Kinohelden – und dann endlich war er wieder er selbst. Weder freundlich noch unfreundlich, sondern einfach ein Mann, der auf die beste und sparsamste Art seine Arbeit zu tun versuchte.

»Sie sehen, Rhodes, es steckt gar nichts dahinter, wie? Zählen tut nur das, was Sie selbst in sich haben.«

»Was haben Sie mit mir vor?« fragte Dusty schroff. »Sagen Sie es, und bringen Sie es hinter sich.«

»Einiges davon habe ich schon hinter mich gebracht. Ihnen nämlich gezeigt, daß Sie niemanden täuschen können, außer vielleicht sich selbst. Also, jedenfalls werden *Sie* mir nie etwas vormachen können. Nur damit wir uns verstehen. Sie können aufhören, es zu versuchen. Lassen Sie das Versteckspielen, und machen Sie reinen Tisch! Warum haben Sie jene Petition damals mit dem Namen Ihres Vaters unterschrieben?«

»Warum, warum sollte ich –«

»Richtig, ja. Warum sollten Sie, warum haben Sie?« Der Anwalt beugte sich vor, das kluge Gesicht plötzlich mitfühlend und verständnisvoll. »Das war eben so eine Sache, wie, mein Sohn? Sie haben ohne nachzudenken unterschrieben, ohne sich vorzustellen, welche Folgen das haben könnte. Daß Ihr Vater und Sie denselben Namen haben, ist Ihnen wohl nie so recht klargeworden – oder daß Ihre Unterschrift der seinen so täuschend ähnlich ist ... ich denke mir, daß er Ihnen das Schreiben beigebracht hat, oder nicht? Wahrscheinlich hat er sie Ihnen, als Sie noch ein Kind waren, als Vorlage gegeben, und Sie sollten den Schriftzug nachahmen?«

Dusty zögerte. Er wollte zu einer Erklärung ansetzen, jemand anderen etwas glauben machen und dadurch seinen eigenen Glauben bestärken; die Worte lagen ihm schon fast auf der Zunge, fast waren sie schon heraus, aber ...

»Ganz sicher«, fuhr Kossmeyer ernsthaft fort. »So ist es gewesen – anders kann es gar nicht gewesen sein. Himmel, eine so perfekte Unterschrift, das braucht Übung; die hatten Sie, die mußten Sie ja auch haben. Sie waren der Junior Ihres Dad, ein Einzelkind, das gehegt und gehätschelt wurde. Da fühlt sich ein Kind immer als etwas Besonderes. Der Vater identifiziert sich stärker mit ihm – versucht gewissermaßen, ihn nach seinem Muster zu prägen. Ich vermute, das ist ein beschützender Zug: Indem er aus seinem Sohn ein Teil von sich selbst macht ... oh, entschuldigen Sie. Ja?«

»So ist es gewesen«, nickte Dusty bedächtig. »Es – er – die Beziehung war noch enger, glaube ich, als wenn ich sein eigener Sohn gewesen wäre. Ja ... das stimmt, ich bin adoptiert worden. Es ist schon lange her, daß ich mich fast nicht mehr daran erinnern kann. Und ich bezweifele, ob Dad weiß, daß ich es weiß. Also –«

»Klar, ich werde es nie erwähnen. Er und seine Frau konnten keine eigenen Kinder haben?«

»Ich vermute, ja. Wahrscheinlich hätte sie welche haben können; sie war um vieles jünger als er, und ich glaube, sie ... na ja, daß sie eben körperlich ganz gesund war.«

»Hmm, sie war eine sehr schöne Frau, nicht wahr? Ich meine, das irgendwo gehört zu haben.«

»Ja.«

»Ich hab' mich auch gefragt: Haben Sie irgendeine Erklärung dafür, daß sie einen um so vieles älteren Mann geheiratet hat?«

»Sie sind sich begegnet, als er am College unterrichtet hat. Sie strengte sich an, es zu schaffen, und er muß ihr dabei viel geholfen haben, glaube ich, und da dachte sie vielleicht, sie könnte nicht ...«

Dusty fühlte dunkel, daß er sich verrannte. Wie waren sie überhaupt dazu gekommen, von ihr zu sprechen? Wie und warum waren sie eigentlich von ihrem ursprünglichen Thema so weit abgekommen?

Er sagte kurz: »Was hat denn das alles damit zu tun?«

»Was?« Die Augenbrauen des Anwalts zuckten hoch. »Na ja, eigentlich gar nichts. Ich war nur neugierig. So eine Verbindung wie die gibt mir immer Rätsel auf. Natürlich geht mich das ja überhaupt nichts an. Also fassen Sie es bitte nicht falsch auf, aber...«

»Ja?«

»Ich frage mich doch auch, ob sie ihn nicht vielleicht geheiratet hat, weil sie ihn liebte. Würden Sie meinen, daß es so gewesen sein könnte?«

»Nun«, Dusty nickte zögernd, »ich denke schon. Ja, natürlich.«

»Auf Äußerlichkeiten hat sie sicher keinen Pfifferling gegeben, glauben Sie nicht? Sie wußte, wer der Richtige war, als sie ihm begegnete, und sie hat sich gleich an ihn gehängt.«

Ernst starrte er zu Dusty hinüber: wie ein Mensch, der ein zwar interessantes, aber doch ganz unpersönliches Problem erörterte. Seine glänzenden Vogelaugen musterten gedankenvoll das Gesicht seines Gegenüber und näherten sich ihm ganz unmerklich.

»Also kommen wir zurück zu dieser Unterschrift. Sie haben also den Namenszug Ihres Vaters nicht gefälscht. Das kam Ihnen ganz natürlich so heraus, Sie mußten ihn ja gar nicht fälschen. So etwa hat sich das abgespielt, wie?«

»Nun –« Dusty untersuchte diese tückische, zum Einspruch herausfordernde Feststellung und war nicht imstande, etwas dagegenzusetzen – »nun, also, ja.«

»Und rein zufällig haben Sie den Zusatz ›Junior‹ weggelassen, ohne an die möglichen Folgen zu denken. Ihr Vater hatte eine gesellschaftlich angesehene Stellung; man mußte davon ausgehen, daß jedermann diese Unterschrift mit ihm in Verbindung bringen würde. Aber der Einfall ist Ihnen nie gekommen... oder doch?«

»Nein, tatsächlich nicht«, schnappte Dusty zurück. »Ich – sehen Sie, ich wußte ja nicht einmal, worum es bei dieser Unterschriftenaktion ging. Eine Frau an einer Straßenecke forderte mich auf, zu unterzeichnen, also unterzeichnete ich. Was wahrscheinlich auch eine ganze Menge anderer Leute getan haben. Einfach so, aus reiner Gefälligkeit.«

»Aber Sie müssen sich die Liste doch angesehen haben?«

»Sicher, ich habe draufgeschaut. Aber das ganze sagte mir nichts, ich war völlig ahnungslos. Sie wissen ja selbst, wie solche Sachen formuliert werden. Man muß sie ganz sorgfältig untersuchen, um den Sinn zu erfassen.«

»Ja«, Kossmeyer nickte. »Die sind manchmal ziemlich gerissen. Wie nannte sich denn das ganze?«

»Komitee zur Verteidigung der Verfassung – das war die Überschrift. Dann hieß es: In Anbetracht der großen Bedeutung eines ungehinderten freien Austausches von Informationen und Meinungen erkläre ich, der Unterzeichnete, hiermit –« Seine Stimme kippte plötzlich um, und er verstummte.

Kossmeyer grinste ihn wölfisch an. »Also wußten Sie tatsächlich nicht, worum es ging, wie? Es sagte Ihnen überhaupt nichts?«

»Ich – nein, es war wirklich so. Ich hab' es erst später gelesen, nachdem dann die Zeitungen die Geschichte herausgebracht haben.«

»Ja? Und wie war das mit dem ›Junior‹? Warum haben Sie das nicht Ihrem Namen hinzugefügt?«

»Weil einfach kein Platz mehr war. Wenn ich gewußt hätte, wie wichtig das später werden sollte, natürlich, dann hätte ich –«

»Sie hatten aber doch reichlich Platz für alles übrige. Vorname, Zuname, Nachname – die ganze verdammte Latte. Alles groß und deutlich geschrieben, so daß nicht mal ein Blinder es übersehen konnte ... verkaufen Sie mir keine Scheiße, mein Lieber. Da muß schon jemand kommen, der gerissener ist als Sie!«

»Aber Sie begreifen nicht ...« Und so war es wirklich. Er fürchtete sich nicht vor Kossmeyer, aber er wollte doch um alles in der Welt richtig verstanden werden! »Ich weiß, daß das wahrscheinlich konfus klingt und keinen Sinn ergeben mag, aber ...«

»Doch, es ergibt einen Sinn.« Der Anwalt beugte sich grimmig vor. »Sie haben Ihr ganzes Leben in dieser Stadt verbracht – Sie wissen, wie die Leute hier denken, wie sie auf eine Geschichte wie diese – Meinungsfreiheit – reagieren. Sie sind in einer Lehrerfamilie aufgewachsen, und Sie kennen die Probleme eines Lehrers sehr gut. Daß er sich nicht mal umsehen darf, ohne daß irgendein stupider Halbaffe ihn aufs Korn nimmt. All das haben Sie gewußt, und Sie wußten noch etwas anderes: Sie wußten, daß der alte Mann krank war und daß ein Schlag wie dieser ihn vielleicht umbringen würde. Und das war's doch auch, was Sie wollten, wie? Sie wollten ihn tot.«

Dusty fiel die Kinnlade herunter. Er machte den Mund wieder zu und zündete sich dann einigermaßen ruhig eine Zigarette an. Er blies den Rauch aus und starrte trotzig zu Kossmeyer zurück.

»Das ist lächerlich. Aber da Sie ja so sicher zu sein scheinen ...«

»Sie wissen, warum. Es ist derselbe Grund, aus dem ich nicht zu

Ihnen nach Hause komme. Er ist ein prachtvoller Bursche. Genau die Art Mensch, von der dieses Land eine Menge mehr braucht, und ich wollte die Dinge für ihn nicht noch schwerer machen. Wenn er wüßte, was für einem niederträchtigen, verkommenen Hundesohn er seinen Namen geliehen hat –«

»Jetzt reicht's«, fuhr Dusty auf. »Ich gehe jetzt.«

»Das sollten Sie nicht tun«, sagte Kossmeyer sanft. »Wenn Sie das tun, werden Sie bald nicht nur der übelste, sondern auch der unglücklichste Hundesohn der Vereinigten Staaten sein.«

»Wasss« – Dusty sank in seinen Sitz zurück – »was wollen Sie damit sagen?«

»Ich kann an dem nichts ändern, was passiert ist. Alles, was ich tun kann, ist, den Fall langsam einschlafen zu lassen. Doch das gilt für die Vergangenheit. Die Gegenwart, die Zukunft, das ist etwas anderes, mein Freund. Das nächste Mal kommen Sie nicht so glimpflich davon. Leisten Sie sich ihm gegenüber noch so eine Gemeinheit, und bei Gott, ich nagle Sie dafür fest. Und sollte es noch kein Gesetz dafür geben, dann laß ich dazu eigens eins verabschieden.«

»Sie sind wahnsinnig«, sagte Dusty kalt. »Diese ganze Sache ist verrückt. Warum sollte ich etwas tun, um ihm weh zu tun?«

»Auch dazu habe ich eine ziemlich stichhaltige Vermutung. Eine verdammt gute Vermutung. Und ich werde weitermachen, weitergraben und weiterbohren, bis ich es beweisen kann. Also versuchen Sie keine krumme Tour, verstanden? Wenn Sie das tun« – Kossmeyer fuhr mit einem Finger über seine Kehle –, »dann ratsch, Vorhang. Das wird dann das letzte gottverdammte Ding sein, das Sie versucht haben.«

Er schlängelte sich aus der Nische, warf eine Münze auf den Tisch und ging davon. Dusty rauchte seine Zigarette zu Ende und betrachtete sich eingehend in den Spiegeln längs der Wand.

Nichts hatte sich verändert. Innerlich und äußerlich war er noch genauso selbstsicher wie vorhin, als er das Restaurant betreten hatte. Kossmeyer hatte vorübergehend seine lässige Fassade angekratzt, aber jetzt waren die Risse wieder geglättet.

Der Anwalt hatte nur geraten, ihn einzuschüchtern versucht. Er hatte einsehen müssen, daß er von Dusty in der Angelegenheit seines Vaters kein Geld mehr bekommen würde, und diese Tatsache hatte ihn offenbar in Wut versetzt. Aber tun konnte er dagegen nichts.

Er konnte nicht die Wahrheit über jene Unterschriftensammlung ausposaunen (oder vielmehr, berichtigte Dusty sich, die *scheinbare* Wahrheit). Er konnte einfach nicht wissen, was ihn, Dusty, dazu bewogen hatte, die Petition zu unterzeichnen. Das Motiv – was das eigentliche Motiv hätte sein können – war Vergangenheit. Es war im buchstäblichen wie im übertragenen Sinne mit *ihr* begraben worden.

Selbstbewußt und gelassen verließ er das Restaurant und fuhr nach Hause. Wie so häufig verließ gerade Doktor Lane das Haus, als er dort ankam. Der Arzt hatte sich von der übertriebenen Höflichkeit, die er bei ihrem letzten Gespräch an den Tag gelegt hatte, schnell erholt. Jetzt war er wieder ganz sein altes schroffes Selbst und zeigte sich Dusty gegenüber so, wie er ihm gewöhnlich begegnete: gereizt, brüsk, geradezu beleidigend.

Wie es denn Mr. Rhodes gehe? Nun, ihm ging es den Umständen entsprechend, was nach Meinung Doktor Lanes noch lange nicht heiße, daß sein Zustand zufriedenstellend sei. »Ich habe es Ihnen ja bereits früher gesagt, Rhodes«, grollte er. »Das ist ebensosehr ein moralisches wie ein körperliches Problem. Ihr Vater muß das Gefühl haben, gebraucht zu werden. Glauben können, daß er anderen noch immer wichtig ist, und kein Mensch kann sich so fühlen, wenn er gezwungen wird, wie ein Landstreicher zu leben und auszusehen.«

»Niemand zwingt ihn dazu«, gab Dusty schroff zurück. »Ich gebe ihm reichlich Geld, so daß er auf sein Äußeres schon achtgeben könnte. Alles, was er sich wünscht. In vernünftigen Grenzen, und . . .«

»Tatsächlich? Innerhalb vernünftiger Grenzen?« Der Arzt starrte ihn voll Zynismus an. »Nun, Sie sollten sich besser angewöhnen, ihm ein bißchen mehr zu geben, verstanden? Seien Sie ein bißchen verantwortungsbewußter. Tun Sie etwas, Himmel noch mal. Das ist ja die reinste Schande.«

Er riß die Wagentür auf und warf die Arzttasche auf den Sitz. Mit gereizter Mine ging er um das Auto herum zur Fahrertür, wirbelte plötzlich herum und ging noch einmal zu Dusty zurück.

»Ja?« sagte er und schob angriffslustig das Kinn nach vorn. »Haben Sie etwas zu mir gesagt, Rhodes?«

»Ich sagte«, erwiderte Dusty gedehnt, »daß ich ja, falls Sie den Fall abgeben wollen, einen anderen Arzt hinzuziehen kann.«

»Nein –« Lane schüttelte den Kopf. »Nein«, sagte er wieder, und seine Stimme wurde schneidend, »ich sage Ihnen, was Sie tun können, Rhodes. Sie können anfangen, besser für Ihren Vater zu sorgen, oder Sie können jemanden einstellen, der sich um ihn kümmern kann. Habe ich mich klar ausgedrückt? Sie können das aus eigenem freien Willen tun, wie es von einem Sohn zu erwarten ist, oder ich werde Schritte unternehmen, die Sie dazu zwingen.« Er zögerte, fuhr sich mit der Zunge über die Lippen und sprach dann in gemäßigter Tonart weiter. Immerhin sei er doch seit Jahren Hausarzt der Familie Rhodes, und er habe diesen jungen Mann doch gekannt, seit er ein Knirps in kurzen Hosen gewesen sei. »Ich bin mir aber sicher, daß nichts dergleichen notwendig sein wird«, fuhr er fort. »Ich weiß, daß Sie ziemlich hohe Ausgaben gehabt haben, und es ist schwer für einen Mann, der einen Vollzeitjob hat, sich noch groß um andere Dinge zu kümmern. Nun also, sehen Sie zu, was sich machen läßt, und bitte, tun Sie Ihr Bestes.«

Dusty versprach, daß er das tun werde. Er hatte sowenig Angst vor dem Arzt wie vor Kossmeyer. Aber es hatte wenig Sinn, ihn sich zum Feind zu machen. Er brauchte Freunde; er brauchte jedenfalls sehr dringend welche und – diese Erkenntnis war für ihn sehr beunruhigend – er hatte eigentlich gar keine. Sicher, es gab Freunde der Familie, Freunde seines Vaters. Aber eigene Freunde hatte er nicht. Niemand, auf den er sich verlassen konnte, darauf, daß er sich für ihn einsetzte, bedingungslos zu ihm hielte, falls er einmal in Schwierigkeiten geriet.

»Ich werde mich sofort darum kümmern«, versprach er. »Es tut mir leid, daß Sie mit solchen Dingen behelligt werden, Doktor.«

»Ja, ja, das geht schon in Ordnung«, knurrte Lane grimmig. »Ich weiß ja, daß Ihnen am Wohlergehen Ihres Vaters liegt – vielleicht sind Sie nur eben ein bißchen sorglos –, denn sonst hätte ich erst gar nichts gesagt.«

Er fuhr davon.

Kaum hatte er das Haus betreten, schickte Dusty Mr. Rhodes gleich wieder zum Frisör, sammelte seine Sachen zusammen und rief die Wäscherei und die Reinigung an. Das hieß also wieder, daß er heute auf Schlaf verzichten mußte und, mehr noch, auch am morgigen Tag. Doch dann wäre es mit diesem einen, ganz besonderen Problem ein für allemal zu Ende. Kossmeyer ließ den Fall seines Vaters ruhen. Er würde keine Geldforderungen mehr an ihn stellen, und der alte Mann hätte es dann nicht mehr nötig, weiter vom Haushaltsgeld zu stibitzen, wie er es bisher getan hatte.

Dusty nahm den Hörer vom Telefon und fing an zu wählen, wobei er mit grimmiger Belustigung an den Anwalt dachte. So war es immer mit diesen falschen Säulenheiligen, diesen Kerlen, die ein großes Gewese darum machten, prinzipienfest und standhaft zu sein und sich einen Dreck um die Kosten scherten. Geld bedeutete ihnen nichts – o nein, nicht das geringste –, aber sie waren sich nie zu fein, es einzustecken. Sie waren viel zu selbstgerecht, jemandem ein ermuterndes Wort zu sagen, dir ein bißchen Verständnis entgegenzubringen. Aber dein Geld zu nehmen, dazu waren sie sich nie zu gut. Wenn sie's auf die eine

Weise nicht bekommen konnten, dann versuchten sie es eben auf eine andere. Dann preßten sie es aus jemandem heraus, der einem nahestand und der allzu vertrauensselig war, um sie zu durchschauen.

Kossmeyer mußte gewußt haben, daß Mr. Rhodes über kein eigenes Geld verfügte. Es mußte ihm bewußt gewesen sein, daß Dusty die ständigen und nicht unerheblichen Ausgaben nicht zur Verfügung stellen würde oder konnte und dennoch –

Dusty runzelte leicht die Stirn, und vorübergehend hatte er den Faden seiner angenehm reibungslos ineinander übergehenden Gedanken verloren. Natürlich wußte er nicht mit letzter Gewißheit, ob Kossmeyer von seinem Vater irgendwelche Zahlungen erhalten hatte. Allem Anschein nach war das wohl nicht so gewesen, da Mr. Rhodes ihn ständig gelöchert hatte, dem Anwalt eine Überweisung zu machen. Na ja, und dann war da die Art und Weise, wie Kossmeyer sich vor einigen Tagen ihm gegenüber benommen hatte: damals in seinem Büro, als das Thema der Gebühren aufgekommen war. Er hatte es wie etwas beiseite gewischt, das nicht weiter wichtig war. Wortreich hatte er angeboten, unentgeltlich zu arbeiten. Gewiß war er einigermaßen sicher gewesen, daß sein Angebot nicht angenommen werden würde. Und natürlich wußte ein Mann, der so gerissen war wie er, sehr wohl, wann er etwas gleichmütig hinnehmen mußte und wann er jemandem die Daumenschrauben ansetzen konnte. Aber angenommen ... angenommen, er hätte es wirklich ernst gemeint? Angenommen, er hätte diese Hunderte von Dollar gar nicht erhalten, jene fünfzehn oder zwanzig Dollar wöchentlich über mehr als ein Jahr –

Nun ja – Dusty zuckte die Achseln und wandte sich wieder dem Telefon zu – angenommen also, er hatte es nicht bekommen. Welchen Unterschied machte es schon, ob der alte Mann es einfach verschwendet hatte, es ihm aus den Rippen geleiert oder es Kossmeyer gegeben hatte?

Er hängte den Hörer wieder auf und lehnte sich zurück. Unruhig zündete er eine neue Zigarette an und beugte sich wieder nach vorn ... Hunderte von Dollar. Fast ein ganzer Tausender. Und falls nicht Kossmeyer es erhalten hatte, wer dann? Natürlich machte das keinen Unterschied – wie denn auch –, aber es war immerhin sehr verwirrend. Es war ihm unmöglich, dieses Rätsel zu knacken.

Verpulvert? Verschwendet? Gedankenlos durch die Finger geronnen oder verloren? Je mehr er darüber nachdachte, desto widersinniger wurde diese Theorie. Mr. Rhodes hatte keinerlei Laster, nichts, wofür er so viel Geld ausgegeben hätte. Jahrzehntelang gewohnt, mit einem bescheidenen Einkommen zurechtzukommen, war er von chronischer Knauserigkeit gewesen, verabscheute Verschwendung und hatte diese Haltung häufig und ja auch erst kürzlich wieder unter Beweis gestellt. Er war zerstreut und schusselig, ja gewiß, aber doch nicht dermaßen abwesend. Gelegentlich mochte er bei einem Einkauf sein Wechselgeld vergessen oder einen Schein aus seiner Tasche verloren haben. Das entspräche zwar nicht seinem Charakter, doch immerhin hätte es sein können. Aber das wäre ihm doch nicht regelmäßig, Woche um Woche, passiert!

Es gab demnach nur eine Erklärung dafür. Kossmeyer. Entweder war das Geld an ihn gegangen, oder es war gar nicht weg. Und wenn es das nicht war...

Dusty drückte seine Zigarette aus und stand auf. Entschlossen ging er zur Außentür und blickte die Straße in beide Richtungen entlang. Eine Weile blieb er in der Tür stehen, zögernd wieder, mit diesem leisen Gefühl der Beschämung. Dann wandte er sich abrupt ab und betrat das Zimmer seines Vaters.

Es war so reinlich und ordentlich, wie der alte Mann unordentlich war. Das Bett war gemacht. Der Fußboden sah aus, als sei er erst kürzlich gefegt worden. Auf dem Nachttisch stand eine Reihe Toilettenartikel sorgfältig aufgereiht. In ordentlichen Reihen standen die Bücher in den Regalen.

Er sah dort zuerst nach, untersuchte sie. Er blätterte sie einzeln durch, schüttelte sie. Stellte sie wieder hastig in die Regale ein. Dann, nachdem er wieder die Straße hinauf und hinab gespäht hatte, kam das Bett an die Reihe. Er zog Decke und Laken zurück und tastete schnell, aber gründlich, die Matratze ab. Da war nichts. Nicht der kleinste Riß, auch keine Stelle, wo er den Bezug wieder zugenäht haben konnte. In der untersten Schublade fand er eine kleine Stahlkassette. Er nahm sie heraus und hob den unverschlossenen Deckel ab.

Auch hier fand sich nichts. Nur alte Briefe, Empfangsquittungen, alte und vergilbte Zeitungsausschnitte und eine kleine Anzahl alter Versicherungspolicen. Eine davon, eine Tausenddollarpolice, trug ein Datum, das zwanzig Jahre zurücklag. Eine andere – über zehntausend Dollar mit doppelter Versicherungssumme bei Unfalltod – datierte fünf Jahre zurück. Beide nannten natürlich seine Mutter als Begünstigte. Beide waren folglich auch längst verfallen.

Er verstaute die Kassette wieder in der Schublade. Die Durchsuchung des Zimmers war für ihn damit abgeschlossen.

Am nächsten Morgen, nachdem er seinen Vater ins Kino geschickt hatte, durchsuchte er die restlichen Räume des Hauses. Sein ganzer Fund bestand in einem Zehncentstück (unter der Badewanne) und drei Pennys (zwischen den Polstern der Wohnzimmereinrichtung). Das war alles.

Nun, er hatte ja auch nicht eigentlich damit gerechnet, auf einen gehorteten Schatz zu stoßen. Schließlich war er die ganze Zeit überzeugt gewesen, daß Kossmeyer das Geld bekommen hatte. Er ging zu Bett, eher zufrieden als beunruhigt, irgendwie froh darüber, daß seine Meinung über den Anwalt eine positive Bestätigung gefunden hatte.

12

Er aß.

Er schlief.

Er arbeitete.

Er hatte mehrmals Besprechungen mit Tug und seinen Jungs. Er unternahm außergewöhnliche Anstrengungen, dafür zu sorgen, daß Mr. Rhodes manierlich aussah.

Essen, schlafen, arbeiten: das war in etwa die Summe seines Lebens. Es schien ihm, daß da noch etwas mehr sein müßte, doch das war alles.

Die Tage, die Nächte verflogen, verschmolzen ereignislos ineinander. Der Tag war dann fast abrupt gekommen, jener bewußte Tag.

Zwei Uhr dreißig am Morgen jenes Tages.

13

Ab Mitternacht hatte das Manton begonnen, seine Gäste zwar höflich, aber doch unnachgiebig auf die Zimmer zu komplimentieren. Jetzt, um zwei Uhr dreißig morgens, war nach Schließung der Caféstube und nach Dienstschluß für die Gepäckträger und den Fahrstuhlführer die Lobby fast totenstill. Es war so, als wäre nie jemand über den mattschimmernden Marmorboden geschritten, als hätte nie jemand auf den üppig gepolsterten Sesseln und Sofas gesessen, als sei niemals jemand dort gewesen, oder als würde sich dort nie jemand aufhalten. So abweisend war diese vornehme, steife Ordnung, so grabestief das Schweigen.

Die Stille übertrug sich, war ansteckend; sie war lastend, Schweigen gebietend. Drinnen im Kassenraum dämpfte Dusty unbewußt seine Stimme. Dann, als Bascom sich ungeduldig auf seinem Stuhl zu ihm umdrehte, hob er sie wieder.

»Fünf null fünf, Holloway: Essen achtunddreißig Dollar, Trinkgelder fünf, gesamt dreiundvierzig. Bar zwanzig, Trinkgelder drei Dollar fünfzig, gesamt dreiundzwanzig fünfzig. Zeitungen und Zeitschriften, Verschiedenes, zwölf; C.O.D. zweiundfünfzig, Zimmerdienst –«

»Mal sehen«, Bascom streckte die Hand nach den Bons aus, ohne sich dabei umzudrehen. »Hm, lebt auf großem Fuß, gibt aber keinen Penny aus. Könnte sein, daß er gar nicht zahlen kann.«

»Könnte sein«, murmelte Dusty.

»Na ja« – Bascom legte die Rechnung beiseite – »darüber soll sich die Tagschicht den Kopf zerbrechen. Nehmen wir uns also den nächsten vor.«

Dusty machte weiter. Hin und wieder warf er dem Angestellten einen Blick zu. Bascom war heut nacht merkwürdig ruhig, ganz sachlich. Weder freundlich noch unfreundlich, sondern einfach wie ein Mensch, der eine Arbeit tat, die getan werden mußte.

Natürlich war das genau die Art und Weise, wie er sich verhalten mußte; alles mußte laufen wie immer, genauso glatt, bis zum Zeitpunkt des Überfalls. Aber Dusty wunderte sich doch über seine Fähigkeit, das so durchzuhalten. Er selbst war alles andere als ruhig. Jetzt und hier, im allerletzten Augenblick, in dem er Selbstvertrauen am dringendsten gebraucht hätte, verließ ihn mit einem Mal seine innere Gefaßtheit.

Dusty schielte zur Uhr im Foyer hinüber. Punkt zwei Uhr dreißig. Wodurch wurden sie bloß aufgehalten? Sie – Tug und die zwei anderen Männer, die bei der Sache mitmachten – hätten sich um zwei Uhr zwanzig auf den Weg die Treppe hinunter machen sollen. Zehn Minuten waren mehr als ausreichend, bis zur Lobby hinunterzugehen. Wenn also nicht irgend etwas schiefgegangen war...

Tug hatte ihm eingeschärft, nach zwei Uhr dreißig den Kassenraum nicht mehr zu verlassen. Falls noch um zwei Uhr fünfundzwanzig oder ein oder zwei Minuten später eine Bestellung aus einem der Zimmer oder ein Ruf nach dem Fahrstuhl eingehen sollte, na gut. Dann sollte er sich darum kümmern und so schnell es ging in den Kassenraum zurückgehen. Doch danach sei Sense. Die Leute konnten zu einer derart frühen Morgenstunde keine prompte Bedienung verlangen. Sollten sie sich dann später empört darüber auslassen, konnte man ihm daraus keinen Strick drehen. Dann würde der Überfall schon über die Bühne gehen und –

Aber es tat sich nichts. Es war jetzt zwei Uhr vierunddreißig, na ja, vielleicht zwei Uhr dreiunddreißig, und nichts war passiert. Angenommen, er würde jetzt von einem der Zimmer gerufen, oder die Fahrstuhlglocke läutete. Angenommen, er würde es dann hinauszögern, und Tug und seine Leute ließen sich nicht vor drei Uhr sehen. Wie sollte er dann dafür eine Erklärung finden? Und wie sollte er Bascom so lange hinhalten? Bascom durfte schließlich nicht wissen, daß er an dem Raubüberfall beteiligt war. Und mit Sicherheit würde Bascom die Wahrheit vermuten, wenn er endlos herumtrödelte. Ein paar Minuten – gut und schön: während sie die Abrechnungen übertrugen oder Einzelposten zusammenstellten. Doch diese paar Minuten waren bereits verstrichen – es war nun schon zwei Uhr dreißig und . . . wo blieben sie nur? Himmel noch mal, wo stecken sie?

»Bill . . .« Noch immer von ihm abgewandt, sprach Bascom ihn an. »Sie haben einen schlimmen Fehler begangen, Bill.«

»W-w-was?« Dustys Angst verwandelte sich in nacktes Entsetzen. »W-w-wann, w-w-wie haben Sie –«

»Sie haben eine Menge Fehler gemacht. Sie wissen ja gar nicht, was Sie tun. Warum gehen Sie nicht nach Hause? Ich könnte sagen, daß Ihnen schlecht geworden ist und einen anderen Pagen rufen.«

Wovon sprach er bloß? Von der Arbeit oder wovon sonst? Wußte er denn, oder . . .

»Also tun Sie es, Bill. Jetzt sofort. Bevor Sie einen wirklich entscheidenden Fehler machen.«

»Ich – nein«, Dusty japste. »Ich meine, ich bin ganz in Ordnung, ich –«

»Ganz und gar nicht. Sie liegen mit allem schief. Doch wenn Sie jetzt verschwinden, könnten Sie noch immer . . .« Bascom hielt inne und ließ den Satz unvollendet, denn von irgendwoher aus dem widerhallenden Dunkel der Gänge war das quietschende Geräusch einer sich öffnenden Tür zu hören und dann das eilige Tapptapp von Schuhen auf dicken Teppichböden und dann das laute Klacken von Schritten, die über die Marmorstufen ins Foyer hinabstiegen.

Sie kamen dichtauf als geschlossene Gruppe, fast im Gleichschritt. Einer eilte durchs Foyer zum Vordereingang, der ander bezog an der Tür zum Taxistand Stellung. Der dritte, Tug Trowbridge, hielt vor dem Kassenschalter.

Mit leisem Klirren ließ er etwas aus seiner Hand auf den Tresen fallen. Sechs – nein sieben winzige Schlüssel. Dieselbe Hand packte Bascom vorn am Hemd und zerrte ihn zu der kleinen Öffnung. Mit der anderen stieß er dem Clerk eine Pistole in die Brust.

»Also los, Junge«, schnappte er, »mach dich nützlich.«

»A-a-aber –« Dusty starrte ihn fassungslos an. Das war doch ganz und gar nicht so, wie es sein sollte. Tug hatte doch versprochen, ihn herauszuhalten. Er sollte doch nichts tun als –

»Verdammt noch mal, Beeilung. Hol das Hauptbuch und die anderen Schlüssel. Hol die Kästen raus.«

In Dustys Kopf war ein einziges Durcheinander. Er stammelte »a-a-aber, du ha-hast doch ge-gesagt –«

»Du hast gehört, was ich gesagt habe. Jetzt mach schon, los.«

Er konnte es nicht tun. Er konnte sich nicht einmal bewegen. Dann wanderten seine Augen von dem Gangster zu Bascom hinüber, und er konnte sein Gesicht zwar nicht ganz sehen, aber was er sah, reichte aus. Auch Bascom war entsetzt. Auch für ihn liefen die Dinge nicht so, wie sie geplant gewesen waren.

»Hast du mich verstanden, Dusty? Verdammt, wenn ich's dir noch ein einziges Mal sagen muß, dann –«

Und jetzt trat Dusty in Aktion.

Er hatte den Absprung gemacht. Er war hineingetaucht, und jetzt blieb ihm nichts mehr übrig, als mit langen kräftigen Stößen ans Ufer zu schwimmen. So mußte es eben sein. Er hätte wissen müssen, daß es so sein würde. Er hatte es natürlich nicht gewußt, oder ganz bestimmt hätte er sich sonst nicht darauf eingelassen. Er hatte nicht die leiseste Ahnung, wie sich alles in Wirklichkeit verhielt. Aber wenn es nun einmal so war . . .

Er sank tiefer ins Wasser ein; der Druck war fast unerträglich. Und dann war er ganz unten auf dem Grund angelangt – tiefer hinunter ging es nicht. Und zu seinem Erstaunen war der Druck von ihm gewichen. Sobald er sich völlig aufgegeben, aufgehört hatte, sich dagegenzustemmen, war er vorüber:

Klar hatte er es gewußt; und er wußte auch, was jetzt unweigerlich folgen würde. Na und wenn schon! Es kam jetzt nur noch darauf an, ans Ufer zu gelangen . . . unbeschadet davonzukommen.

Schnell und geschickt schloß er die sieben kleinen Schließfächer auf und riß die langen Stahlkassetten heraus. Er reihte sie seitlich neben Bascom auf dem Tresen auf, und Tug warf ihm ein schmallippiges, beifälliges Grinsen zu.

»Braver Junge. Jetzt lang um ihn herum, Junge – ich hab' die Tasche unter meinem Mantel – und . . . so ist gut, großartig gemacht. Jetzt steck den Zaster rein und –«

»Warum nicht erst mal nachzählen?«

»Zählen.« Tug stieß ein überraschtes Grunzen aus und kicherte dann leise: »Ein echter Profi, wie, Basc?« Bascom schwieg dazu.

»Gute Idee, Junge, aber mach schnell. Nur kurz durchblättern. Macht nichts, wenn du dich um ein oder zwei Tausender verzählst.«

Dusty nickte. Er riß den Deckel des ersten Kastens auf und kippte die dicken Geldbündel heraus. Es waren alles Hunderter und Fünfziger, wobei die Fünfzigdollarnoten überwogen. Groß genug als Stapel, um keine Ausbuchtung zu machen. Gerade klein genug, um sie gut zu verstauen.

»Siebenundzwanzigtau-tausend.« Er schaute zu Tug hin. »In Ordnung?«

»Ja ja, Himmelherrgott noch mal, Dusty!«

Im nächsten Kasten waren vierundzwanzigtausendfünfhundert. Im dritten achtunddreißigtausendundfünfzig Dollar. Der vierte . . . insgesamt waren es zweihundertzweiunddreißigtausend Dollar. So ungefähr jedenfalls. Tug nickte ungeduldig, als er die Summe wiederholte.

»Ja, zum Teufel noch mal. Das reicht jetzt jedenfalls . . . du erinnerst dich doch an die Zahlenkombination für die Tasche. Eine Umdrehung nach rechts von der Null weg, dann zurück nur Zehn, wieder nach rechts bis vierzig und dann nach links bis –«

»Ich weiß schon. Die ganze Folge also zehn, vierzig, dreißig . . . was ist mit deiner eigenen Kassette hier? Hast du denn keinen –«

Tug gingen fast die Nerven durch. Er fluchte »Himmelherrgottsakra. Laß das jetzt, verstanden? Bring das Ding auf Nummer Sicher und komm zurück.«

Dusty ließ die Tasche zuschnappen und drehte den Knopf am Kombinationsschloß. Er schloß den Schalterraum auf, hastete den langen Tresen entlang und schnappte sich im Vorbeirennen den Gepäckraumschlüssel vom Brett des Ersten Pagen.

Er kam hinter dem Tresen vor und wandte sich dem Alkoven zu, der den Gepäckschalter auf einer Seite begrenzte. Dort befand sich die Schiebetür für die Gepäckausgabe. Er schloß das lange Glasfenster auf, schob es zurück, sprang über den messingbeschlagenen Schaltertisch und drehte den Lichtschalter.

Direkt unterhalb des Schalters waren zwei Zigarrenkisten an der Wand aufgehängt. Aus dem einen zog er einen Klebestreifen, und ein rechteckiges, orangefarbenes Stück Karton aus dem anderen. Er brachte die Gepäcknummer auf der Tasche auf, zerriß den Kontrollabschnitt, warf ihn in den Papierkorb und prägte sich eingehend die Nummer ein, als er die Tasche in das Regal schob. *Vier, neun, neun, vier, neunundvierzig, vierundneunzig.* Neunundvierzig und umgekehrt. Das ließ sich leicht behalten.

Er schaltete das Licht aus, sprang zurück über den Tresen, schloß das Schalterfenster ab. Als er gerade geschmeidig und selbstsicher ohne jede Panik in die Lobby zurückeilte, hörte er das Telefon des Hotelportiers klingeln. Noch meterweit entfernt konnte er erkennen, wie Tugs Gesicht sich vor Schreck verzerrte und die zwei Männer an den Türen unruhig wurden. Gott, waren die nervös. Die waren es, und er war es nicht. Er grinste insgeheim etwas herablassend, als er wieder den Kassenraum betrat und die Tür verschloß.

Alles war glatt verlaufen. Es waren genau acht Minuten vergangen, seit Tug Bascom die Pistole in die Rippen gebohrt hatte. Was verlangten sie eigentlich noch alles?

»Dieses verdammte Telefon, Dusty. Vielleicht solltest du –«

»Ja, ja. Die Vermittlung wird denken, daß ich beschäftigt bin. Das hört gleich auf, und in ein paar Minuten rufen sie zurück.«

»Bist du sicher, sie wird nicht –« Das Klingeln hörte auf, aber Tug wirkte noch immer unruhig. »Wird sie auch nicht jemanden rufen? Ihm sagen, daß sie –«

Dusty schüttelte den Kopf. »Was würde das denn schon groß ausmachen? Es ist doch alles vorüber, oder nicht?«

»Nun . . . nun ja«, meinte Tug fast verwundert. »Ich denke schon, daß wir soweit sind.«

»Bill«, zum ersten Mal meldete sich Bascom. »Hör mich an, Bill. Auf mich kommt es hierbei ja nicht an. Aber du mußt verschwww brrrrrr –«

Tugs Pistole bellte auf. Bascom wurde zurückgeschleudert, er umklammerte seine Brust, und Tug feuerte noch einmal und noch mal. Der Körper des kleinen Angestellten zuckte. Langsam knickte er in der Hüfte ein. Er sackte tiefer und tiefer, hielt fest seine Brust gepackt, keuchend und sich anklammernd – ein schrecklich rasselnder Laut entrang sich seiner Kehle. Dann begannen seine Knie zu wanken und knickten ein. Blut schoß ihm aus dem Mund, und er kippte nach vorn auf den Fußboden.

Das Röcheln hatte aufgehört. Er lag still da und bewegte sich nicht mehr.

»Erledigt, Junge« – Tugs Pistole schwenkte herum und zeigte auf Dusty. »Hier ist deine Geschichte . . .«

Er sprach hastig und abgerissen. Er sagte: »Alles mitbekommen?« Und dann: »Also nun, mach dir nichts draus – es soll schließlich alles echt aussehen – aber nimm's einfach leicht und –«

Und er schoß noch einmal.

Dusty schrie auf. Er taumelte und ging zu Boden, fiel genau auf Bascoms Leichnam.

Er hatte instinktiv versucht, der Kugel auszuweichen, und das wäre ihm fast zum Verhängnis geworden. Tug mußte so sein Ziel verfehlt haben. Die Kugel fuhr schräg in Dustys Arm und streifte seine Rippen. Er war nicht ernsthaft verletzt, aber es hätte sehr gut sein können. Es sah so aus, als hätte Tug versucht, ihn zu töten.

Also war er jetzt ein Held, über jeden Argwohn oder Verdacht erhaben. Ein mutiger junger Mann, der versucht hatte, der Hand eines Mörders eine geladene Pistole zu entwinden. Die Zeitungen brachten täglich Berichte über seinen Zustand. Das Hotel hatte ihm zusätzlich zur Übernahme seiner Krankenhauskosten einen Scheck über dreihundert Dollar überreicht.

Detectives hatten sich wieder und wieder seine Geschichte angehört, doch waren sie voller Respekt gewesen und hatten ihn schonend und fast um Entschuldigung bittend gefragt. Sie kamen mit ihrem Fall nicht weiter und waren eigentlich von Anfang an ratlos gewesen. Dabei mußten sie so tun, als seien sie fieberhaft tätig und kämen zügig voran.

Am letzten seiner neun Tage im Krankenhaus war ein Detective bei ihm. Zufällig sei er gerade in der Gegend gewesen, erklärte er fast schüchtern. Falls Dusty also nichts dagegen einzuwenden hätte, da er ja morgen entlassen werde, ja, und danach würden sie ihn selbstverständlich nicht mehr belästigen...

Dusty empfand ein wenig Mitleid mit ihm. Er sagte, es mache ihm überhaupt nichts aus. »Ich glaube nicht, daß ich irgend etwas übersehen oder vergessen habe. Aber es könnte ja sein.«

»Nun... wegen der Zeit. Waren Sie und Bascom immer um zwei Uhr dreißig im Kassenraum?«

»Fast immer. Natürlich hätte jemand läuten können – ein Ruf von einem der Zimmer – oder vielleicht mußte Bascom mal für eine Minute weg. Aber um diese Zeit sind wir fast immer dagewesen.«

»Warum denn immer um diese bestimmte Zeit und nicht früher oder später?«

»Zum einen ist das der ruhigste Abschnitt der ganzen Schicht. Wir mußten dann nicht damit rechnen, gestört zu werden. Auch von den Zimmern kommen dann nur noch ganz selten Bestellungen. Wenn wir versuchen würden, es früher zu machen, solange die Caféstube noch offen ist und viele Leute noch nicht im Bett –«

»Na klar. Sicher. Aber wie ist es denn mit dem Schichtende? So zwischen sechs und sieben Uhr morgens? Dann gehen wohl mehr Bestellungen ein, oder?«

»Ja, es sind ein paar mehr. Sobald sie durchgegeben wurden, hat Bascom immer versucht, sie gleich auf die Zimmerrechnungen zu setzen.«

»Warum haben Sie das nicht alles auf einmal erledigt? Wenn Sie das getan hätten, ich meine, die Arbeit in der Kasse solange aufgeschoben, bis mehr Leute auf den Beinen sind...« Mit einem etwas törichten Ausdruck im Gesicht unterbrach sich der Detective selbst. »Wie kann ich bloß so blöd sein! Da frage ich Sie doch glatt, warum Sie eine Sache nicht zu einer Zeit machen, in der Sie viel zu beschäftigt sind.«

»Das stimmt schon.« Dusty lächelte mitfühlend. »Ich hätte dann keine Zeit, zu helfen. Bascom hätte dann auch mit Leuten zu tun gehabt, die ein- und auschecken.«

»Ja, ist mir klar.« Der Detective nickte. »Nun was anderes. Was haben Sie eigentlich gedacht, als Sie Tug und seine beiden Strolche die Treppe herunterkommen gesehen haben? Fanden Sie das nicht ziemlich sonderbar? Ich weiß ja, daß er hier im Hotel dickes Geld gelassen und niemals irgendwelchen Ärger gemacht hat, aber zwei Uhr dreißig morgens – drei Kerle, die um zwei Uhr dreißig morgens vom neunten Stock nach unten steigen – da müssen Sie doch –«

»Es ist, wie ich Ihnen gesagt habe«, erwiderte Dusty. »Ich habe mir gedacht, daß die Nachtglocke des Fahrstuhls nicht in Ordnung ist, daß sie den Rufknopf gedrückt haben und dann, als ich mit der Kabine nicht hochgekommen bin, zu Fuß runtergelaufen sind.«

»Aber was hatten die zu dieser Zeit überhaupt noch auf den Gängen zu suchen? Ich weiß, Sie haben's mir schon erzählt. Aber irgendwie scheint mir doch –«

»Ich fürchte, das ist so ziemlich alles, was ich Ihnen sagen kann. Wir waren es gewohnt, Tug noch spät nachts zu sehen. Er kam regelmäßig sehr spät mit einigen seiner Leute. Und manchmal begleitete er sie die Treppe hinunter, wenn sie gingen.«

»Na ja« – der Detective seufzte und lehnte sich in seinem Stuhl zurück. Dann straffte er sich plötzlich. »Warten Sie, warten Sie, Sie sagen, Sie hätten gedacht, die Fahrstuhlglocke wäre nicht in Ordnung. Aber wenn das der Fall gewesen wäre, hätte er Sie doch gerufen, oder nicht? Wenn der Fahrstuhl nicht hochgekommen wäre, hätte er doch wohl von seinem Zimmer nach unten telefoniert?«

Dusty zögerte. Das war ein Punkt, der bisher übersehen worden war. »Sie haben recht«, meinte er dann. »Daran hätte ich denken müssen. Aber ich war ja Tug gegenüber nie mißtrauisch, wie ich's vielleicht bei anderen Leuten gewesen wäre. Und es war auch nicht viel Zeit, darüber nachzudenken. Ich sah ihn und diese Kerle die Treppe runterkommen. Das nächste, was ich mitbekam, war, daß er Bascom packte und ihm eine Pistole in die Rippen drückte. Ich dachte mir dann, daß ich am besten alles das tat, was er von mir verlangte, weil er sonst Bascom getötet hätte.«

»Hm, ja. Sicher.« Der Detective seufzte wieder. »Nun, was war das noch mal, was Tug als letztes gesagt hat? Ich meine, bevor er dann abgedrückt hat?«

»Er sagte hier, das ist für dich oder vielleicht auch: Da hast du deinen Anteil.«

»Und da ist Ihnen kein Licht aufgegangen? Ihnen ist nicht klargeworden, daß Bascom mit Tug zusammengearbeitet haben muß?«

»Sehen Sie, Officer –« Dusty spreizte hilflos die Hände. »Da war ein Mann, den ich mehr als ein Jahr lang bedient habe, ein Mann, der immer freundlich gewesen ist. Ein Vorzugsgast unseres Hotels. Und plötzlich überfällt er uns und erschießt den Mann, mit dem ich arbeite. Und das alles innerhalb weniger Minuten. In einem solchen Augenblick kommt man gar nicht zum Nachdenken. Sie könnten das ja vielleicht, aber –«

»Okay, okay«, sagte der Detective hastig. »Es sollte sich nicht so anhören, als würde ich Ihnen einen Vorwurf machen, Mister Rhodes. Sie haben klareren Kopf bewiesen, als die meisten Leute in Ihrer Lage gekonnt hätten. Haben unheimlich viel Mumm bewiesen. Also, ich könnte mir nicht vorstellen, daß ich versucht hätte, die Pistole zu packen.«

»Nun«, Dusty lächelte etwas selbstgefällig. »Wahrscheinlich würde ich es auch kein zweites Mal machen. Ich hatte einfach Angst, glaube ich. Angst, daß er mich als nächsten umbringen würde.«

»Und damit haben Sie ja auch gar nicht so schiefgelegen.« Der Detective schüttelte stirnrunzelnd seinen Kopf. »Dieser Bascom – wissen Sie, ich komm' mit ihm einfach nicht klar. Selbst wenn Tug ihn nicht umgelegt hätte, hätte ihm doch klar sein müssen, daß er geliefert war. Wir hätten ihn gründlich überprüft und alles über ihn herausgefunden. Das Hotel hatte ja auch schon einen Brief bekommen – Sie wissen vermutlich davon – und –«

»Aber sie haben nicht viel darauf gegeben. Bascom hatte seit Jahren dort gearbeitet, und er hat ihnen nie einen Grund geliefert, ihm zu mißtrauen. Ein einziger anonymer Brief konnte bei seiner guten Führung gar nicht ins Gewicht fallen.«

»Nun ja, dann vielleicht eben nicht. Vielleicht hätten wir ihn gar nicht überprüft. Die Art, wie er glaubte, daß das Ding über die Bühne gehen würde, hätte ihn vielleicht noch ziemlich gut aussehen lassen. Tug schnappt ihn sich, bevor er noch weiß, was eigentlich vor sich geht. Er selbst faßt die Kassetten gar nicht an, also vielleicht...«

Gedankenverloren ließ er den Satz unvollendet. Ganz absichtslos, als würde er müßig etwas in Erwägung ziehen, das eigentlich gar nicht sein konnte. Und dann hatte Dusty plötzlich eine schreckliche Ahnung.

Wenn er und Bascom die Rollen getauscht hätten, wenn er getötet worden wäre und wenn Bascom Tug mit den Worten zitiert hätte: Hier hast du deinen Anteil...

Wie auch nicht! Ein Page stand so weit unten auf der Leiter wie nur sonst jemand, während ein Nachtportier doch schon ein kleiner Vorgesetzter war. Man hätte seiner Geschichte Glauben geschenkt. Er wäre der Held gewesen und Dusty der Schurke, der nun glücklich tot war... Zweifellos hatte Bascom geglaubt, daß es genau so kommen würde. Und zweifellos – oder nur vielleicht – hatte Tug es ganz zu Anfang so geplant.

Der Gedanke war nicht gerade schön. Es war sinnlos, darüber nachzudenken, und es gab weit erfreulichere Dinge, mit denen er sich beschäftigen konnte. Marcia Hillis zum Beispiel und dann die fünfzig Prozent von zweihundertundzweiunddreißigtausend Dollar.

»Also gut« – der Detective erhob sich, »ich mach' mich jetzt wohl besser auf die Socken. Sollte Ihnen noch irgend etwas einfallen, dann...«

»Ich wüßte zwar nicht, was das sein könnte, aber ich werde Sie dann ganz bestimmt benachrichtigen.«

»Fein. Das würde mich freuen.« Er wandte sich entmutigt zur Tür, ein kräftiger Mann mit hängenden Schultern und einem müden, grauen Gesicht. »Ach ja«, er blieb noch einmal stehen. »Vermutlich habe ich Ihnen das noch nicht erzählt, oder doch? Wir haben die Kerle erwischt, die mit Tug zusammenwaren.«

»Sie gefunden? W-wie... w-w-was?«

»Ja ja, unten im Fluß. Beide mit Draht verschnürt. Scheint so, als hätten sie seit der Nacht des Überfalls dringelegen.«

»Al-also –« Dusty schluckte schwer. »Warum... was vermuten Sie –«

»Natürlich Tug. Um sie um ihren Anteil zu bringen. Scheint so, als hätten sie es zuerst vorgehabt, daß sie ihn aus dem Weg räumen wollten. Aber, nun ja, so ist es nun eben manchmal.«

Er ging.

Dusty ging hinüber zum Fenster und zog seinen Bademantel eng um sich, Also hatte es nun auch Tugs Leute erwischt. Tug hatte sie reingelegt, genauso wie er Bascom reingelegt hatte. Aber was machte das schon? Welchen Unterschied machte es? Tug würde *ihn* nicht hereinlegen, da er verdammt genau wußte, daß er das nicht konnte. Das war schließlich alles, worauf es ankam.

Morgen würde er aus dem Krankenhaus entlassen werden. In wenigen Tagen schon, sobald seine Schulter etwas besser war, wollte er wieder zur Arbeit gehen. Dann kam die Aufteilung des Geldes – Tug würde sich deswegen mit ihm in Verbindung setzen – und dann ...

Er drehte sich vom Fenster weg. Er ließ sich tief in einen Lehnstuhl sinken und legte die Füße aufs Bett. Das Geld. Er wußte noch immer nicht, was Tug geplant hatte, um an seinen Anteil heranzukommen. Der Gangster hatte ihn gereizt angefahren und damit abgespeist, daß sie abwarten und zusehen müßten, daß die Aufregungen, die auf den Mord folgen würden, ihnen ihr weiteres Vorgehen diktieren würden. Und das war natürlich richtig; es war genau so, wie es sein mußte. Aber dennoch – war er in dieser Sache nicht allzu gleichmütig gewesen? Hatte er in diesem Punkt etwas verschwiegen? Wie er das ja auch in einem anderen getan hatte ...

Na ja ... Dusty zuckte die Achseln und verwarf diesen Gedanken. Das machte auch nichts. Tug kam nur durch ihn an das Geld heran. Es gab keinen Weg, wie Tug ihn um seinen Anteil prellen könnte. Allein das war wichtig. Also zum Teufel mit den Einzelheiten.

... eine Krankenschwester brachte sein Mittagessen auf einem Tablett. Er aß mit großer Gelassenheit und las die Mittagszeitungen. Darin war eine kurze Notiz, daß er morgen aus dem Krankenhaus entlassen werden würde. Über die Entdeckung der ermordeten Gangster fand sich ein langer Artikel. Er legte die Zeitung zur Seite, gähnte und blickte auf seine Armbanduhr.

Er hatte seinen Vater gebeten, ihn heute abend nicht zu besuchen, da es ja seine letzte Nacht war, und er schickte ein Stoßgebet zum Himmel, daß er nicht kommen würde. Nicht daß der alte Mann bei seinen abendlichen Besuchen nicht ganz präsentabel ausgesehen hätte, nein, aber – na ja, er wollte ihn lieber nicht sehen. Seine betuliche Besorgtheit verursachte Dusty Unbehagen. Seine Anwesenheit erinnerte ihn ständig an ein verwirrendes und scheinbar unlösbares Problem. Dusty konnte einfach nicht denken, wenn sein Vater um ihn herum war. Sein Verstand war dann geradezu blockiert. Er war ein Schatten, der sich dunkel über die angenehmen Bilder seiner Phantasie legte.

Marcia Hillis arbeitete also mit Tug zusammen. Er war sich dieser

Tatsache immer mehr bewußt geworden. Ebenso war er überzeugt von der Anziehungskraft, die er auf sie übte – *wirklich merkwürdig, wie sicher er sich seiner in diesem Punkt war.* Und jetzt, nachdem ihre Zusammenarbeit mit Tug beendet war, jetzt, nachdem er Geld hatte, wäre es nur noch eine Frage der Zeit, bis sie beide zusammensein könnten.

Ja, so würde es sein. Genauso mußte es sein. Es war nicht nur ein Wunschdenken – nein, bei Gott, das war es nicht. Er hatte sie schon einmal verloren. Die einzige Frau auf der Welt verloren. Und jetzt war sie wunderbarerweise wiederauferstanden. Jetzt war sie in die quälende Leere seines Lebens zurückgekehrt. Und diesmal, diesmal würde er sie nicht wieder fortgehen lassen.

Sie würde die seine werden. Es war undenkbar, daß es nicht so sein könnte. In seinen Gedanken besaß er sie schon ganz; sie waren schon beisammen. Er und Marcia Hillis empfanden Freude und Entzücken aneinander, bereiteten einander unnennbare Freuden. Und in diesem Bild war kein Platz für seinen Vater. Mit seinem Vater verband sich ihm kein Bild.

Welche Erklärung konnte er dem alten Mann für ihre Gegenwart geben? Wie sollte er das viele Geld erklären? Natürlich mußte er ja nicht gleich alles erklären. Er würde Monate verstreichen lassen, bis er es wagen konnte, das Hotel zu verlassen und in eine andere Stadt umzuziehen – ein anderes Land. Doch diese Zeit würde kommen, oder vielmehr, sie würde niemals kommen, solange sein Vater lebte.

Solange er lebte . . .

An diesem Abend hatte Dusty keinen Besuch. Am nächsten Morgen machte der Arzt eine Abschlußuntersuchung, und eine Krankenschwester brachte ihm seine Kleidung. Er nahm den Fahrstuhl nach unten. Nicht mehr gewöhnt an so viel Bewegung, schwankte er ein wenig, als er durch die Vorhalle auf die Straße hinaustrat. Und da schloß sich eine zarte Hand über seinem Arm.

»Lassen Sie mich Ihnen helfen, Mister Rhodes«, sagte Marcia Hillis.

15

Er war gar nicht einmal überrascht, sondern nur einen Augenblick verwirrt. Er hatte erwartet, sie zu sehen, und ihr Erscheinen hier, als er gerade das Krankenhaus verließ, erklärte ihm gewissermaßen den Grund dafür. Der Auftrag, den sie von Tug erhalten hatte, war noch nicht ausgeführt. Es blieb noch eine Sache, die getan werden mußte. Er wußte, was es war, wie es geschehen sollte, beinahe noch, bevor sie auch nur ein einziges Wort gesprochen hatte.

Sie fuhren im Taxi zu ihm nach Hause. Sie half ihm hinein und wurde von dem alten Mann drinnen abwesend und etwas zerstreut begrüßt. Er sei glücklich, so sagte er, daß Bill sie eingestellt hätte. Sie würden jetzt jemanden brauchen, da Bill ja gerade aus dem Krankenhaus gekommen sei und er ihm auch nicht soviel helfen könnte, wie er es sich gewünscht hätte.

»Nein, Unsinn, Dad.« Dusty war fast überschwenglich liebenswürdig in all seinem Glück. »Du tust viel mehr, als du tun müßtest. Ich habe schon früher daran gedacht, jemanden hierher zu holen, um alles ein bißchen einfacher für dich zu machen.«

»Na ja, also«, Mister Rhodes strahlte. »Ich – das ist wirklich nett von dir, mein Junge.«

»Es muß für dich ziemlich schwierig gewesen sein, während ich weggewesen bin. Du nimmst dir also heute am besten frei. Sieh dir eine gute Show an und bestell dir irgendwo ein gutes Essen; laß es dir heute einfach mal gutgehen und hab ein bißchen Spaß.«

Er drängte Mister Rhodes einen Zehndollarschein auf. Er begleitete ihn zur Tür und sah ihm eine Weile nach, als er den Pfad entlang zur Bushaltestelle trottete. So, die alte Nervensäge hätte jetzt ihre Zerstreuung. Es war zehnmal zehn Dollar wert, ihn mal für eine Weile loszusein.

Er setzte schon an, etwas in dieser Richtung zu sagen, als er sich zu ihr umwandte. Aber der Ausdruck in Marcias Gesicht hielt ihn davon zurück. Es war eine solche Zärtlichkeit in ihren Augen, es lag eine solche Wärme in dem, wie sie ihn ansah, wie er es nie zuvor erlebt hatte.

»Weißt du«, sagte sie sanft, »ich denke, ich mag dich.«

»Du denkst?«

»Hm«, erwiderte sie und lachte. »Ich denke auch, daß ich jetzt etwas Kaffee haben möchte. Wenn du mir also deine Küche vorstellen könntest, mir zeigen, wo alles steht . . .«

Sie machte Kaffee und band sich dabei eine Schürze um, die er ihr gab. Er beobachtete sie träumerisch, wie sie sich in der Küche bewegte und sog jede Einzelheit in sich auf. Ihr Haar, den biegsamen Schwung ihres Körpers, die Kleidung, die – die Kleidung. Er war sich nicht ganz sicher, doch sie schien genauso gekleidet zu sein wie beim letzten Mal, als er sie gesehen hatte.

Sie wandte sich plötzlich zu ihm herum und überraschte ihn dabei, wie er sie anschaute. Sie sagte: »Ja? Was geht in deinem Kopf vor, Dusty?« Hastig schüttelte er den Kopf.

»Ich hab' mich eben nur über das gewundert, was du anhast. Ich meine, du wirst ja jetzt einige Zeit hiersein und ...«

»Oh.« Sie zuckte die Achseln. »Morgen oder übermorgen werde ich mein Gepäck holen. Heute morgen wäre es nicht so günstig gewesen.«

Sie stellte die Kaffeekanne auf den Tisch und setzte sich ihm gegenüber. Mit leicht zittriger Hand hob er die Tasse zum Mund. Jetzt setzte bei ihm die Reaktion ein; jetzt erst fühlte er Überraschung – Verwunderung über dies unglaublich wunderbare Ereignis. Sie war tatsächlich hier. Sie waren wirklich zusammen, und natürlich hatte er ja gewußt, daß es so sein würde, aber jetzt, da sie beide ...

Er mußte die Kaffeetasse wieder abstellen. Mit fahrigen Fingern gelang es ihm mühsam, eine Zigarette anzuzünden und ihr ein Streichholz hinzuhalten. Sie lächelte verständnisinnig und hielt seine Hand mit der ihren fest.

»Du hast noch nicht deine alte Kraft zurückgewonnen, Dusty. Warum legst du dich nicht ein Weilchen hin?«

»Ich bin ganz in Ordnung. Wir müssen über so vieles reden und –«

»Du kannst dich hinlegen und reden. Komm schon, bevor du noch völlig zusammenklappst.«

Sie führte ihn in sein Schlafzimmer. Er streckte sich auf dem Bett aus, und sie setzte sich neben ihn.

»Also, Dusty ...« Sie strich ihm das Haar aus der Stirn. »Du schienst ja nicht sehr überrascht, mich heute zu sehen.«

»Nein, war ich auch nicht. Ich war mir ziemlich sicher, daß du mit Tug zusammenarbeitest.«

»So, das warst du? Und was hast du dabei von mir gedacht, Dusty? Hineingelockt zu werden in –«

»Es hat für mich nichts verändert. Ich dachte mir, daß du vielleicht im selben Boot sitzt wie ich. Sie hatten dich in der Hand, und du mußtest Befehle ausführen.«

»Wirklich, Dusty?« Sie drückte seine Hand. »Ich bin froh, daß du das begriffen hast. Irgendwann erzähle ich dir, wie es war –«

»Aber das macht doch nichts. Ich – es geht mir einzig um dich. Vom ersten Augenblick an, als ich dich gesehen habe.«

Seine Feststellung klang unbeholfen, viel zu offenherzig, fast ein bißchen lächerlich. Doch sie lächelte ernst und war offensichtlich sehr befriedigt.

»Darüber bin ich froh, Dusty, weil, siehst du ... nun, ich empfand ziemlich genauso. Deine ganze Handlungsweise, vermute ich. So, als hättest du auf mich gewartet, dich nach mir gesehnt. Ich hatte das Gefühl, als wärest du jemand, den ich schon seit langem kannte und – oh, ich weiß auch nicht«, lachte sie. »Also wirklich, ich glaube nicht, daß ein Mädchen derartige Dinge zugeben sollte, meinst du nicht?«

»Ja«, stieß er hervor. »Ich meine – ich meine nicht, du solltest –«

»Ich weiß schon, wie du es meinst. Dusty. Ja, ich weiß.«

Sie beugte sich herab und drückte ihren Mund auf seine Lippen. Dann, als seine Arme sie umschlangen, befreite sie sich entschlossen aus seiner Umarmung.

»Nicht jetzt, Darling. Ich hoffe, wir haben später mehr Gelegenheit – viel, viel mehr. Aber jetzt, ich weiß nicht recht.«

»Aber warum?« Er wollte sich aufsetzen, doch sie drückte ihn sanft aufs Bett zurück. »Du hast gesagt, daß du mich gern hast, dasselbe wie ich empfindest. Ich habe einen Haufen Geld und –«

»Das Geld ist mir gar nicht so wichtig, Dusty, nicht so wichtig, wie es für dich ist, fürchte ich. Gut, ich mag es, ja, aber ich habe nie viel besessen, und ich bin auch ohne ziemlich gut zurechtgekommen. Ich könnte auch weiterhin ohne es auskommen. Ich frage mich, ob du das auch könntest.«

»Aber ich – das müssen wir doch nicht.«

»Müssen wir nicht? Dieses Geld hält auch nicht ewig vor. Nicht länger als, sagen wir, zehn Jahre, wenn wir nur in Maßen leichtsinnig sind. Was würdest du denn machen, wenn alles weg ist?«

»Nun ja, ich« – ungeduldig schüttelte er den Kopf. »Was würde dann wohl jeder x-beliebige an unserer Stelle tun? Marcia, ich –«

»Nicht jeder x-beliebige! Du! Ich bin ein kleines bißchen älter als du, Dusty. In zehn Jahren bin ich nicht mehr jung, aber du wirst es noch sein. Was würdest du dann wohl empfinden – völlig pleite, mit einer ältlichen Frau zusammen, die dir eine Last ist? Sag, was würdest du denn dann machen?«

»Was?« Er runzelte die Stirn. »Ich – schau, Marcia, ich möchte, daß du mich heiratest, nicht einfach –«

»Das habe ich gehofft. Aber das ist noch keine Antwort auf meine Frage. Was passiert, wenn mein gutes Aussehen hin ist und das ganze Geld futsch? Bliebe dann bei dir noch irgend etwas übrig? Etwas vielleicht, das wichtiger ist als Geld oder eine hübsche Fassade? Ich muß mir da ganz sicher sein, Dusty. Ich muß dich noch besser kennenlernen, als ich dich bisher kenne.«

»Ich . . . ich weiß nicht, was du damit meinst«, sagte er langsam. »Ich kann nicht erkennen, worauf du hinauswillst.«

»Auf Mord, hauptsächlich, *Mörder*. Wenn ein Mensch tötet, um sich aus einer unangenehmen Situation zu befreien, wird er es auch wieder tun.«

Sie nickte ruhig. Starrte im Dämmerlicht der heruntergelassenen Jalousien auf ihn herab, und ein kalter Schauer fuhr Dusty über das Rückgrat. Plötzlich war er sich der Stille im Zimmer bewußt, ihres Alleinseins hier.

»A-aber«, er schluckte schwer, »aber ich habe doch niemanden getötet.«

»Vielleicht nicht wirklich, aber doch rein technisch betrachtet. Du wußtest, daß Bascom getötet werden würde.«

»Aber nein, wirklich nicht! Tug hat mir davon doch nichts gesagt! Er versicherte mir – sagte mir, daß niemand verletzt werden würde.«

»Und du hast ihm geglaubt?«

»Warum nicht? Ich habe von solchen Dingen doch überhaupt nichts gewußt. Was ich allein wußte, war, daß du in Schwierigkeiten bist, daß man dich vielleicht umbringen würde, wenn ich nicht genau das tat, was Tug mir befohlen hatte.«

»Das ist nicht dasselbe wie das, was du gerade eben gesagt hast. Du hast gesagt, du wüßtest, daß ich mit Tug zusammenarbeite.«

»Aber noch nicht damals. Auch hinterher war ich mir noch nicht ganz sicher. Ich – wie kannst du überhaupt so reden? Du hast mich in diese Sache hineingeritten. Wenn es nicht allein deinetwegen gewesen wäre, dann –«

»Hätte es dann einen Unterschied gemacht, Dusty? Meinst du nicht, daß du auf jeden Fall mit dabei gewesen wärst?«

»Wie hätte ich denn mit drinstecken können? Was meinst du eigentlich, verdammt« – er setzte sich auf und fuhr sie an –, »ich könnte dir selbst ein paar Fragen stellen. Hast du vielleicht nicht gewußt, daß Bascom dabei getötet werden würde? Mich fragst du darüber aus, während du doch gewußt haben mußt, daß –«

»Nein, das habe ich nicht. Hätte ich das, würde ich mir wohl kaum Sorgen wegen deiner Beteiligung an der Sache machen.«

»Nun, ich wußte es genausowenig wie du.«

»Das hoffe ich, Dusty. Ich möchte glauben können, daß du es nicht wußtest. Laß uns jetzt also nicht länger darüber streiten, ja? Gib mir etwas mehr Zeit, sag mir, wie wir das Geld aus dem Hotel hinausschaffen sollen, und dann – nun, dann werden wir weiter sehen.«

»Aber warum, was gibt es denn noch –«

»Warum nicht? Wir müssen doch ohnehin warten. Wir sind uns nach außen hin gerade erst begegnet. Du mußt weiter im Hotel arbeiten.«

»Ja aber – aber Marcia...«

Er brach ab, unfähig ihr zu sagen, was er hatte sagen wollen, ohne sie auf das Schiefe und die ganzen Ungereimtheiten der Situation hinzuweisen. Sie steckte genauso tief in der Sache drin wie er. Offensichtlich stand sie auch Tug näher als er. Sie war immer dabeigewesen – sie mußte also verdammt genau gewußt haben, was gespielt wurde! Warum dann also all dies Geziere und Sich-Winden? Warum all dieses Theater um Bascoms Tod?

Das reimte sich alles nicht zusammen. Selbst wenn er dieses Viel-älter-als-Du, Was-wird-uns-die-Zukunft-bringen-Gerede für bare Münze nehmen wollte, paßte es noch immer nicht zusammen. Also schön. Sie mußten eine ganze Weile vorsichtig sein. Vielleicht war es für sie nur logisch, es langsam angehen zu lassen, wenn sie sich dauerhaft an jemanden binden wollte. Aber jetzt waren sie schließlich allein, und sie hatte nun mal ihre Erfahrungen, und trotzdem durfte er sie nicht einmal anfassen, ohne –

»Oh«, sagte sie, und es war, als hätte er seine Gedanken laut ausgesprochen. »Ich verstehe, Dusty, und ich mach dir daraus keinen Vorwurf. Ich bin nicht immer so zu dir gewesen, wie ich hätte sein sollen und –«

»Quatsch, Unsinn«, unterbrach er sie hastig. »Jetzt also zum Geld. Komm ins Hotel. Jederzeit, nachdem ich meine Schicht angefangen habe. Am besten etwas nach zwölf. Du möchtest etwas aus einem Koffer entnehmen, den du im Gepäckraum gelassen hast – eine Menge Leute tun das – und –«

»Ich verstehe. Ich hab' mir schon gedacht, daß du es auf diese Weise machen würdest.«

»Nun, ähh – das ist dann also so ziemlich alles.«

Sie nickte und schaute ihn lange an. Schließlich sagte sie abwesend: »Vielleicht sollten wir nicht warten. Vielleicht wäre es besser jetzt, da dir soviel daran liegt, da es so wichtig ist – oder unwichtig.«

»Nein, so warte doch.« Sein Gesicht überzog sich mit Röte. »Ich hab' doch nichts dergleichen gesagt, mein Gott, du kannst mir doch nicht übelnehmen, daß – daß –«

»Das tue ich nicht. Ebensowenig dafür, daß du denkst, was du denkst.«

Sie stand auf und verließ das Zimmer. Er hörte, wie die Vordertür geschlossen wurde und das Einschnappen des Schlosses, und dann war sie wieder bei ihm.

Sie streifte sich erst den einen, dann den anderen Schuh ab. Beinahe gleichmütig löste sie die Verschlüsse ihres Kleides, streifte es sich hoch, über den Kopf. Als nächstes fiel ihr Slip, dann – dann die restlichen Sachen. Alles, was noch übrig war.

Und dann streckte sie sich an seiner Seite aus und wartete.

Einen Augenblick lang war er grenzenlos verblüfft und unfähig, sich zu rühren; alles hatte sich so übergangslos und wie beiläufig vollzogen. Dann reagierten seine Sinne auf ihre wunderbare Gegenwart, und er stöhnte und ...

Sie lag auf dem Rücken, gefügig unter dem gierigen Zugriff seiner Hände. Sie glitten ungehindert über ihren Körper. Nichts war verboten, nichts schamhaft zurückgehalten, und ihr Mund empfing seine Lippen in langen, atemberaubenden Küssen. Es war fast zuviel für ihn, so rauschhaft war die Ekstase, daß er es kaum aushalten konnte. Sie schließlich doch zu besitzen, nach all jenen Jahren des Hungers und der Hoffnungslosigkeit, es jetzt ganz für sich allein zu haben – daß dieser unmögliche Traum wirklich geworden war – für ihn mit Händen zu greifen ...

Er stöhnte auf. Er drehte sich, schob sich auf sie und öffnete dabei die Augen. Er schaute in ihre Augen.

»Was – was ist los?« sagte er.

»Das heißt wohl«, sagte sie, »daß es dir keinen Spaß macht.«

»Schau, wenn du es nicht gewollt hast, warum –«

»Ich dachte, das hätte ich dir erklärt: um zu sehen, wie wichtig dies für dich ist – wieviel oder wie wenig es dir wert ist.«

»Aber das – das ist doch verrückt! Was beweist das denn, Herrgott, Marcia, du kannst nicht –«

»Mir beweist das eine ganze Menge, dir – nun, ich werde abwarten, bis ich es herausfinde.«

A-aber – aber das war doch unmöglich, nicht mehr zu ertragen. Er konnte jetzt nicht aufhören. Gott, er konnte nicht, er konnte einfach nicht. Doch falls er nicht ...

Er biß sich auf die Lippen, plötzlich stemmte er sich hoch und ließ sich keuchend an ihre Seite sinken. Da lag er, die Augen fest zusammengepreßt, zitternd nach dieser schrecklichen Anstrengung. Jetzt war es geschafft. Er war erschöpft, alle Kraft aus ihm gewichen – er war genauso schwach, wie er enttäuscht war.

Sie legte den Arm um seinen Hals und zog seinen Kopf an ihre Brust. So hielt sie ihn und strich ihm sanft über das Haar.

»Du wirst bald froh darüber sein, Darling«, flüsterte sie, »du wirst sehen, du wirst sehr sehr froh sein, daß du gewartet hast.«

»Gut«, erwiderte er, »ich ... schon gut.«

»Du haßt mich doch jetzt nicht, mein Schatz, oder? Bitte nicht!

Ganz gleich, was ich – wie ich mich verhalte, weil ich es wirklich nicht getan habe, um dich zu verletzen. Ich liebe dich, und ich möchte, daß du mich liebst, daß du mich auch weiterhin liebst, und wenn wir auch nicht gleich ...«

»Schon gut«, wiederholte er. »Ich hab' doch gesagt, daß du's gut sein lassen sollst, oder?«

»Und ich sagte, daß du froh sein würdest«, flüsterte sie, »und das wirst du auch.«

16

Obwohl seine Schulter noch steif war und sich etwas wund anfühlte, ging er zwei Tage später wieder zur Arbeit. Er wollte die Sache mit der Auszahlung regeln und endlich hinter sich haben. Er wollte – mußte – seinem Vater aus dem Weg gehen, denn mit Ausnahme jenes ersten Tages hatte der alte Mann das Haus kaum verlassen. Und wenn er es wegen irgendeiner Besorgung verlassen mußte, war er schon innerhalb von Minuten wieder zurück.

Beständig schwänzelte er um Marcia herum, bot an, ihr diese und jene Gefälligkeit zu erweisen, sorgte sich um ihre Bequemlichkeit. Er trat ihnen ständig auf die Füße, mischte sich in ihre Unterhaltung ein, kurzum, er tat alles, sich zu einer echten Plage auszuwachsen. Abends blieb er auf, bis sie ins Bett gingen. Wenn sie in die Küche gingen, um Kaffee zu machen, oder hinaus auf die Veranda, um etwas Luft zu schnappen, trottete er hinterdrein. Sie wurden ihn einfach nicht los. Marcia empfand auch gar nicht den Wunsch dazu.

Einmal gelang es Dusty, ein paar Minuten mit ihr allein zu sein, und er benutzte sie, um einige sarkastische Bemerkungen über den alten Mann fallenzulassen. Sie warf ihm einen scharfen Blick zu.

»Also Dusty«, sie lachte etwas gezwungen, »wie kann man nur so etwas über seinen eigenen Vater sagen? Er ist eben sehr einsam gewesen, das ist alles. Du kannst dich doch unmöglich darüber aufregen –«

»Zum Teufel«, erwiderte er heftig, »ich bin doch immer bei ihm gewesen, oder etwa nicht? Warum sollte er einsam sein?«

»Ja«, meinte sie nachdenklich, »warum sollte er?«

Er versuchte, die Sache wieder geradezubiegen und gestand ihr lachend, daß er vermutlich nur eifersüchtig sei. Und hinterher hielt er sich eben zurück und bemühte sich, nett zu Mr. Rhodes zu sein. Doch die Anstrengung zerrte an seinen Nerven. Wenn er nur noch einen einzigen Tag länger durchhalten müßte, so dachte er – nur noch einen einzigen Tag mehr – würde er platzen!

An dem Abend, an dem er wieder die Arbeit aufnahm, begleitete sie ihn hinaus zum Wagen. Es war dunkel und der Mond verhangen. Die drückend schwüle, heiße Luft ließ ein Unwetter erwarten. Sie küßte ihn, wollte sich so schnell nicht aus seiner Umarmung befreien.

»Also bis kurz nach zwölf, Darling.«

»Oder später, nachdem Dad schlafengegangen ist.«

»Ich fahre also mit dem Taxi vor dem Seiteneingang vor«, rekapitulierte sie. »Ich lasse das Taxi warten und gehe hinein. Falls du nicht da bist, rede ich mit dem Nachtportier, und er wird mich auffordern zu warten, bis du zurückkommst. Ich – er wird's doch so machen, Dusty, oder? Er wird mir nicht anbieten, den Gepäckraum selbst aufzuschließen?«

»Keine Chance, das wäre unter seiner Würde, verstehst du? Das ist die Aufgabe eines Pagen, und er würde mich damit nur verärgern. Schließlich würde er mich ja um mein Trinkgeld bringen.«

Sie nickte und klammerte sich noch immer an ihn. Er beugte den Kopf etwas vor und berührte mit seinen Lippen ihr lieblich duftendes Haar.

»Noch einmal zu Tug, Marcia. Ich habe bisher nicht gefragt und ich möchte auch nicht, daß du es mir sagst, falls ihr –«

»Das ist ein gefährliches Geheimnis, Liebling; das könnte es sein. Du gewinnst nichts dadurch, wenn du es weißt – du könntest nur alles verlieren.«

»Nun –« Er zögerte. »Aber ist es sicher für dich? Du weißt, wo Tug sich aufhält. Sobald du ihm das Geld übergeben hast, könnte er ja denken –«

»Ich werde es ihm nicht geben. Ich hinterlege es an einer bestimmten Stelle, wo er es sich holen kann. Mach dir keine Sorgen, Dusty.« Sie tätschelte ihm liebevoll die Wange. »Alles wird ganz glatt gehen.«

Sie küßten sich noch einmal und standen noch einen Augenblick flüsternd beisammen. Schließlich trat sie einen Schritt zurück, und er schloß die Wagentür auf. Der helle Schein eines Hitzegewitters jagte über den Himmel. Bevor er sich auf den Fahrersitz gleiten ließ, fiel ihm noch etwas ein. »Deine Sachen«, sagte er. »Soll ich dich morgen früh reinfahren, damit du sie abholen kannst?«

»Sachen? O ja, das wäre vielleicht eine gute Idee.«

»Gut. Sonst noch etwas? Bist du sicher, daß du den ganzen Kies in deiner Tasche verstauen kannst?«

Er wußte, daß es ging. Es war eine Umhängetasche in Übergröße, und sie würde sie vorher ausleeren, bevor sie ins Hotel kam. Sie nickte geistesabwesend auf seine Frage, doch blieb sie am Bordstein stehen, mit leicht gerunzelter Stirn über ihrem herzförmigen Gesicht.

Er blickte auf das Leuchtzifferblatt der Uhr auf seinem Armaturenbrett. Einundzwanzig Uhr fünfzehn, und Punkt zweiundzwanzig Uhr heut abend sollte er bereits in seiner Uniform sein. Man wollte von ihm ein Foto für die Morgenausgabe machen.

»Ich muß mich sputen, Marcia. Gibt's sonst noch was – irgendwas, das dir Sorgen macht?«

»N-n-n-nun ... oh, ich glaube nicht.« Sie lachte verlegen. »Eigentlich sollte ich das auch gar nicht erwähnen.«

»Warum nicht?«

»Eben deswegen. Es ist einfach nicht meine Sache, darauf hinzuweisen. Immerhin muß es dir inzwischen schon aufgegangen sein, und solange du dich nicht dazu äußerst ...«

»Worüber? Was meinst du – oh«, sagte er gedehnt. »Nun ...« Er beendete den Satz nicht, und zwischen ihnen entstand ein unbehagliches Schweigen.

Eigentlich hatte er nur sehr wenig darüber nachgedacht, wie er zu seinem Anteil an dem Geld aus dem Hotel gelangen sollte. Derart einfache Probleme erforderten wenig Gedankenarbeit. Anders als Tug stand ihm unbegrenzt Zeit zur Verfügung. Monatelang konnte er sich dieser Aufgabe widmen, nach jeder Schicht ein paar Hunderter hinausschmuggeln. So war es am leichtesten und sichersten. Die Pagen im Manton verdienten gutes Geld. Keiner würde Verdacht auf sich lenken, solange er nicht mehr als ein paar Hunderter bei sich hatte.

Das setzte er ihr ausführlich auseinander, und mit einem Nicken bestätigte sie ihm, daß sie begriffen hatte. Es gab keine Anzeichen von Verärgerung oder Verletztheit in dem geliebten Gesicht, das so offen und arglos zu ihm aufblickte. Dennoch verstärkte sich sein Unbehagen: Er fühlte sich beklommen und bemüßigt, ihr weitere Erklärungen zu geben. Und je mehr er sagte – so logisch es auch klingen mochte –, desto schiefer hörte es sich an.

Es mochte ja Schwierigkeiten geben, die Geldtasche zu öffnen, Tugs Anteil herauszunehmen und ihn in ihrer Tasche zu verstauen. Sicher, so konnte man es machen. Na gut, aber es konnten sich dennoch Schwierigkeiten ergeben. Die sicherste und einfachste Methode würde sein, ihr die ganze Tasche auszuhändigen, mit allem Geld, das drin war.

Warum auch nicht. Sollte sie doch ruhig Tugs Anteil und seinen eigenen solange aufbewahren.

Warum nicht, es sei denn ...

Sie berührte ihn sanft am Arm. »Ich hab' verstanden, Liebster. Jetzt mach dich auf den Weg und denk nicht mehr darüber nach.«

»Es ist nicht so« – er zögerte – »ich möchte nicht, daß du glauben könntest, ich würde dir nicht vertrauen. Es ist nur so, daß ich es anders geplant hatte und –«

»Natürlich.« Sie drängte ihn, ins Auto einzusteigen, und schloß die Tür hinter ihm. »Warum solltest du mir nicht vertrauen? Immerhin hast du mir ja dein ganzes Leben anvertraut.«

»Ja ... ja«, murmelte er lahm, »wir sehen uns dann also später.«

Niedergeschlagen fuhr er zum Hotel und fühlte sich dabei, als hätte er sich wie ein mißtrauischer Narr benommen. Er war jetzt entschlossen – oder halbwegs entschlossen –, ihr die Tasche auszuhändigen, wenn sie heut nacht vorbeikam. Warum nicht. Entweder mußte man ihr voll und ganz vertrauen, oder man durfte ihr überhaupt nicht über den Weg trauen. Wenn er das Geld für Tug ihr anvertrauen konnte, dann doch gewiß auch sein eigenes.

Oder etwa nicht? Warum eigentlich nicht?

Stirnrunzelnd knöpfte er seine Uniformjacke zu und brachte die Spitzen seines Hemdkragens in Ordnung. Warum? Nun, immerhin gab es einen Grund. Einen ganz schäbigen, ganz miesen, scheußlichen Grund. Vielleicht war sie nach der Aufteilung mit Tug ganz und gar noch nicht fertig, oder er nicht mit ihr. Vielleicht bedeutete sie Tug mehr, als sie ihm weismachen wollte. Und wenn das so war – nun ja, sie hatte ihn selbst darauf gestoßen – einhundertsechzehntausend Dollar würden nicht in alle Ewigkeit reichen; nur wenige Jahre, und sie würden verbraucht sein. Dagegen zweihundertzweiunddreißigtausend Dollar ...

Wütend verdrängte Dusty diesen schrecklichen Gedanken. Nein und tausendmal nein! Sie konnte einfach nicht Tugs Liebste sein! Sie gehörte ihm. So mußte es sein, und so war es auch. Und nur um das zu beweisen – um sein unerschütterliches Vertrauen unter Beweis zu stellen –, würde er ihr heute nacht die Geldtasche geben.

Vielleicht, wahrscheinlich, bestimmt. Solange ihm kein wirklich überzeugender Grund einfiel, es nicht zu tun.

Er brachte seine Garderobe in Ordnung und verließ den Umkleideraum. Tolliver, der Leiter für den gesamten Service, und Steelman, der Manager, warteten bereits auf ihn in dessen Büro. Tolliver forderte die beiden Fotografen auf, ins Vorzimmer zu kommen. Sie kamen hereingeschlendert und setzten ihre Ausrüstungen ab.

In der ersten Pose schüttelten Dusty und der Manager einander die Hände, während Tolliver strahlend in die Kamera lächelte. Dann wurde er zwischen die beiden Männer postiert, jeder eine Hand auf seiner Schulter. Das letzte war eine Einzelaufnahme, auf der er die Arme in der traditionellen Art der Pagen verschränkt hielt, die »in Bereitschaft stehen« bedeuten sollte.

Wiederholt mußte er daran erinnert werden zu lächeln. Gegen Ende waren die beiden Fotografen ziemlich ungehalten mit ihm, und bei beiden leitenden Herren machten sich Anzeichen von Verärgerung bemerkbar.

Dusty ging zurück zum Gepäckraum, um dort kurz vor Arbeitsbeginn noch hastig eine Zigarette zu rauchen. Mit zuckenden Lippen formte er die Worte nach: *Zeigen Sie ein Lächeln, Rhodes – ein Lächeln, verdammt noch mal! – wissen Sie denn nicht, wie man lächelt?* Fluchend schleuderte er die Zigarette fort und ging die Treppen hinauf. Zum Teufel mit ihnen, zum Teufel mit dem Hotel. Heut nacht würde sie sein Geld zusammen mit dem Tugs herausbringen, und je früher sie ihn dann feuerten, desto besser. Das Geld würde schon auf ihn warten, wenn er morgens nach Hause kam – sie und das Geld. Und sobald ihm irgendeine Lösung für den Alten eingefallen war, ein Ausweg, wie er den alten Knilch abschieben konnte, ohne sich großen Ärger zuzuziehen...

Genauso würde es sein. Es würde – könnte – so sein, falls er sich ihrer sicher sein durfte.

Voll in Anspruch genommen von seinen Überlegungen und hin und wieder unbewußt die Stirn runzelnd, nahm er seinen Nachtdienst auf. Wenige Minuten vor Mitternacht ging er hinter das Schlüsselbrett und probierte eine Reihe von Lichtschaltern aus.

»Was treiben Sie hier eigentlich?« sagte eine eisige Stimme neben ihm.

Dusty zuckte erschreckt zusammen. Das war Mister Fillmore, der Nachtportier, der eingestellt worden war, um Bascom zu ersetzen. Er hatte vorher in einem kleineren, zweitklassigen Hotel gearbeitet, und das Manton war für ihn ein großer Sprung nach vorn in seiner Berufskarriere. Wenig selbstsicher und stets in Angst, daß seine Autorität in Frage gestellt werden könnte, erschien es ihm wichtig, bei allem kräftig dagegenzuhalten. Schließlich kannte er seinen Job in- und auswendig. Bei Gott, er trug hier die Verantwortung, nicht irgendein Klugscheißer von Page.

»Ich hab' Sie gefragt, was Sie hier treiben«, wiederholte er. »Wer hat Ihnen gesagt, daß Sie mit dem Licht herumspielen sollen?«

Dusty erklärte es ihm knapp und bissig; er hatte eine spontane Abneigung gegen den Mann gefaßt. »Wir tun dies immer gegen Mitternacht, dunkeln das Licht im Foyer ab und machen die Lichter –«

»Aber es ist noch nicht Mitternacht! Bis dahin sind noch fünf Minuten. Sie machen diese Lichter sofort wieder an, verstanden? Wenn ich sie aus haben will, sage ich es Ihnen.«

»Da fällt mir etwas Besseres ein«, sagte Dusty. »Tun Sie es selbst.«

Auf dem Absatz kehrtmachend, entfernte er sich vom Tresen. Er hatte ihm noch immer den Rücken zugekehrt, als der Portier hinter dem Schlüsselbrett hervorkam und ihn scharf über den Tresen hinweg anfuhr.

»Wir klären das am besten jetzt gleich und ein für allemal, Rhodes. Das Hotel weiß es zu würdigen, was Sie getan haben, und man hat sich Ihnen ja auch erkenntlich gezeigt, aber schließlich sind Sie noch immer Page. Solange Sie im Dienst sind, haben Sie nicht mehr Rechte und Privilegien als jeder andere Page auch. So – äh – so und nicht anders ist es, verstanden? Ich bin sicher, daß Mister Tolliver oder Mister Steelman mich darin unterstützen werden. Ich hoffe – äh, ich bin mir natürlich sicher –, daß es nie notwendig sein wird, zu melden –«

»Nur zu«, brummte Dusty noch immer mit abgewandtem Rücken. »Nur zu, gehen Sie schon und melden Sie mich, und warten Sie ab, was dabei herauskommt.«

»Nun, äh« – Fillmore räusperte sich – »also diesmal möchte ich es eigentlich noch nicht tun. Nein, bestimmt nicht. Wir werden sicher gut miteinander auskommen. Besonders jetzt, nachdem dieses kleine Mißverständnis aufgeklärt ist und ...«

Er ließ den Satz unbeendet und ging den Tresen entlang bis zur Rufanlage für den Zimmerdienst. In kalter Wut machte er sich dort zu schaffen, verärgert wie nur jemand, der nicht über genügend Selbstsicherheit verfügt, wenn Charakter und Umstände sich gegen ihn verschwören, um ihn lächerlich zu machen. Er war doch im Recht gewesen, oder etwa nicht? Aber dieser Klugscheißer – der war vom ersten Augenblick an, als er zur Arbeit erschienen war, aufsässig gewesen – war ihm doch dumm gekommen, hatte ihn dazu verleitet, Dinge zu sagen, die er gar nicht hatte sagen wollen! Nun, es mochte wohl sein, oder war sogar sicher, daß er dagegen nichts unternehmen konnte. Er würde dumm dastehen, falls er es versuchte. Abwarten. Bald würde sich irgendeine andere Gelegenheit ergeben. Er würde diesem jungen Mistkerl schon zeigen, wo er hingehörte.

Vom Seiteneingang her wurde das Quietschen von Bremsen vernehmbar. Sofort erhob sich Fillmore aus seinem Stuhl, zeigte sich eifrig und beflissen, als eine Frau aus dem Taxi stieg und durch die Doppeltür ins Foyer kam. Sie stieg die drei Stufen hinauf und blieb im gedämpften Schein einer der gewaltigen Lüster einen Augenblick stehen. Fillmore schnappte nach Luft. Sein Herz tat einen ängstlichen Sprung. Er hatte noch nie eine Frau gesehen, die so aussah wie sie. Sie war so schön, daß es fast weh tat, sie anzuschauen. Er hoffte, daß sie kein Zimmer verlangte. Er hätte sie sonst natürlich abweisen müssen – eine einzelne Frau zu dieser Nachtstunde, und er erkannte doch sehr deutlich, daß sie eine Lady war. Sie war so damenhaft, wie sie schön war.

Dankbar und erleichtert bemerkte er, daß das Taxi auf sie wartete (also wollte sie kein Zimmer). Eifersüchtig beobachtete er, wie Rhodes, während sie das Foyer durchquerte, ihr entgegenging. Jetzt hatte er eine Gelegenheit einzuschreiten. Die reinste Unverfrorenheit, eine Dame anzusprechen – zu fragen, ob er behilflich sein könne – anstatt ihr Gelegenheit zu geben, erst zu ihm zum Empfangspult zu kommen!

Fillmores Augen waren dunkel vor Ärger. Rasch lief er den Tresen entlang und lehnte sich über das Pult.

»Ja, Madam«, rief er, »womit kann ich Ihnen dienen?«

Rhodes wirbelte stirnrunzelnd herum. Jetzt würde man es ihm zeigen, weiß Gott! Die Dame sah überrascht auf und lächelte dann warm.

»Ja, bitte, würden Sie mir helfen? Ich habe kürzlich eine Tasche hiergelassen, als ich aus dem Hotel ausgezogen bin. Ich sehe, daß Ihr Gepäckraum geschlossen ist. Aber ich frage mich, ob Sie –«

»Aber gewiß doch! Der Page wird sie für Sie holen.« Fillmore schnippte mit den Fingern. »Hierher, Boy. Holen Sie die Tasche der Dame aus dem Gepäckraum!«

Er knallte den Schlüssel auf das Pult. Mit verkniffenem Mund nahm Rhodes ihn auf, ging durch die Lobby und bog in den Gang ein, wo sich die Trennscheibe zum Gepäckraum befand. Mit einem dankbaren Lächeln für Fillmore folgte die Dame ihm. Der Portier grinste in sich hinein. Er schnippte ein unsichtbares Stäubchen von seinem Anzug und unterdrückte insgeheim die leise Stimme seines Gewissens. Albernheit, Angeberei? Unsinn. Dies war ein vornehmes Hotel – ein wirklich erstklassiges Haus, und von seinen leitenden Angestellten – und weiß Gott war er doch ein leitender Angestellter! – wurde erwartet, daß sie sich dementsprechend verhielten. Vielleicht war es jetzt, in der Nacht, nicht unbedingt angebracht, soviel Untadeligkeit und Korrektheit zu zeigen. Aber dafür würde man ihn wohl nie kritisieren wollen. Es war eine Art Zugabe. Er gab mehr, als von ihm erwartet wurde.

Fillmores knochige Hände verschränkten sich und lösten sich knackend. Vielleicht also konnte er sich nicht über Rhodes beschweren ... solange nicht, ehe er nicht völlig aus der Reihe tanzte. Aber ebensowenig konnte Rhodes sich über ihn beschweren. Bei Gott, er käme damit nicht sehr weit, falls er es versuchte! Er konnte diesen Lackaffen die ganze Nacht auf den Beinen halten, ihn hierhin und dahin scheuchen. Und Rhodes konnte nur spuren und sonst nichts. Falls er sich auflehnte, sich weigerte, zu tun, was ihm aufgetragen wurde –

Nun, die Disziplin, dieser Stützpfeiler der Befehlsgewalt, mußte schließlich aufrechterhalten werden, oder etwa nicht? Das Management mußte einen Portier gegenüber einem Pagen verteidigen! Das mußten sie tun oder ihn eben feuern. Wie konnte man einen Mann deswegen feuern, weil er sich ausgesprochen korrekt verhielt?

Also ...

Fillmore schaute zur Uhr im Foyer hoch. Er straffte die Schultern und hielt den Kopf herrisch zurückgeworfen ... drei Minuten, nein, jetzt waren es schon vier Minuten. Vier Minuten, um eine Tasche aus dem Gepäckraum zu holen, und er hatte es noch immer nicht geschafft! Na, das war ja ein hervorragender Service! Das war wirklich eine feine Art, ein Hotel zu führen!

Er wartete, bis der große Zeiger der Uhr wieder vorrückte und eine weitere volle Minute anzeigte. Leise die Schwingtür zum Schalterbereich öffnend, durchquerte er mit unhörbaren Schritten das Foyer. Vielleicht, so dachte er, rauchte Rhodes heimlich, lungerte zwischen den Gepäckständern herum, während er die Dame warten ließ. Oder vielleicht ... vielleicht versuchte er auch eine krumme Tour. Versuchte gar, mit ihr zu flirten. Er war ein gutaussehender Scheißkerl – sah viel zu gut aus, als daß man ihm trauen könnte. Vielleicht hatte er die Vorstellung, daß er sich mit seinen dreckigen Fingern über die Frau hermachen könnte. Und dann käme sie schreiend angelaufen!

Fillmore verhielt an der Ecke des Durchgangs und strengte seine Ohren an, um zu lauschen. Er konnte sie hören – es klang wie ein Streit –, aber er bekam nicht mit, was sie miteinander redeten. Die Stimme des Pagen klang gereizt. Die Dame schien von sanfter Beharrlichkeit, klang schmeichelnd und überredend. Fillmore zögerte und trat in nervöser Unentschlossenheit auf der Stelle. Vielleicht – nun, es wäre vielleicht ratsam, die Dinge langsam anzugehen. Rhodes hatte in den Augen des Managements eine gewisse Sonderstellung. Er hatte im Interesse des Hotels sein Leben riskiert, und wenn es dann zu einer allesentscheidenden Auseinandersetzung käme –

Aber so weit würde es nicht kommen. Er tat ja nichts, was gegen die Vorschriften gewesen wäre. Was sollte schon falsch daran sein, Fragen zu stellen, einzuschreiten, wo es offenbar gewisse Schwierigkeiten zwischen einem Vorgesetzten und seinem Angestellten gab?

Fillmore rückte seine Krawatte zurecht, drückte die Schultern durch und bog um die Ecke.

»Was geht hier vor«, sagte er schroff. »Was gibt's für Schwierigkeiten, Rhodes?«

Rhodes' Gesicht wurde kalkweiß. *Also hatte er etwas im Schilde geführt!* Auch die Frau schien etwas aus dem Gleichgewicht, doch sie brachte ein Lächeln zustande. Sie nickte zu der Tasche hin, einer Art Aktenkoffer mit Tragriemen, die der Page noch immer festhielt.

»Ich habe meinen Gepäckschein verlegt«, sagte sie. »Könnte ich vielleicht die Tasche nicht auch ohne bekommen?«

»Nun, ich – eh –« Fillmore zögerte.

»O bitte! Mein Gatte ist heute abend gerade in die Stadt zurückgekommen, und es ist für ihn überaus wichtig, an seine Papiere heranzukommen! Ich weiß, das ist vielleicht ziemlich unüblich, aber ich bin ein Gast Ihres Hauses gewesen – dieser Page gibt zu, daß er sich an mich erinnert und . . .«

Sie strahlte Fillmore gewinnend an. Unsicher starrte er zu Rhodes hinüber. Dasselbe Problem hatte sich ihm schon früher in anderen Hotels gestellt, und da hatte er gewußt, wie er damit umzugehen hatte. Aber im Manton – nun, hier mochte es ja ganz anders sein. Rhodes wußte besser als er, wie das im Manton vorschriftsmäßig gehandhabt wurde.

»Nun ja«, sagte er, »ich kann kaum – erinnern Sie sich an diese Dame, Rhodes?«

Rhodes stockte. Er sagte mit merkwürdig angestrengter Stimme: »Ich erinnere mich.«

»Und Sie können nicht – ich gebe Ihnen nicht den ausdrücklichen Befehl dazu, verstehen Sie – können Sie nicht ein Gepäckstück auch ohne den Schein aushändigen? Sie tun das unter gar keinen Umständen?«

»Nein.«

»Auch nicht, wenn der Besitzer den Inhalt identifiziert?«

»N-nein. Ich meine, Sie – Sie . . .«

»Antworten Sie, sprechen Sie lauter!« Fillmore war jetzt wieder ganz selbstsicher. Seine Stimme tönte voller Autorität. »So ist es also Brauch, ja... es tut mir leid, wenn ich Sie aufhalten muß, Madam. Aber wenn Sie bitte den Inhalt –«

»Aber das habe ich doch bereits! Ich habe diesem Pagen hinreichend bewiesen, daß das meine Tasche ist, aber offensichtlich« – sie lachte ein bißchen hilflos – »war er mit dem Trinkgeld nicht ganz zufrieden, das ich ihm gegeben habe.«

»Ah so, das war er also nicht, wie?« Fillmore preßte grimmig die Lippen aufeinander. »Geben Sie mir diese Tasche, Rhodes, haben Sie verstanden? Geben Sie sie sofort her!«

Über den Schalter hinwegreichend riß er dem Pagen die Tasche aus der Hand und reichte sie der Dame mit einer höflichen Verbeugung hin. »Das alles tut mir überaus leid, Madam. Darf ich Sie zu Ihrem Taxi begleiten?«

Entschuldigungen murmelnd, sich immer wieder für das Verhalten des Pagen entschuldigend, begleitete er sie ins Foyer. Vor den Stufen zum Seiteneingang blieb sie stehen und legte ihm eine Hand auf den Arm.

»Er wird doch deswegen nicht seinen Job verlieren, nicht wahr? Der Gedanke wäre mir furchtbar, daß es so sein könnte!«

»Aber gestatten Sie, Madam! Das Manton kann und wird Unhöflichkeiten von seiten« –

»Oh, ich bin ganz sicher, daß er nicht unhöflich sein wollte, es war wohl mehr Gedankenlosigkeit, als... Sie versprechen es mir doch, bitte?!« Sie drückte leicht seinen Arm. »Versprechen Sie mir, daß er nicht entlassen wird!«

»Nun ja«, sagte Fillmore und tönte dann großartig: »Also gut, ich habe mir sagen lassen, daß er diese Stelle hier braucht. Er muß seinen Vater unterstützen, einen Halbinvaliden, der ganz von ihm abhängig ist.«

»Ich weiß...«, sagte Marcia Hillis. »Ich meine, ich dachte mir schon, daß ihn irgend etwas bedrücken und beunruhigen muß.«

17

Dusty wußte später selbst nicht mehr, wie er die ganze Nacht durchgehalten hatte. Sie schien nicht enden zu wollen, und jede der Minuten, die ihm wie Jahre vorkamen, war ein Alptraum verrücktmachender, rasender Wut, von Wut und Haß und Frustriertheit – zurückgedrängt, schrecklich an ihm zehrend, bis dieser heftige

Schwindel zu körperlicher Übelkeit wurde. Er wollte Fillmore umbringen, ihn mit bloßen Händen erwürgen. Er wollte sich in die dunkelste Ecke verkriechen und unaufhörlich kotzen. Er wollte ...

Er wollte das Unerreichbare. Er wollte, was er schon immer begehrt hatte – sie. Und jetzt sollte er sie nicht bekommen. Offensichtlich, unabweisbar gewiß gehörte diese Frau Tug. Alles andere war nur Täuschung gewesen. All die Zärtlichkeiten und geflüsterten Versprechungen. Alles galt nur Tug, ihm blieb nichts. Sie würden jetzt zusammensein, gemeinsam auf dem Weg, außer Landes zu kommen. Sie würden lachen – sie würde lachen, während sie ihm erzählte, wie sie ihn, Dusty, hereingelegt hatte. Dabei war er doch schon halbwegs bereit gewesen, ihr die Tasche zu geben. Er konnte nicht ertragen, zuzusehen, wie sie verletzt wurde, zuzulassen, daß sie denken könnte, er traue ihr nicht. *Verdammt, oh, verdammt!!* Er war nur ein ganz klein wenig mißtrauisch geworden angesichts ihres festen Auftretens in letzter Minute, ihrer Beharrlichkeit. Doch falls sie diese Komödie nur noch einen Augenblick länger gespielt hätte ...

Doch es war gar nicht notwenig gewesen, daß sie ihm weiter etwas vormachte. Er hatte gar nicht die Zeit gehabt, eine Entscheidung zu fällen. Jener gottverdammte, dämliche Fillmore war hereingeplatzt, und er hatte nichts anderes tun können, als ihr die Tasche zu überlassen. Gott, was hätte er denn sonst tun sollen? Sie beschuldigen, daß sie einen Trick versuchte, erklären, daß sie den Inhalt nicht identifiziert hätte und damit riskieren, daß Fillmore die Sache an sich riß und vielleicht den Hausdetektiv und den Manager rief? Wie hätte er das tun können? Und sie wußte es, wußte ganz genau, daß er so handeln mußte, wie er es getan hatte. Sie gehenlassen und den Mund halten. Sie das Geld nehmen und sich selbst sowie die Riesensumme Tug als Brautgeschenk darbringen lassen. Tugs Geld, *sein* Geld – die ganzen zweihundertundzweiunddreißigtausend Dollar.

Und das allerschlimmste daran war, daß er sie nicht zu hassen vermochte. Er versuchte es, doch er konnte es nicht. Er begehrte sie so sehr – Gott, er begehrte sie nur noch mehr! –, wie er es nie zuvor gefühlt hatte.

...Noch immer voll Übelkeit und in dumpfem Brüten fuhr er an diesem Morgen nach Hause. Eine Art niederträchtiger, bösartig gehobener Stimmung bemächtigte sich seiner, als Mr. Rhodes ihn an der Tür begrüßte und sich mit besorgtem Gemurmel darüber ausließ, daß Miss Hillis nicht da sei. Er stürmte an dem Alten vorbei ins Haus. Er wandte sich zu ihm um und blickte ihn voll an, wobei seine ganze aufgestaute Wut sich mit grausamer Macht gegen dieses so leicht zu treffende und wehrlose Ziel richtete.

»Sie ist also abgehauen, was soll schon sein? Was geht dich das übrigens an?«

»A-aber« – Mr. Rhodes sah ihn verschreckt an – »aber ich – wohin mag sie bloß gegangen sein? Warum ist sie denn gegangen? Warum mitten in der Nacht? Ohne auch nur ein Wort zu sagen? Alles war doch noch in Ordnung, als sie zu Bett ging. Wir waren lange aufgeblieben und haben uns bis spät abends unterhalten. Und dann half ich ihr, die Liege herrichten und ...«

»Ich wette, daß du das getan hast. Es ist ein gottverdammtes Wunder, daß du nicht versucht hast, mit ihr ins Bett zu gehen, weiß Gott! Du hast sie ja keine Sekunde in Ruhe gelassen, seit sie hiergewesen ist.«

»A-aber« – der Mund des Alten klappte in hilfloser Bestürzung auf – »Junge, du willst damit doch nicht sagen –«

»Gerade das will ich! Wahrscheinlich ist sie deswegen gegangen, weil sie ganz einfach deinen Anblick nicht mehr ertragen konnte. Es hat ihr gereicht, genauso wie es mir jetzt reicht, so gründlich satt habe ich dich! Ja, du hast richtig verstanden, bei Gott! Du machst mich krank, schon bei deinem Anblick wird mir schlecht. Mir wird übel, wenn ich dir zuhören muß, übel –«

Das Telefon klingelte. In seiner tobenden Wut ließ er es eine Weile klingeln, dann riß er den Hörer von der Gabel und schrie fast in die Muschel.

Ein gedämpftes Kichern war in der Leitung zu hören. »Ist dir eine Laus über die Leber gelaufen, Junge?« fragte Tug Trowbridge.

Dustys Hand zuckte. Seine Finger wurden schlaff, und fast wäre ihm der Hörer entglitten.

»Also präg dir folgendes ein, Junge«, fuhr Tug jetzt eilig fort. »Ich komme heut nacht zum Seiteneingang, oder eher morgen früh, so gegen ein Uhr mit dem Wagen, ja? Ich werde dreimal kurz hupen und – Dusty, hörst du mir auch zu?«

»Ich hö-, das geht nicht«, stammelte Dusty. »Du –«

»Warum nicht? Ich werde diese kleine Tasche zusammengefaltet bei mir haben, die du dir unter die Jacke schieben kannst. Da steckst du meinen Anteil rein und bringst ihn zu mir heraus, so als würdest du einen Scheck für mich einlösen, was –«

»Aber ich –«

»Ja?« Wieder kicherte Tug. »Hat dich wohl überrascht, wie? Hast wohl gedacht, das wäre alles viel schwieriger? Nun, das wär's. Heute nacht um eins. Ich hupe dreimal.«

»Warte!«

»Ja? Spuck's schon aus!«

»Ich muß dich unbedingt sehen«, sagte Dusty, »da ist etwas – wir müssen uns treffen.«

»So so... nein, müssen wir nicht! Du tust –«

»Aber ich kann nicht, ich meine« – *Er konnte es nicht wagen, Tug die volle Wahrheit zu erzählen! Für dieses Geld hatte Tug drei Männer getötet, für seinen Anteil, und er würde die Wahrheit nicht glauben, wenn er sie hörte. Er würde denken, daß* – »ich meine, das ist es ja, weswegen ich dich treffen muß!«

Es entstand ein lastendes Schweigen. Dann hörte er die gefährlich leise Stimme: »Du wirst doch nicht etwa gierig, Junge?? Du willst doch nicht etwa alles haben... und obendrein noch die zehntausend Belohnung?«

»Nein, mein Gott, du weißt doch, daß ich das nicht tun würde – daß ich das nicht tun könnte.«

»Ja schon, du sollst nur wissen, daß du dir damit nur selbst einen Strick drehen würdest, wenn du das versuchen wolltest. Wenn sie mich fassen, bist du auch geliefert. Oder versuch's nur mal, mir 'ne Falle zu stellen, und du wirst –«

»Mach ich doch nicht! Es ist – ich kann's jetzt nicht erklären, aber ich muß dich sehen, jetzt –«

»Na schön«, unterbrach ihn Tug schneidend. »Es gefällt mir ganz und gar nicht, aber schön! In einer Stunde an derselben Stelle.«

Die Leitung war unterbrochen.

Dusty legte den Hörer auf und schielte zu seinem Vater hinüber. Der alte Mann war in seinem Stuhl zusammengesunken und starrte mit leerem Blick ins Nichts. Sein Gesicht war kreidig und starr wie nach einem Schock, es war ein Ausdruck nackten Elends, der noch erschütternder war als sein erloschener Blick. Das Gespräch am Telefon hatte er offenbar gar nicht wahrgenommen. Es war für ihn ohne Sinn und Bedeutung, wie jetzt nichts mehr für ihn Sinn und Bedeutung hatte.

Dusty nahm einen Schein aus seiner Brieftasche, den ersten, den er mit seinen Fingern zu fassen bekam, und warf ihm das Geld in den Schoß. Ein Zehner – verdammt, zuviel – wie eben alles zuviel war –, doch er hatte die schwache Ahnung, daß es jetzt nicht mehr viel länger so gehen würde; nachdem er ihm die Krücken weggeschlagen hatte, würde der alte Knacker jetzt vielleicht Verstand genug haben, zu sterben. Immerhin war es schon das ganze Geld wert, mal die Peitsche knallen zu lassen und zuzusehen, wie er sich krümmte. Ihm einen Schein so hinzuwerfen, wie man einem Hund einen Knochen hinwarf.

Er lauerte noch einen Augenblick darauf, daß sein Vater ihn ansprechen würde – sehnsüchtig darauf wartend, daß er ihm Gelegenheit geben würde, ihn anzufahren und ihn zum Schweigen zu bringen. Dann, als sein Vater still blieb, warf er krachend die Tür zu und machte sich auf den Weg zu seinem Treffen mit Tug.

Es könnte alles noch viel schlimmer sein, dachte er. Ja sicher, es stand alles nicht annähernd so schlecht, wie es noch vor kurzem ausgesehen hatte! Er hatte sie zwar verloren, aber immerhin war sie nicht zu Tug gelaufen. Sie hatte also auf eigene Rechnung gearbeitet, nicht für Tug, und irgendwie war das für ihn nicht so schwer zu ertragen. Er hatte alles verloren, was er sich gewünscht hatte, doch dieser Verlust hatte ihm in gewisser Weise auch genützt. Er hatte ihn bis an den Punkt getrieben, wo er etwas abstreifte, sich freimachte und etwas loswurde, das er nicht, niemals gewollt hatte – jemanden, den er – wie er jetzt klar erkannte – immer gehaßt hatte! Ja, gehaßt! Gehaßt, gehaßt, gehaßt! Den er gehaßt hatte, wenn er sie berührte, diese Frau, die so durch und durch Weib gewesen war. Er hatte gehaßt – hatte ihn gehaßt – wenn er ihr nur nahe kam. Gehaßt und ihn tot gewünscht. Wie er ja wahrscheinlich auch bald sterben würde ... Jetzt, da ihm jeder Grund zu leben genommen war.

Und vielleicht ... vielleicht war sie noch nicht ganz für ihn verloren: jene geliebte Sie, die in Marcia Hillis wiedergeboren war. Vielleicht konnte er sie mit den zehntausend Dollar Belohnung aufspüren, sie finden und ...

Er fuhr vom Highway herunter, überquerte die Eisenbahngleise bis zur stillgelegten Straße auf der anderen Seite. Ein Auto parkte kurz vor der nächsten Steigung. Es war alt und zerbeult, doch es wirkte ganz fahrtüchtig, und die Reifen waren brandneu. Der Mann hinter dem Steuer trug einen Vollbart, war bekleidet mit einem ausgeblichenen Overall und einer Strickjacke sowie einem alten Strohhut, wie Arbeiter ihn trugen, der tief in die Stirn gedrückt war. Eine abgesägte Schrotflinte lag über seinen Knien. Er gestikulierte ungeduldig damit, während Dusty ihn begrüßte.

»Du hättest mich so wohl nicht erkannt? Also vergiß meinen Aufzug gleich wieder und fang schon an zu reden. Warum, zum Teufel, mußtest du mich sehen?«

Tug fluchte. Mit einem bunten Taschentuch fuhr er sich über das Gesicht. Fluchte immer lauter und wilder, wobei er, das Taschentuch noch immer vor dem Mund, mit Kraftausdrücken um sich warf, bis er atemlos nach Luft schnappte.

»Diese Bastarde, diese dämlichen vernagelten Hurensöhne! Mann, ich wünschte mir geradezu, daß ich sie nicht umgelegt hätte. Ich hätte jetzt richtig Lust, es noch mal zu tun.«

»Dann hast du also auch vorgehabt, sie gleich mit umzubringen«, sagte Dusty. »All dieser Schmus, den du mir erzählt hast, wie sie mich liebt und so weiter, und wie du das alles hinbiegen würdest« –

»Du spielst den wilden Mann?« fuhr Tug ihn wütend an. »Du läßt dich leimen und dir deinen Anteil wegschnappen und spielst dich noch groß auf?«

»Ich will nur einige Dinge klarstellen. Wenn du mir von Anfang an die Wahrheit gesagt hättest...«

»Na, jetzt hast du sie ja schwarz auf weiß! Wir haben sie uns geschnappt, oder etwa nicht? Ja, ich weiß schon, was du gedacht hast, aber das war 'ne echte Entführung, so echt, daß sie aus dem Weg geräumt werden mußte. Und wenn diese dämlichen Scheißköppe ihr bißchen Grips beisammengehabt hätten« – Tug brach ab, schluckte schwer, stieß eine weitere Serie von Flüchen aus. »Ich hätte es besser wissen und ihnen mit so einem Flittchen nicht trauen sollen. Ich hätte wissen müssen, daß sie versuchen würden, sie noch ein Weilchen bei sich zu behalten, noch ein bißchen Spaß mit ihr zu haben, bevor sie sie umlegten.«

»Aber ich versteh nicht. Falls sie ihnen nämlich abgehauen ist« –

»*Falls?* Was zum Teufel meinst du mit *falls?*«

»Aber warum haben sie dir denn nichts davon gesagt?«

»Weil sie es ja selber nicht gewußt haben, verdammt noch mal! Sie hat sich befreit und ist abgehauen, genau in der Nacht, als wir den Überfall gemacht haben, während wir im Hotel alle Hände voll zu tun hatten. Da muß es passiert sein. Jetzt geht dir wohl ein Licht auf? Kapierst du endlich, oder etwa immer noch nicht? Hätte sie nämlich schon vorher abhauen können, wäre aus dem ganzen Überfall nichts geworden! Sie wäre schreiend zu den Bullen gelaufen.«

Dusty runzelte die Stirn. Er starrte durch die verschmierte Windschutzscheibe auf das von der Sonne gesprenkelte Straßenpflaster. Weiter weg aus dem kümmerlichen Gehölz, das den Hang des Hügels bedeckte, war der trockene Ruf einer Nebelkrähe zu hören. Ein heißer Windstoß fuhr über die brachliegenden Felder und riß an dem gelb gewordenen, hüfthohen Unkraut.

»Sie wußte alles über mich«, sagte Dusty, »sie wußte, wo das Geld war, daß wir noch nicht ausgemacht hatten, wie wir es unter uns aufteilen wollten. Wenn sie also nicht für dich gearbeitet hat« –

»Verdammt noch mal, sieht es etwa so aus, als hätte sie? Sie hat nichts gewußt, gar nichts – sie hat bloß geraten! Sie hat sich ausgerechnet, daß wir erst hinterher entscheiden würden, wie wir das Geld aufteilen. Ich wußte doch nicht, wann du wieder zur Arbeit gehen würdest! Ich wußte auch nicht, wann ich mit dir Verbindung aufnehmen konnte. Und –«

»Sie kann nicht alles nur geraten haben«, sagte Dusty. »Sie kann unmöglich geraten haben, daß das Geld im Gepäckraum war. Irgend jemand hat es ihr erzählt, das und auch alles andere.«

Tug zuckte gereizt die Achseln. »Welchen Unterschied macht das denn? Du bist angeschmiert worden, das ist die Hauptsache. Und das heißt, daß auch ich reingelegt worden bin. Zur Hölle mit ihr. Welchen Unterschied macht das schon« –

»Ich will es wissen«, sagte Dusty verbissen. »Ich muß es wissen.«

Tug zögerte und zuckte wieder die Achseln. »Na gut dann, ich seh zwar nicht gerade gut aus dabei, aber – na ja, seh ich ja auch eigentlich wirklich nicht, wie? Und das alles hat mit dir auch gar nichts zu tun. Klar, ich hab die Sache schon auf die harte Tour durchgezogen. Aber ich hätte dich ja nicht mit reinziehen können, wenn ich –«

»Wer war sie?«

»Bascoms Tochter. Sie war Tänzerin, wie ich richtig gesagt habe; soweit stimmte die Sache. Hillis war ihr Künstlername und –«

»B-B-Bascoms – seine –«

»Soll ich's dir nun erzählen oder nicht? Wir haben nicht den ganzen Tag Zeit. Jeder Bulle in der Stadt hält nach mir Ausschau. Ja, seine Tochter. Ich habe damals an dem Morgen die Wahrheit aus ihr rausgeprügelt. Er hat's so gedreht, daß sie ein Zimmer im Hotel nehmen konnte. Er hatte sich mächtig ins Zeug gelegt, um zu erreichen, daß du kündigst, und es hatte nicht geklappt, also wollte er's mit Gewalt versuchen. Sie wollte dir mit der versuchten Vergewaltigung drohen, verstehste, dir sagen, daß sie dich anzeigen würde, wenn du dich noch ein einziges Mal blicken läßt. Wenn du stur geblieben wärst, hätte sie Bascom gerufen – ihren Vater, nur daß du das ja nicht wissen konntest – und so, wie alles eingefädelt war, hättest du auch schleunigst verschwinden müssen. Also... so ist es also gewesen. Ich und die Jungens haben sie uns dann geschnappt. Wie

Bascom ganz richtig erkannt hat, habe ich spitz gekriegt, daß er mich reinlegen wollte, und da mußte er sich natürlich ausrechnen, daß sie eine viel bessere Chance hätte, am Leben zu bleiben, wenn er spurte und wieder mitmachte. Ich wollte, daß er das glaubt, verstehst du? Und so kam's dann ja auch. Er wußte, daß ich ihn in der Hand hatte und alles, was er jetzt noch tun konnte, war –«

»Bascom«, sagte Dusty langsam. »Warum wollte er, daß ich aufhöre, kündige? Warum hat er das alles gemacht? Sich so angestrengt, um – um«, er brach unvermittelt ab und starrte Tug an. Tugs Augen wichen unbehaglich seinem Blick aus. »Oh«, meinte er schließlich, »dann, ja nun...«

Tug hustete und spuckte aus dem Seitenfenster. Er verschob den Lauf der Schrotflinte etwas und murmelte undeutlich, daß die gottverdammte Hitze ja gar nicht auszuhalten sei.

»Du wolltest mich umbringen«, sagte Dusty, »einer mußte ja getötet werden, und das sollte dann wohl ich sein?«

»Ach, Teufel noch mal, und wennschon?« knurrte Tug mürrisch. »So ist eben das Geschäft, Junge. Gar nichts Persönliches, verstehste. Ich wollte eigentlich schon von Anfang an, daß es Bascom sein sollte, aber –«

»Ja, er machte sich besser als Sündenbock. Aber warum mußte es denn er oder ich sein? Welchen Unterschied hätte es denn gemacht, wenn ich gekündigt hätte oder gefeuert worden wäre und ein anderer Page meine Stelle übernommen hätte? Du hättest doch trotzdem weitermachen und –«

»Eben, eben. Es mußte jemand sein, der da schon eine ganze Weile war. Einer, der sich gut auskannte, und einer, der Zeit hatte, sich mit mir anzufreunden. Nee, nee, wenn Bascom dich losgeworden wäre, hätt's keinen Uberfall gegeben. Wir hätten bis zur nächsten Rennsaison warten müssen, und er wußte genau, daß ich nicht warten konnte.«

Dusty nickte. Er hatte keine weiteren Fragen. Jedenfalls keine, die Tug beantworten konnte. Sie hatte zwei Tage bei ihm zu Haus verbracht, mit ihm geredet, ihn auf die Probe gestellt, ihn beobachtet, und vielleicht hatte sie sich auch zu ihm hingezogen gefühlt, wie sie gesagt hatte; vielleicht empfand sie genau dasselbe für ihn, was er für sie fühlte. Aber gewisse Zweifel waren ihr dennoch geblieben. Sie war von seiner Schuld nicht felsenfest überzeugt: ob er nicht ein zu allem bereiter Komplize bei der Ermordung ihres Vaters gewesen war und genau wußte, was passieren würde. Aber absolut unsicher war sie sich nun auch wieder nicht gewesen. Also – nun, das mußte die Antwort sein: der Schlüssel zu dem Ausmaß ihrer Gewißheit und Ungewißheit. Sie hatte ihn praktisch ohne einen Pfennig zurückgelassen, damit er Tug mit leeren Händen gegenübertrat und ihm eine Geschichte auftischte, die dieser nicht glauben würde. Sie war hinlänglich gewißungewiß gewesen, ihn einer Lage auszusetzen, in der er getötet werden konnte, oder –

Oder? Dustys Herz schlug plötzlich schneller ... Tug. Hinsichtlich seiner Beteiligung an dem Mord konnte sie wohl kaum irgendwelche Zweifel hegen. Tug mußte für sie der Kerl sein, den es erwischen sollte. Und welchen besseren Weg gab es schon – oder vielmehr, welchen anderen – als eben diesen? Nur über ihn konnte sie an Tug herankommen. Indem sie sich mit dem ganzen Kies davonmachte, hatte sie sich wahrscheinlich ausgerechnet –

Blödsinn. Nichts. Das waren doch alles Hirngespinste. Sie hatte das Geld gewollt ... sie hatte es bekommen. Das war alles. So weit und nur so weit hatte sie gedacht. Wie sie ja angedeutet hatte: Hundert Riesen würden nicht lange reichen – nur eben halb so lange wie das Doppelte. Also –

Aber vielleicht auch nicht. Gott, vielleicht war das Hirngespinst doch die reine Wahrheit? Und er hatte ja nichts zu verlieren, wenn er daran glaubte. Hatte so oder so nichts zu verlieren. Tug durfte er nicht die Wahrheit sagen. Gott, was könnte der dann tun – was würde er wahrscheinlich tun – wenn er es ihm sagte! Tug mußte sterben und –

Tug beobachtete ihn eindringlich. Dusty zündete sich lässig eine Zigarette an und schnippte das Streichholz aus dem Fenster.

»Also gut«, sagte er.

»Nichts ist gut«, knurrte Tug, »daran ist doch nicht die Spur gut! Aber ich glaube, ich muß das wohl schlucken. Zum Teufel, wenn ich gewußt hätte, daß alles so ausgehen würde, nach all der gründlichen Planung, daß ich am Ende meinen Kopf für lausige fünfzigtausend oder so hingehalten habe« –

»Fünfzig?« Dusty spielte den Überraschten. »Aber sie hat doch nur meine Hälfte. Deine ist noch –«

»Du machst wohl Witze?« Tug funkelte ihn wild an. »Du rückst einfach alles raus, und das gefällt dir so, wie? Du würdest natürlich nicht im Traum daran denken, ein paar Dollar für dich beiseite zu legen – sagen wir, ungefähr zehntausend –, auf die eine oder andere Weise? Erzähl mir keine Scheiße, Junge! Tu nicht noch blöder, als du's bisher schon gewesen bist! Du wirst doch nur so lange mitspielen, wie es sich für dich auszahlt. Also bitte, ich zahle. Ich mache mit dir genau Halbe-Halbe.«

»Nun«, murmelte Dusty. »Ich, äh, ich weiß das bestimmt zu schätzen –«

»Steck dir das sonstwohin, vergiß es! Versuch nur keine krumme Tour, verstanden? Weil ich dabei vielleicht draufgehe, meinst du wohl? Aber was würde dir das bringen? Sie würden wissen wollen, warum ich hingekommen bin, verstehst du! Und sie würden den ganzen Laden kopfstellen, um das rauszufinden und ...«

Und sie würden absolut nichts finden. Schön, sie mochten Verdacht schöpfen, aber es gab keinen einzigen Beweis.

»Also gut«, sagte Tug abschließend, »du verschwindest jetzt besser. Ich treff dich morgen nacht um ein Uhr, wie ich dir schon am Telefon gesagt hatte.«

»Angenommen, ich kann nicht genau um eins dasein. Vielleicht ruft man mich dann gerade –«

»Nun, dann eben ungefähr, sagen wir fünf Minuten vor oder fünf Minuten nach. Ich fahre um den Block herum, bis ich dich da stehen sehe. Sieh zu, daß du mein Geld mitbringst.«

Dusty nickte. Er stieß die Tür des Wagens auf und war dabei, auszusteigen. Tugs Stimme, angespannt und brüchig, hielt ihn noch einmal zurück.

»Ich – ich bin immer nett zu dir gewesen, Junge, oder? Hab dich immer wie einen Freund behandelt, dir einen Haufen Geld zugesteckt, ohne daß du dich unbehaglich fühlen mußtest, es von mir anzunehmen, stimmt's?«

»Klar«, stimmte Dusty ihm warmherzig zu. »Du bist immer großartig zu mir gewesen, Tug.«

»Vielleicht hört sich das jetzt für dich wie 'ne Schnulze an, aber du mußt wissen, ich hätte es nie allein geschafft, dieses Ding durchzuziehen. Die Jungs dachten, ich sei plemplem, daß ich so 'n Risiko laufe, dich aus der Schußlinie zu bringen und Bascom umzupusten. Es stand verdammt auf der Kippe, verstehst du? Und die haben mir deswegen ganz schön eingeheizt. Aber ich mußte es tun. Ich glaube, Junge – du wirst es mir wahrscheinlich nicht abkaufen – aber ich glaube, daß das ganze Ding wahrscheinlich gar nicht über die Bühne gegangen wäre, wenn du nicht zugestimmt hättest, mitzumachen. Ich hätte mir das bißchen Geld genommen, das ich noch hatte und wäre verduftet.«

Dusty murmelte unhörbar und schlug die Augen nieder, damit der andere nicht die Verachtung darin sehen konnte. Das war also die Art und Weise, wie sich ein harter Bursche aufführte, das war der große Tug Trowbridge, wenn er schlechte Karten hatte! Feige bis auf die Knochen, betteind; einer der jammernd von Freundschaft redete!

»Ich ... das geht doch wohl alles glatt, Junge, wie? Du hast nicht – es gibt doch keinen Grund, warum es nicht glattgehen sollte?«

»Wie?« Dusty zögerte. »Was meinst du damit?«

»Ich meine – ich meine, daß ich nicht in eine Falle tappe! Du würdest doch nicht –«

»Ich könnte nicht, das weißt du doch ganz genau.«

»Ja schon, aber ich habe nachgedacht, Junge. Wenn nun dieses Flittchen mit dem ganzen Geld abgehauen ist ...« Tugs Hände senkten sich auf Dustys Schultern. Sie umklammerten ihn ganz fest, lockerten sich dann, und er sagte fast bittend: »Sag mir nur die Wahrheit, Dusty, das ist alles, was ich will. Sie hat doch nicht alles, oder doch?«

Dusty schüttelte den Kopf. Er sagte: »Natürlich nicht. Warum hätte ich ihr alles geben sollen?«

»Hab keine Angst, es mir zu sagen, Junge. Wenn es das ist, was passiert ist, dann erzähl's mir um Himmel willen und ...«

»Angst?« sagte Dusty. Jetzt mußte er sich anstrengen, den blanken Hohn zu verbergen. »Warum sollte ich Angst vor dir haben, Tug?«

19

Als er wieder nach Hause kam, war Mr. Rhodes in der Küche. Sein dünnes Haar war noch feucht von der Dusche, die er vor kurzem genommen hatte, und sein Gesicht war frisch rasiert. Er hatte all die Kleinigkeiten getan, die er tun konnte, um sauber und ordentlich auszusehen, wie jemand, dessen man sich nicht zu schämen brauchte. Und jetzt, wie er sich so mit Schubfächern und am Kochherd zu schaffen machte, demonstrierte er offenbar seine Nützlichkeit, versuchte unter Beweis zu stellen, daß er, obwohl alt und krank, doch durchaus für jedermann ein Gewinn war.

Dusty stand in der Tür und beobachtete ihn, böse in sich hineingrinsend. Gereizt und belustigt, wie er war, entfachte dieser Anblick wieder seinen ganzen Haß. Er hatte sich von Tug in merkwürdig gehobener Stimmung getrennt, überlegen, ruhig und selbstsicher; er hatte einen Kampf mit dem Gangster erwartet, und seine Nerven waren darauf eingestellt gewesen. Und dann hatte sich nichts ereignet, das diese Spannung gelöst hätte. Nichts, wodurch die aufgestaute Masse nervöser Energie freigesetzt worden wäre. Tug hatte sich als Schwächling erwiesen. Am Schluß dann fast als lächerlicher Hanswurst. Er war genauso schlimm wie dieser alte Narr hier, der sich ans

Leben klammerte und abstrampelte – mit Flehen und Jammern, um etwas bittend, das er kein Recht mehr hatte zu fordern.

»Bill« – der alte Mann hielt in seinem geschäftigen Herumhantieren inne und redete, ohne sich zu ihm umzudrehen –, »es war heute morgen alles mein Fehler. Du bist abgespannt und müde gewesen und – na ja, all das, was du gesagt hast, ich weiß ja, daß du es nicht –«

»O doch, ich hab's so gemeint«, sagte Dusty. »Jedes gottverdammte Wort war so gemeint, wie ich es gesagt habe.«

»A-aber – nein, nein, das hast du doch nicht. Warum solltest du« – eine Tasse entglitt Mr. Rhodes' Händen, fiel scheppernd zu Boden und zerbrach.

Dusty lachte wie über einen irren Witz. Seine böse Erheiterung war wie frisches Wasser auf die alte Saat des Hasses.

»Soll ich dir mal ein kleine Geheimnis erzählen, Dad? Möchtest du vielleicht wissen, wie damals dein Name auf diese Petition gekommen ist? Na also, dann werd' ich's dir mal erzählen. Ich –«

»Ich – ich –« Mr. Rhodes wandte sich schließlich zu ihm um. Seine Augen wichen Dusty aus. Blicklos, stumpf und blind und unsicher bewegte er sich auf die Tür zu. »Ich – ich glaube, ich lege mich lieber hin«, sagte er. »Ich – ich –«

»O nein, das wirst du nicht«, fuhr Dusty ihn an. »Ich hab's dir schon seit langer Zeit erzählen wollen, und bei Gott, jetzt, jetzt werde –«

»Ich wußte es schon«, sagte der alte Mann abwesend. »Deine Mutter – sie und ich, ich glaube, wir beide haben es von Anfang an gewußt. Aber wir wollten es uns einfach nicht eingestehn. Jetzt ... jetzt glaube ich, daß ich mich besser hinlege.«

Er ging in sein Schlafzimmer und schloß die Tür hinter sich.

Später am Tag, nachdem Dusty ins Bett gegangen war, hörte er, wie sein Vater im Haus herumwanderte, in den Zimmern hin und her ging, zuerst ruhelos und ziellos, und dann zwar noch immer ziellos, aber mit einer Art grimmiger Verzweiflung. Er hörte, wie er das Haus verließ, aber da er offenbar eingeschlafen war, hörte er ihn nicht zurückkehren. Doch als er spätabends aufstand, um ins Hotel zu gehen, war der Alte zurück und auf seinem Zimmer. Dusty blieb eine Weile horchend an der Tür stehen und hörte schwach undeutliche und gedämpfte Geräusche von drinnen.

Es hörte sich an, als betete er oder so als singe er oder als würde er gleichzeitig beten und singen. Und zwischendrin hörte er gelegentlich etwas, das sich wie Schluchzen anhörte ... würgend, erstickt, keuchend.

Dusty machte sich auf den Weg.

Zwanzig Minuten vor eins ging er in eine der Telefonzellen im Foyer und machte einen Anruf bei der Polizei.

... Sie ließen sich mit Tug auf kein Risiko ein. Scheinwerfer aus einem Fenster im Zwischenstock des Hotels und aus dem Fenster eines Wohnhauses auf der gegenüberliegenden Straßenseite griffen nach ihm und tauchten ihn in grelles Licht. Sie forderten ihn nur einmal auf, sich zu ergeben, und vielleicht hatte er den Befehl nicht verstanden, vielleicht war er starr vor Schreck gewesen und konnte ihm nicht Folge leisten, oder vielleicht – denn er warf die Schrotflinte durch das Wagenfenster auf die Straße – hatte er auch gerade beschlossen, ihm Folge zu leisten, aber wo es um Tug Trowbridge ging, ließ sich die Polizei auf kein ›Vielleicht‹ ein; sie ließen sich seinetwegen nicht lange von Zweifeln plagen.

Fünf Minuten, nachdem er vor dem Hotel vorgefahren war, befand er sich bereits auf dem Weg ins Leichenschauhaus, und innerhalb derselben fünf Minuten waren schon zwei Detectives dabei, den Gepäckraum zu durchsuchen, während zwei andere Dusty ins Polizeirevier eskortierten und noch zwei andere in rasender Fahrt zu Dustys Haus unterwegs waren.

Natürlich fanden sie dort nichts; keine Spur der Beute aus dem Raubüberfall, nur die leblose Gestalt eines alten Mannes und eine halbleere Flasche Whisky.

20

Mit den meisten Detectives hatte er schon früher zu tun gehabt. Sie hatten mit ihm im Krankenhaus gesprochen, ihn so oft besucht, daß sie fast freundschaftlich mit ihm umgingen, ihn bei seinem Vornamen oder Spitznamen anredeten. Aber jetzt war von Freundlichkeit nichts mehr zu spüren. Knapp und kalt stellten sie ihm abwechselnd Fragen. Fragten immer und immer wieder dasselbe, erhoben immer wieder dieselben Anschuldigungen. Sie redeten ihn mit ›du‹ und ›Freundchen‹ und ›Strolch‹ oder bestenfalls mit ›Rhodes‹ an.

Er saß auf einem harten Stuhl unter einer grellen Lampe, ihre Stimmen kamen wie Peitschenhiebe aus der Dunkelheit. Leidenschaftslos, erbarmungslos, ohne eine Spur von Ermüdung.

»Keine Ausflüchte ... jetzt haben wir dich kalt erwischt, Freundchen ...«

»Sag die Wahrheit, und wir springen glimpflich mit dir um ...«

»Warum wollte Tug dich treffen? Komm schon, komm schon, wenn du die Beute nicht versteckt hast, warum dann?«

»Ich hab's Ihnen doch schon gesagt.«

»Sag's noch mal!«

»Er – ich weiß nur, was er gesagt hat, als er mich anrief, kurz bevor ich Sie angerufen habe. Er sagte, er sei pleite, und er wollte, daß ich ihm helfe und –«

»Klar war er pleite. Er hat den ganzen Kies bei dir zurückgelassen, und du wolltest seinen Anteil nicht rausrücken.«

»Warum hat er denn von dir Geld verlangt? Wie konnte er glauben, daß du ihm etwas geben würdest?«

»Komm schon, komm schon!«

»Ich versuch doch, es Ihnen zu erklären! Er ist immer ziemlich nett zu mir gewesen, hat mir eine Menge großer Trinkgelder gegeben, und ich vermute, er dachte einfach –«

»Er war dein guter Kumpel, wie? So habt ihr zueinander gestanden, oder stimmt das etwa nicht? *Stimmt das etwa nicht?*«

»Nein, ich meine, er war nett zu mir, aber –«

»Jaja, hat dich netterweise an diesem Raubüberall beteiligt. Du warst sein Mann, der die Sache von innen organisiert hat. Klar. Er hat dir die Beute zum Verstecken gegeben. Nicht wahr? Komm schon, warum gibst du es nicht zu?«

»Nein, ich hatte mit dem Raub nichts zu tun.«

»Warum wollte Tug dich dann treffen?«

»Ich hab' Ihnen doch gesagt, warum. Ich hab' Ihnen alles erzählt, was –«

»Erzähl es uns noch mal...«

Die Tür zum Vernehmungszimmer wurde aufgestoßen, und ein Mann stürzte herein. »Leute, wir haben es gefunden! Wir haben den ganzen Kies gefunden! Genau da, wo wir es uns vorgestellt haben.«

»Prächtig, gut gemacht.« Die Detectives gratulierten ihm und wandten sich wieder Dusty zu. »Also, jetzt haben wir dich, Kumpel, Ausreden helfen dir jetzt nicht mehr!«

»Ich rede mich doch gar nicht heraus, ich weiß nur nicht –«

»Du hörst doch, was der Mann gesagt hat. Sie haben den Kies in deinem Hotel gefunden.«

»Das können sie gar nicht, ich meine...«

»Jaja, wissen wir alles. Weil du's da nicht versteckt hast. Tug dachte das zwar, aber du hast es rausgeschafft.«

»Das habe ich nicht.«

»Laßt ihn in Ruhe, Jungs. Rhodes und ich, wir verstehen uns

schon ... also sieh mal, Junge (flüsternd), warum machen wir beide nicht ein kleines Geschäft, wie? Du gibst mir jetzt einen kleinen Tip, wir handeln was aus, irgend 'ne faire Regelung, und dann sorge ich dafür, daß diese Typen hier dich gehen lassen. Wir können uns dann die Beute gemeinsam schnappen und ... was ist denn los, traust du mir nicht?«

»Ich weiß nicht, wo es ist. Ich habe nicht das geringste damit zu tun. Ich –«

»Ah, nun komm schon ... warum also wollte Tug dich treffen?«

»Hab' ich doch gesagt.«

»Sag's uns noch mal!«

... Um sieben Uhr morgens warfen sie das Handtuch. Gegen zehn wurde er aus seiner Zelle geführt und zum Gericht gefahren. Die beiden Detectives, die ihn abführten, stellten keine Fragen, verhielten sich ihm gegenüber fast gleichgültig. Als er draußen auf der Bank vor dem Büro der Staatsanwaltschaft saß, schlenderten sie hinüber zum Wasserkühler und blieben dort witzereißend in einer kleinen Gruppe von Deputy Sheriffs stehen.

Dusty starrte bedrückt den Gang entlang und hörte ihnen mit halbem Ohr zu. Plötzlich fuhr sein Kopf hoch, und er stutzte, schob sich dann ganz unauffällig bis ganz zum Ende der Sitzbank vor. Die Tür zum Büro des Staatsanwalts stand einen Spaltbreit offen. Er konnte die zwei Männer hören, die sich drinnen unterhielten. Sie stritten. Einer von ihnen klang gereizt und hartnäckig; der andere – offenbar der, der in ihrem Streit die Oberhand behielt – sprach überredend und resigniert auf ihn ein.

»Also, du weißt, daß ich Recht habe, Jack. Wir beide wissen, daß er bis über beide Ohren drinsteckt und schuldig ist. Das muß einfach so sein. Und die Tatsache, daß das Geld zurückgegeben worden ist – bis auf den letzten Penny; mit der Post, Bob, und es gibt keinen Hinweis darauf, wer der Absender ist. Unter diesen Umständen, und wenn wir unsere persönliche Überzeugung mal beiseite lassen, ist das kein Fall mehr für uns. Unsere einzige Chance, Rhodes festzunageln, bestand ja darin, ihn mit dem Geld in Verbindung zu bringen. Aber jetzt, nachdem alles zurückgegeben worden ist ...

Dusty rieb sich ungläubig die Augen. Das Geld zurückgegeben? Das mußte wieder irgendeine Falle sein. Die Unterhaltung war so arrangiert, daß er sie mithören sollte; er sollte alles hören, damit er dann – damit er *was*?

»Er hatte einen Komplicen. Als diesem Komplicen klar wurde, daß Rhodes in Schwierigkeiten ist, hat er –«

»Aber er war doch zu dem Zeitpunkt noch gar nicht in Schwierigkeiten! Das Paket ist gestern nachmittag aufgegeben worden.«

»Dann muß er es eben selbst aufgegeben haben! Das ist es! Tug hat ihm die Hölle heiß gemacht und... und, eh...«

»Siehst du, Bob, du drehst dich im Kreis. Wenn Rhodes das Geld gehabt hätte, hätte er ja auch den Anteil rausrücken können. Tug mußte ihm dann gar nicht die Hölle heißmachen, wie du's ausgedrückt hast.«

»Aber – aber das ergibt doch einfach keinen Sinn, Jack! Alles bleibt dabei in der Schwebe. Abgesehen von dem Geld wurde ein Mann ermordet und –«

»Man kann eins nicht vom anderen trennen, Bob. Und wer schert sich schon groß um den Portier! Er war ein Ganove, ein entflohener Häftling.«

»Ja, aber verdammt noch mal, Jack –«

»Weiß ich doch auch! In der ganzen Geschichte gibt es viele Punkte, die irgendwie nicht stimmen. Aber nichts führt uns zu Rhodes. Ich sehe da nichts, und wir können es auch nicht so hinbiegen.«

»Na ja...«

»Das Hotel ist hochzufrieden. Genauso die Versicherungsgesellschaft. Solange die keine Klage einreichen wollen, sollten wir uns auch nicht in die Nesseln setzen. Wir können nicht gewinnen. Ich wette zehn zu eins, daß die Sache gar nicht bis zur Verhandlung kommt. Er würde vorher freigelassen –«

»Ja. Nun (mürrisch). Also gut. Aber ich will dir eins sagen, Jack. Vielleicht können wir ihm in dieser Sache nicht beikommen, aber das eine sage ich dir: Wenn dieser Bastard jemals wieder ein krummes Ding versucht – und wenn es nur so aussieht, daß er wieder ein linkes Ding vorhat – dann ist er bei Gott geliefert. Dann hänge ich ihn, und wenn ich selber am Strick ziehen muß.«

»Klar, haha, und ich helfe dir dabei. Ich kann dir das gut nachfühlen.«

21

Er hatte jetzt keinen Job mehr. Man mußte ihm nicht eigens sagen, daß er nicht ins Manton zurückkehren könnte. Und es kümmerte ihn auch herzlich wenig – er fühlte sich innerlich abgetötet und war allem gegenüber völlig teilnahmslos. Es blieb jedoch die Tatsache, daß er jetzt völlig ohne Einkommen war und praktisch pleite. Was die Belohnung wegen Tug anging: Nun, er schnitt eine höhnische Grimasse über seine eigene Dummheit – auch nur anzunehmen, daß er diese Belohnung jemals kassieren könnte! Er hatte davon in Gegenwart dieses Staatsanwaltes angefangen, nur dazu angesetzt, und dieser Kerl war gleich in die Luft gegangen. Er hatte nach dem anderen Knaben geschrien, daß sie ihn sofort zurück ins Loch bringen, daß sie ihn in seine Zelle schmeißen und den Schlüssel wegwerfen sollten. Und der andere Typ hatte nur mit einer Kopfbewegung zur Tür gezeigt und ihn aufgefordert, schleunigst zu verschwinden, solange er dazu noch in der Lage wäre.

»Sie haben noch mal verdammtes Glück gehabt, Rhodes. Aber verlassen Sie sich nicht allzu sehr darauf. Das nächste Mal, daß wir Sie erwischen...«

Also war Dusty schleunigst gegangen und jetzt, einige Häuserblocks vom Gerichtsgebäude entfernt, verlangsamte er seine Schritte. Es war fast Mittag. Die feuchte Hitze klebte an ihm. Sein Hemd war bis zum Rücken schweißnaß, und er spürte, daß er nach dem dumpfen Mief des Gefängnisses stank.

Er ging noch zwei Blocks weiter bis zum Bahnhof und badete in einer der Duschkabinen. Im Frisörladen des Bahnhofs ließ er sich rasieren und bestellte sich hinterher im Imbiß Kaffee und Toast. Das Essen blieb ihm in der Kehle stecken. Er war hungrig, doch alles, was er zu sich nahm, schien ihm fade und völlig geschmacklos.

Nachdem er die Imbißstube verlassen hatte, ging er hinüber in den Wartesaal, stand eine Weile unschlüssig im trüben Licht, das durch die Kuppel fiel und starrte hinauf zur Anzeigetafel. Nicht daß er irgendwohin wollte, natürlich, wie sollte er auch, wo könnte er denn hin? Er stand einfach da und starrte blicklos, schaute nicht irgendwohin, sondern nach innen, ratlos und voller Selbstmitleid.

Bascom, nun ja. Bascoms Leben war doch ohnehin verpfuscht gewesen, oder nicht? Da er nichts zu verlieren gehabt hatte, konnte er nichts verlieren. Und sein Vater, Mr. Rhodes – nun, auch er war ja bereits ein toter Mann gewesen. Der Tod hatte der Sinnlosigkeit und Vergeblichkeit seines Dahinvegetierens lediglich ein Ende gesetzt. Und was Tug Trowbridge anging: Ein Massenmörder, an den jeder Gedanke verschwendet war, der genau das verdient hatte, was er bekommen hatte. Und Marcia Hillis...

Warum? Warum in Gottes Namen hatte sie das getan? Was hatte sie dadurch zu gewinnen gehofft, als sie das tat... Er hatte so ein Gefühl, als hätte er es vielleicht früher, viel viel früher, verstehen können. Doch als er sich dann in jene Zeit zurückzuversetzen versuchte, ging ihm auf, daß es damals natürlich noch nichts so

Kompliziertes gegeben hatte, das verstanden werden mußte. Er wäre auch niemals vor eine solche Situation gestellt worden; er wäre nicht imstande gewesen, sich in eine so heillose Lage zu bringen. Ja damals, lang, lang ist's her – obwohl in Wirklichkeit nur kurze Zeit seither verstrichen war –, war er einfach ein Collegestudent wie viele andere auch gewesen, und hätte er die Möglichkeit gehabt, weiterzustudieren, wäre ihm das Wenige vergönnt gewesen, worauf er Anspruch hatte, ohne gierig danach greifen zu müssen...

Er verließ den Bahnhof und ging mit schnellen Schritten zurück ins Geschäftsviertel. Er konnte nicht über Marcia Hillis nachdenken – dem unlösbaren Rätsel und dem stummen Vorwurf, den sie für ihn darstellte. Er konnte nicht aufhören, über sie nachzudenken.

Warum? Warum war denn gerade *er* dazu ausersehen, diesen schwärzesten aller Mißerfolge zu erleben? Diese abgrundtiefe Enttäuschung. Warum nicht zum Beispiel einer jener großmäuligen, laut tönenden Clowns? Jene Nullen in Amt und Würden und Berufspatrioten, die dadurch Karriere gemacht hatten, indem sie den alten Mann vernichteten? Mr. Rhodes hatte gesagt, daß die *Zeit*, daß die *Geschichte* sie zu Fall bringen würde. Aber sie waren bisher keineswegs zu Fall gebracht worden; sie saßen noch immer auf hohem Roß, und er, dessen einzige Schuld im Grunde nur darin bestanden hatte, einen Kompromiß einzugehen, er, der anstatt den Tatsachen des Lebens kämpfend entgegenzutreten, nur versucht hatte, Vorteil daraus zu ziehen...

Ihm ging es kein Deut besser als dem alten Mann. Noch am Leben, ja, aber um jeden Sinn gebracht, weiterzuleben.

Er holte sein Auto vom Parkplatz und fuhr damit zu einem Gebrauchtwagenhändler ganz in der Nähe. Es war ein guter Wagen; der Händler pflichtete ihm eifrig bei, daß er von allererster Qualität sei. Doch es schien so, als gäbe es für dieses bestimmte Modell und Baujahr inzwischen keine rechte Nachfrage mehr. Aus mysteriösen und völlig unsinnigen Gründen wollte die Kundschaft gerade *diesen* Wagentyp um keinen Preis kaufen. Aber natürlich, falls Dusty ihn *ganz dringend* loswerden mußte...

Dusty mußte. Ohne großes Hin und Her akzeptierte er fünfhundert Dollar und fuhr mit dem Bus heimwärts.

Das Geld würde gerade mal die Beerdigungskosten für den alten Mann decken, dachte er. Vielleicht würde es ihm irgendwie gelingen, diese Zahlung zu umgehen. Aber sicher wäre das mit Ärger verbunden, und er hatte jetzt für eine ganze Weile genug Ärger gehabt. Besser, den alten Bas... – besser, ihn begraben zu lassen und zu vergessen. Am besten, es auf die schnellste und möglichst problemlose Weise hinter sich bringen. Wahrscheinlich hätte es besser ausgesehen, wäre er heut morgen beim Beerdigungsinstitut vorbeigegangen – doch es war ihm verdammt gleichgültig, wie es aussah. Wie man einen guten Eindruck machte, nun, darum brauchte er sich nicht mehr groß zu scheren. Er mußte nicht mehr so tun, als ob. Und falls die Leute daran Anstoß nähmen, nun, dann sollten sie eben!

Er stieg aus dem Bus und schlenderte langsam an dem kleinen Mittagsrestaurant vorüber, wo sein Vater sich gewöhnlich verpflegt hatte. Und von drinnen hörte er das Rücken von Stühlen, spürte unfreundliche Augen auf sich gerichtet. Genauso war es, als er an dem kleinen Lebensmittelladen in der Nachbarschaft vorüberging, am Frisörladen und an der Tankstelle, an den geöffneten Fenstern und Türen der schmalbrüstigen Häuser. Nichtstuer, Tagediebe, weiße Lumpenproleten, Abschaum, der hier angespült worden war – und gerade *ihm* warfen sie schiefe Blicke zu!

Es konnte nicht deswegen sein, weil er gerade aus dem Gefängnis kam, als Hauptverdächtiger in einem Raubüberfall mit einer Viertelmillion Beute. Gefängnis war für die Bewohner in seiner Nachbarschaft eine alltägliche Sache. Also mußte es wegen des alten Mannes sein – sie mußten offenbar denken, daß er ... es war unsinnig. Sie hatten nicht den geringsten Grund zu der Annahme, daß er für den Tod von Mr. Rhodes verantwortlich wäre. Aber dennoch, genau das schienen sie offenbar zu denken. Oder vielmehr, sie wußten, daß er seinen Tod verschuldet hatte.

Er schritt jetzt schneller aus. Er war etwas außer Atem, als er das Haus erreichte, und fast rannte er die Stufen hinauf und ins Wohnzimmer. Erlöst und zugleich dumpf beschämt über sein Gefühl, ließ er sich in einen Stuhl sinken. Er wischte sich über das Gesicht und lehnte sich schläfrig und mit geschlossenen Augen zurück. Sein Herzschlag schien in diesem Zimmer widerzuhallen, schneller und lauter, lauter und schneller und einen Wettstreit mit seinem Atemholen auszutragen. In plötzlichem Erschrecken öffnete er die Augen. Dann warf er einen Blick in das Zimmer seines Vaters – hinüber zu seinem Bett, und da war etwas ... nein, da war wohl nichts. Natürlich, es war bloß ein Schatten, aber –

Er stand auf. Rückwärts ging er aus dem Zimmer, wandte sich dann seinem eigenen Schlafzimmer zu, und durch die halbgeöffnete Tür, ausgestreckt auf dem Bett, sah er einen anderen Schatten. Er schloß die Augen und öffnete sie langsam wieder. Er war noch immer da. Ein Schatten nur, nur eine Illusion, eine Ausgeburt seiner Phantasie und der ihn umgebenden Dämmerung. Aber wieder schreckte er zurück. Er betrat die Küche, und hier waren die Rollos hochgezogen und Licht strömte herein. Aber irgendwie war es hier noch schlimmer als in den anderen Räumen. Es war alles so überdeutlich, und daß alles so hart und scharf umrissen war, schien ihm schlimmer als seine flüchtigen Einbildungen . . . Die Schränke, erst kürzlich so ordentlich eingeräumt; das Spülbecken, noch halbvoll mit Abwaschwasser. Die zerbrochene Tasse auf dem Fußboden . . .

Doch er konnte nicht woanders hingehen. Er hatte nicht die Kraft und den Willen, woanders hinzugehen. Verloren stand er da, ausgesetzt der Wildnis des Unerträglichen, denn Wildnis würde für ihn jetzt überall sein. Sie würde immer und überall um ihn sein.

Nur sie hätte ihn da herausführen können, die gähnende Leere füllen, neuen Sinn geben und altes, nun erloschenes Verlangen wiedererwecken können. Sie hätte das tun können, nur sie allein. Ihr nachjagend, war er tiefer und tiefer in den Abgrund gestiegen, um dann schließlich, am Grund angelangt, nichts zu finden . . . nichts als den Grund.

Blind taumelte er in einen Stuhl. Er sank vornüber auf die Wachstuchdecke des Küchentischs und begrub das Gesicht in seinen Armen.

Er dachte: *Gott, ich kann es nicht ertragen.*

Laut schluchzte es aus ihm hervor: »O Gott, ich kann es nicht mehr ertragen. Ich kann es nicht –«

Hinter ihm knarrte eine Diele. Er erstarrte, das Schluchzen würgte ihn, er wagte nicht, hinter sich zu blicken.

»Ich weiß . . .« sagte Marcia Hillis. »Aber ich helfe dir, Darling. Wir beide werden es gemeinsam durchstehen.«

22

Sie saßen beide auf dem Sofa. Er hatte seine Arme um sie gelegt und sein Gesicht an ihre Brust geschmiegt, und allein das – sie wiederzuhaben – war alles, was zählte. Er hielt sie umschlungen, wunschlos, selig, nur halb ihren Worten lauschend.

»Es ist gut«, murmelte er immer und immer wieder. »Nichts anderes zählt mehr.«

»Das verstehst du doch, Dusty. Anders wäre es niemals gutgegangen. So einen neuen Anfang zu versuchen, mit gestohlenem Geld . . . ich weiß, was das anrichten kann. Ich weiß, was das aus meiner Mutter gemacht hat, und mein Vater –«

»Es ist alles gut«, sagte er. »Ich mache mir nichts aus dem Geld.«

»Ich wollte dich bitten, es zurückzugeben. Ich habe solche Angst ausgestanden. Deinetwegen, Darling. Hatte so schreckliche Angst, was Tug dir antun könnte. Aber ich hatte nicht genug Zeit, dich gründlich kennenzulernen. Und ich mußte schnell handeln und – und –«

»Und du warst dir meiner auch nicht ganz sicher, nicht wahr?« sagte er. »Du spürtest vage, daß ich Bas ... – getötet haben könnte – daß ich gewußt habe, daß dein Dad getötet werden würde.«

»Nun«, sie nickte widerstrebend. »Ich wollte es ja nicht glauben, aber ...«

»Ich mach dir daraus keinen Vorwurf«, erwiderte er, »du mußtest das ja ganz einfach denken. Ich war bei diesem Raubüberfall der Mann am Schalthebel, und wie konnte ich das sein, ohne zu wissen, daß – ohne daß ich alles wußte, was geschehen würde. Aber Tug hat mir nichts davon gesagt, Marcia. Er mußte mir's auch nicht erst groß erklären. Er drohte damit, dich zu töten, wenn ich nicht machte, was er von mir verlangte. Das war alles, was ich wußte, alles, woran ich einzig nur denken konnte. Ich hatte Angst, noch weitere Fragen zu stellen und –«

»Ich weiß, Liebster.« Sanft drückte sie ihre Lippen auf seine Stirn. »Es war alles zu spät, die Pläne noch zu ändern. Doch ich wußte – ich war mir sicher –, und zwar von jenem letzten Abend an, bevor ich zum Hotel kam.«

»Oh? Wodurch konntest du denn –«

»Dein Vater. Es war das erste Mal, daß wir miteinander allein waren, weißt du, und er konnte über nichts anderes reden als über dich. Über die Opfer, die du gebracht hattest, über alles, was du für ihn aufgegeben hattest. Wie geduldig du mit ihm gewesen bist, wie freundlich und großzügig. Also ... also, da wußte ich es, Dusty. Ich war mir ganz sicher. Wenn du ein solcher Mensch warst, und wenn ich also wußte, wer du bist und wie du bist, dann konntest du ja unmöglich ... «

»Ich – ich habe nicht viel für ihn getan«, sagte Dusty. »Nicht mehr, als mir zukam.«

Frohlockend lächelte er in sich hinein. Natürlich nicht, weil es ihm gelungen war, sie zu täuschen – es tat ihm sogar leid, daß das notwendig gewesen war – sondern wegen des herrlichen Triumphes, wegen der großen Befreiung, die diese Täuschung letztlich für ihn bedeutete. Er hatte immerhin Recht behalten. Der Weg in den

Abgrund hatte nicht ins Leere geführt, sondern ihm die Erfüllung gebracht.

...»Herzversagen, Dusty. Der Artikel in den Morgenzeitungen war ziemlich vage.«

»Herzversagen, verursacht durch Alkohol. Das sagt jedenfalls die Polizei. Siehst du, der Arzt wollte nicht, daß er darüber Bescheid wußte, wie krank er wirklich war, da er noch nie zu irgendwelchen Exzessen geneigt hatte. Warum also...« Er fuhr in seinen Erklärungen fort, mit gedämpfter Stimme, da er seinen Mund auf den Stoff ihres Kleides gedrückt hatte. »Zum Teil war's auch mein Fehler, vermute ich. Ich wußte, daß er sich sehr deprimiert fühlte, und wenn ich ihm einfach selbst gekauft hätte, was er brauchte, anstatt ihm nur das Geld zu geben –«

»Nicht doch, du muß dich nicht so quälen, Darling.«

»Na ja... wenn ich doch nur gewußt hätte, daß –«

»Natürlich. Du mußt mir das alles gar nicht erzählen.« Sie küßte ihn und murmelte besänftigend, beschwichtigend... »wenn man jemanden liebhat, dann ist man manchmal viel zu gut zu ihm, weil man meint, es sei ja nur zu seinem Besten.« Sie wußte wohl, wie das war, wie es mit ihrem Vater gewesen war. »Er hat auch große Stücke von dir gehalten, Dusty. Er meinte, du wärest, nun... nicht gerade schwach, aber du würdest dich doch ein bißchen treiben lassen. Doch –«

Dusty nickte ergeben. Er dachte: *Ich muß schnell dafür sorgen, daß sie aus dieser Nachbarschaft herauskommt, sie von hier wegbringen, bevor einer dieser verdammten Bastarde anfängt, zu reden.*

Seine Arme klammerten sich noch fester an sie. Der bloße Gedanke, sie zu verlieren, war entsetzlich. Gott, sie durfte die Wahrheit nicht herausfinden. Er würde lieber sterben, als das zuzulassen. Er würde sterben.

Er drückte sie fester und fester an sich, und er konnte ihr nicht nahe genug sein, um die aufkommende Angst zu ersticken. Es gab nur ein Mittel, ihr zu entrinnen – immer hatte es nur einen Fluchtweg gegeben, DER ANGST zu entgehen – und... sie lachte zärtlich und lehnte sich zurück. Sie ließ sich auf das Sofa sinken und zog ihn mit sich.

»Ja, Dusty, ja Liebling«, sagte sie, und ihre Stimme klang lockend und bereit, und dann, genau in diesem heißersehnten Augenblick runzelte sie plötzlich die Stirn und schob ihn von sich weg. »Dusty, draußen ist jemand vorgefahren.«

»Was? Zum Teufel mit ihnen«, sagte er. »Laß uns –«

»Nein, nicht, es geht nicht.« Sie setzte sich energisch auf. »Wer kann das sein, Dusty?«

Widerstrebend ließ er sie los. Er drehte sich um und spähte durch die Vorhänge, unterdrückt vor sich hin fluchend. Es war ein kleiner, schwarzer Sedan. Den Mann hinter dem Steuer konnte er nicht erkennen, obwohl er ihm merkwürdig vertraut vorkam. Der Mann, der schließlich aus dem Wagen stieg, war Kossmeyer.

»Der Anwalt meines Dad«, knurrte er. »Was zum Teufel will er bloß?«

»Nun ...« Sie sah ihn an, und er las ein leises Befremden von ihrem Gesicht ab. »Das kann doch eine Vielzahl von Dingen sein. Immerhin, nachdem dein Vater tot ist ...«

»Schon, aber gerade jetzt! Warum muß er denn gerade jetzt kommen?«

Ihre Stirn glättete sich wieder. Ihre Augen wurden weich vor Zärtlichkeit und Versprechen. Sie küßte ihn besänftigend: »Ich weiß ja, aber um so schöner wird es nachher sein, Liebling. Du wirst sehen, ich werde auf dich warten. Warten und bereit sein, Dusty und ...« Und damit zog sie sich wieder in sein Schlafzimmer zurück. Stirnrunzelnd stand er auf und ging zur Haustür.

»Also«, sagte er unfreundlich, »was wollen Sie?«

»Es könnte doch sein«, sagte Kossmeyer, »daß ich Ihnen zehntausend Dollar bringen will oder vielleicht zwanzigtausend, oder vielleicht ...«

Er öffnete die Fliegentür und kam herein. Er setzte sich, schlug die kurzen Beine übereinander, zog eine Augenbraue hoch und sah Dusty erwartungsvoll an. Zögernd, mit fliegendem Puls, setzte Dusty sich ihm gegenüber.

Sie hatte die Schlafzimmertür nicht hinter sich zugemacht. Wenn Kossmeyer unangenehm wurde, würde sie – aber das konnte er geradebiegen, es ihr geduldig auseinandersetzen. Kossmeyer hatte versucht, Vorteil aus dem alten Mann zu ziehen. Er hatte dem ein Ende gemacht, und der Anwalt war nun sauer auf ihn.

»Was meinen Sie damit«, sagte er. »Warum sollten Sie mir zehn- oder zwanzigtausend Dollar überbringen?«

»Nun«, Kossmeyer zuckte die Achseln. »Ich sage das natürlich unter Vorbehalt. Ich vertrete die Versicherung Ihres Dad, Rhodes. Sie ist meine Klientin.«

»Seine Versicherung?« Dusty starrte ihn fassungslos an. »Was –«

»Ja, nun, Sie wissen schon. Die, mit der er eine Police abgeschlossen hatte. Zehntausend Dollar, bei Nichterleben das Doppelte. Uns stellt sich dabei ein kleines Problem –« Kossmeyer hob die Stimme, als Dusty ihn unterbrechen wollte, »eine Art kleines Problem. Er starb an Herzversagen, sehen Sie, eine natürliche Todesursache. Aber dieser Zustand wurde herbeigeführt durch, nun ja, nennen wir es: Gift; das war's jedenfalls in seinem Fall ja auch tatsächlich. Mit anderen Worten, man könnte eine unnatürliche Todesursache konstruieren, in welchem Fall natürlich die Klausel mit der Verdopplung bei Nichterleben nicht zum Tragen käme. Also –«

»Warten Sie, warten Sie einen Augenblick!« Jetzt hob Dusty die Stimme. »Das muß ein Irrtum sein. Dad hatte gar keine Versicherung.«

»Soso, hatte er nicht? Sie haben davon nichts gewußt, eh?«

»Natürlich hatte er keine.«

»Nun«, sagte Kossmeyer gedehnt, »sehen wir uns das hier doch mal an.« Er zog ein Faltblatt aus seiner Tasche und glättete es auf seinem Knie. »Aus unseren Unterlagen, den Unterlagen der Great Southern and Midwest States Insurance Company geht hervor, daß Ihr Vater diese Police vor annähernd vier Jahren abgeschlossen hat. Sie gingen damals aufs College, und ich vermute, daß er Ihre weitere Ausbildung sicherstellen wollte. Ebenso wollte er natürlich –«

Dusty lachte rauh und verärgert auf. Er sagte: »Ich sag Ihnen doch, Sie müssen sich irren. Ich erinnere mich, wann er diese Versicherung abgeschlossen hat. Meine Mutter war die Begünstigte, nicht ich. Jedenfalls –«

»Ihre Mutter war die Begünstigte«, nickte Kossmeyer gleichmütig. »Natürlich hätte sie Sie nach Kräften unterstützt, und sie verfügte ja auch über die Mittel, und natürlich, falls ihr Ableben vor dem Ihres Vaters erfolgte, würde die Versicherung einfach Teil seines Vermögens werden. Es war gar nicht notwenig, Sie als den nächsten Begünstigten zu nennen. Wenn er starb, würden Sie dieses Vermögen erben ... wie Sie natürlich« – der Anwalt blickte auf – »sehr wohl gewußt haben.«

Er schwieg abwartend. Nach einer langen Pause sagte er: »Sie scheinen darüber nicht sehr glücklich, Rhodes. Sie sind der einzige Erbe eines hübschen fetten Happens, und Sie scheinen sich überhaupt nicht darüber zu freuen. Das ist irgendwie verwunderlich, wissen Sie. Wenn man an gewisse Ereignisse aus jüngster Zeit zurückdenkt, möchte man doch meinen, daß Sie ziemlich scharf auf Geld gewesen sind.«

»W-w-was – was meinen Sie denn damit?«

»Was ich meine? Nun, einfach, daß es noch eine Menge anderer

Leute in der Stadt gibt, die nicht allzu glücklich sind... das Hotel und die Versicherer, und dann die Staatsanwaltschaft hier im Bezirk. Die haben alle irgendwie das Gefühl, daß sie an der Nase herumgeführt worden sind. Verstehen Sie, was ich meine? Sie mußten das zwar schlucken, aber sie waren sehr, sehr unglücklich darüber... aber kommen wir zurück zu dieser Versicherungspolice –«

»Er hatte keine, sie war abgelaufen! Himmel noch mal, ich hätte es doch gewußt, wenn – wenn –« Dusty verhaspelte sich.

Kossmeyer grinste und nickte wieder. »Stimmt genau, Rhodes. Na klar hätten Sie es gewußt. Ihr Vater war bereits in ziemlich vorgeschrittenem Alter, als er diese Police abgeschlossen hat. Sein Gesundheitszustand war nicht gerade der beste. Er mußte eine Prämie von beinahe hundertfünfzig Dollar monatlich zahlen. Und als er die dann nicht mehr hatte, um zu zahlen, als er ganz von Ihnen abhängig wurde...«

»Ich hab' sie nicht bezahlt, ich –«

»Nein, Sie gaben ihm das Geld, und haben ihn bezahlen lassen. So mußte es ja auch sein. Das einzige Geld, über das er verfügte, war das, was Sie ihm gegeben haben.«

»Aber ich sag's Ihnen doch« – »oh«, Dusty unterbrach sich überrascht. »Also das... also das ist es, was er damit gemacht hat. Ich dachte immer, daß er das Geld Ihnen gibt.«

»Mir? Warum hätte ich es aus ihm herausquetschen sollen, wo ich doch wußte, daß er nichts hatte? Die einzige Zahlung, die ich je bekommen habe, war dieser kleine Verrechnungsscheck, den Sie mir gegeben haben, kurz nachdem ich den Fall angenommen hatte.«

»Doch an dem Tag, an dem ich mit Ihnen sprach, sagten Sie doch –«

»Ich sagte, daß unsere Ausgaben hoch gewesen wären. Ich mußte Ihnen ja nicht unbedingt sagen, daß sie nicht beglichen worden sind... Was versuchen Sie eigentlich, mir weiszumachen, Rhodes?« Kossmeyer schnitt eine zynische Grimasse. »Sie wußten, wohin das Geld ging. Angenommen, er konnte es Ihnen – nach all dem, was ich gehört habe, weiß ich verdammt genau, daß Sie das auf gar keinen Fall zugelassen hätten – also angenommen, er wollte Ihnen das Geld abluchsen, ein paar Dollar hier, ein paar Dollar da. Aber warum hätte er das tun sollen? Mit welcher Absicht wohl? Die Versicherung lautete zu Ihren Gunsten. Warum also hätte er Ihnen nichts davon sagen sollen?«

»Ich – ich weiß nicht.«

Aber natürlich wußte er. Der Alte hatte Angst gehabt, es ihm zu erzählen. Diese Angst hatte er sich selbst und ihm nicht eingestehen wollen; wahrscheinlich hatte er sie sich nicht einmal bewußt klargemacht. Doch trotzdem waren Angst und Mißtrauen dagewesen: das Wissen darum, daß jemand, den er liebte – jemand, den er liebte und von dem er geliebt sein wollte – in Versuchung geraten könnte, ihn zu töten.

Und jetzt?

Dusty brachte ein nachdenkliches Stirnrunzeln zustande. Den wilden Aufruhr in seinem Inneren versuchte er mit einer gefaßten Miene zu kaschieren. Kossmeyer konnte nichts beweisen. Bisher hatte er nichts gesagt, was man ihm als niedrigen Beweggrund hätte unterstellen können. Es kam jetzt lediglich darauf an, die Herumstreiterei mit ihm zu beenden, allen weiteren üblen Anspielungen vorzubauen, denn sonst...

An die andere Möglichkeit wollte er gar nicht denken. Sie hatte so weit noch nichts gehört, weswegen man ihn auch nur im geringsten verurteilen könnte. Von jetzt an sollte sie noch viel weniger zu hören bekommen.

»Ich frage mich«, sagte er nachdenklich, »ich frage mich, warum Dad das getan hat. Ich vermute ... nun, wahrscheinlich hat er sich gedacht, ich würde nicht zulassen, daß er so große Opfer bringt, wie er es getan hat. Wenn ich davon gewußt hätte, daß er –«

»Opfer? Mit Ihrem Geld?«

»Es war so sehr sein Geld wie meins. Alles, was ich hatte, war auch seins und«

»So, war es das, heh?« Kossmeyers Augen funkelten in wildem Zorn.

»Ein Haufen Scheiße, mein Lieber. Ich habe mich in der Nachbarschaft umgehört. Ich habe mit den Leuten gesprochen, bei denen Sie einkauften. Ich habe mit dem Arzt geredet. Und ich habe dieselbe hundsgemeine Geschichte von jedem einzelnen gehört. Dieser arme Teufel hatte keine zwei Pennys, mit denen er in seiner Tasche klimpern konnte. Sie haben nie etwas für ihn getan, wenn Sie's vermeiden konnten. Es war bei Gott eine Schande, und der jammervollste Teil daran war die Art und Weise, wie er auch noch zu Ihnen gehalten hat – er erzählte jedem, was für ein prachtvoller Bursche Sie sind. Während doch ein Blinder sehen konnte, daß –«

»Das ist eine Lüge! Ich mach' mir nichts daraus, was andere sagen –« Dusty hielt atemlos inne, um die aufsteigende Panik zu unterdrücken, »ich weiß, was die Leute vermutlich sagen«, fuhr er fort. »Aber es ist einfach nicht wahr. Ich habe ihm haufenweise Geld gegeben, und ich habe mir nie vorrechnen lassen, wofür er es ausgegeben hat. Ich wußte doch nicht, daß er es für die Versicherungsprämie brauchte. Ich –

Herrgott, warum können Sie nicht sehen, wie alles zusammenpaßt? Eins erklärt das andere. Die Tatsache, daß er – daß er so herumlief, so nachlässig und schlampig, beweist doch nur, daß er das Geld, das ich ihm gegeben habe, für die Versicherung verwendet hat.«

»Ja, wirklich? Mir beweist das nichts dergleichen.«

»Aber sehen Sie es denn nicht selbst? Wenn er das Geld für sich verbraucht hätte, wie er es ja auch sollte, dann – dann –« Er verstummte hilflos. Er konnte den Gedanken nicht aussprechen, ihn nicht als die reine Wahrheit darlegen, die so offen zutage lag. Aber Kossmeyer mußte sie doch erkennen! Kossmeyer war ein Experte darin, die Wahrheit von der Lüge zu trennen, und er mußte schließlich wissen, daß – daß ... Dusty stöhnte, und in plötzlichem und schrecklichen Begreifen riß er die Augen auf. Er hatte sich dazu entschieden, das Spiel auf der sicheren Grundlage von Beweis und Gegenbeweis zu spielen: dabei die Regeln von Recht und Unrecht, wahr und falsch mißachtend. Jetzt trieb Kossmeyer dasselbe Spiel mit ihm. Kossmeyer wußte, daß er schuldig war, Schuld am Tod des alten Mannes und noch vielem anderen. Er wußte es, und solange es in diesem Spiel keine Regeln gab ...

Kossmeyer. Nur ein einzelner, kleiner Mann. Nur eine schwache Stimme, die man nicht niederschreien konnte. Das war schon alles. Doch in der Welt des Geducktwerdens und Mundverbietens, des Duckmäusertums gewann er an Größe; er stand da wie ein Koloß, dieser kleine Mann, und die schwache Stimme war wie Donner. Kossmeyer. Er war Vergeltung. Er war Gerechtigkeit, ein Mann, der jedes Spiel verlor, nur nicht das letzte, entscheidende.

Er sagte:

»Annähernd gegen einundzwanzig Uhr gestern abend, Rhodes, kaufte ihr Vater eine Literflasche Whiskey. Sie haben ihn zum Kauf ermuntert, da Sie sehr genau wußten, daß es ihn umbringen würde ...«

»Nein! Ich –«

»Woher hat er dann das Geld bekommen? Er hatte nie einen solchen Betrag zur Verfügung. Nie mehr als gerade genug für das Allernotwendigste zum Leben.«

»Aber er hatte doch, er hatte reichlich. Ich sagte Ihnen doch –«

»Kaum genug, nur eben dafür. Er kehrte gegen einundzwanzig Uhr zwanzig nach Hause zurück – ich kann das alles beweisen, mein Lieber. Ich habe jeden Ihrer Schritte überprüft, seit ich heute früh die Nachricht erhalten habe, und ich kann jede kleinste Einzelheit beweisen!«

»Aber die lügen doch alle! Sie wollen mich nur hier nicht haben! Sie glauben, daß ich –«

»Gerade Sie wollen mir erzählen, was *die* glauben?« Kossmeyer beugte sich grimmig vor. »Das können Sie sich sparen. Ich habe bereits so viel gehört, daß mir schlecht wird ... gegen zweiundzwanzig Uhr fünfzehn haben dann Sie selbst das Haus verlassen. Lassen wir dahingestellt sein, wie man das auslegen könnte, aber schließlich mußten Sie ja ungefähr um diese Zeit weggehen, um im Hotel zu sein und Ihre Uniform anzulegen. Zwischen dreiundzwanzig Uhr und dreiundzwanzig Uhr dreißig, laut beeideter Aussage des Amtsarztes, ist Ihr Vater verstorben. Mit anderen Worten, er war in sehr schlechter Verfassung. Er war ein Todeskandidat, als Sie das Haus verließen. Jetzt aber« – der Anwalt schlug plötzlich mit geballter Faust in die Innenhand –, »jetzt kommt es, Rhodes. Vielleicht können Sie mir das erklären? Sie sagen selbst, Sie hätten nicht gewollt, daß Ihr Vater stirbt, und dennoch lag er im Sterben, bevor Sie zur Arbeit gegangen sind. Er hätte durch das prompte Eingreifen eines Arztes sehr wohl noch gerettet werden können. Also frage ich Sie, Rhodes« – krach – »ich verlange von Ihnen zu wissen, Rhodes« – krach, krach –, »warum Sie nicht eingeschritten sind, um sein Leben zu retten. Warum sind Sie statt dessen bösartig und tückisch aus dem Haus stolziert und haben diesen alten, hilflosen Mann einfach sterben lassen?«

Dusty fuhr sich mit der Zunge über die Lippen. Er starrte Kossmeyer an. Starrte über diesen Punkt der Gegenwart hinaus auf das, was unweigerlich folgen mußte ... *der Gerichtssaal, die kalten, wissenden Augen, die Fragen wie Peitschenhiebe, warum, Rhodes, warum haben Sie nicht, Rhodes, und das Aufklatschen der Faust in der Innenhand, die hämmernden Fäuste, wie das Zimmern eines Galgens.*

Sie hörte alles mit. Wenn er nicht irgend etwas dagegen sagen konnte, wenn ihm nichts einfiele, müßte sie doch glauben, daß ...

»Ich – ich wußte es nicht! Ich habe nicht zu ihm hineingeschaut, bevor ich gegangen bin.«

»Oh. Oh«, entgegnete Kossmeyer in gespielter Niedergeschlagenheit. »Also er war auf seinem Zimmer, wie? Er hatte die Tür geschlossen, und Sie wollten ihn nicht stören?«

»J-j-ja, ja das stimmt!«

»Ah so, ich sehe. Aber wenn seine Tür geschlossen war, wie wußten Sie dann, daß er sich im Zimmer aufhielt?«

»Na ich – ich konnte ihn gewissermaßen hören, verstehen Sie?«

»Ja. Was meinen Sie damit, Sie konnten ihn hören?«

»Ich – ich meine, –, ich –«

Kossmeyer grinste wieder. Plötzlich, kurz aufflammend, wandelte sich Dustys Entsetzen in eiskalte Wut.

»Scheren Sie sich zum Teufel! Ich habe nichts getan. Ich muß Ihre Fragen nicht beantworten.«

»Sicher, das müssen Sie nicht. Wir können das dem Staatsanwalt überlassen. Übrigens, draußen im Wagen wartet einer von seinen Leuten.«

»Also ich...« Der Bezirksstaatsanwalt. Kossmeyer und der Bezirksstaatsanwalt. Sie hatten Lügen als Wahrheiten hinnehmen müssen, und jetzt würden sie aus der Wahrheit Lügen machen. Die Spielregeln hatte er selbst bestimmt. Und jetzt...« Ich hab' mit ihm gesprochen«, sagte er. »Ich habe ihm ›Gute Nacht‹ zugerufen.«

»Oh?« Kossmeyer schien ein bißchen ratlos, er war erstaunt. »Also hatten Sie gar keine so großen Bedenken, ihn zu stören? Sie wußten, daß er wach war?«

»Ja. Ich meine, nun, ich war nicht ganz sicher. Ich habe nur leise hineingerufen und – und – und...«

»Und er hat geantwortet? Sagte ›gute Nacht, mein Sohn‹ oder etwas Ähnliches? Ich würde doch meinen, daß er das getan haben muß? Andernfalls, da Sie ja versichern, daß Sie ihn hören konnten, daß er also durch eine verschlossene Tür gut für Sie zu hören war – andernfalls hätten Sie ja auch stark beunruhigt sein müssen. Sie hätten dann zu ihm hineingeschaut.«

»Also...«

Dusty wollte verneinend den Kopf schütteln. Dann entschloß er sich zu einem Nicken. »Jaja, er antwortete mir.«

»Was hat er gesagt?«

»Wie, w-was... na eben ›gute Nacht, gut Nacht, Bill‹.«

»Jetzt frage ich mich«, sagte Kossmeyer, »jetzt frage ich mich doch, ob Sie sich nicht geirrt haben könnten? Der Mann stand vor der Schwelle des Todes. Er lag in einem alkoholischen Koma, und trotzdem soll er Ihnen geantwortet haben, als Sie ihn angeredet haben? Er antwortete so, daß Sie –«

»Na gut, na gut! Vermutlich – vielleicht habe ich ihm auch gar nicht gute Nacht gesagt. Ich habe nicht direkt mit ihm gesprochen. Ich habe ihn nur da drinnen gehört, ich wußte ja, daß er in Ordnung war und–«

»Aber es ging ihm nicht gut.«

»Nun, ich – ich meine, es hörte sich aber so an. Ich konnte ihn schnarchen hören – und...«

»Sie konnten *was?*« Kossmeyers Erstaunen war grotesk. »Ich kenne jede Menge von Ärzten, die über solche Feststellung sehr verwundert wären. Sie würden Sie darüber aufklären, daß eine solche Reaktion, die an Schlafwandeln grenzen würde, zu der fraglichen Zeit völlig unmöglich gewesen wäre. So, wie er körperlich litt, so chaotisch, wie sein Geisteszustand gewesen sein muß, hätte er nicht...«

War das nun wahr oder nicht? Konnte es nur so und nicht anders gewesen sein? Er wußte es nicht. Nur Kossmeyer wußte es. Und es war schließlich ein Spiel ohne Regeln.

»Ich werd' Ihnen sagen, was Sie gehört haben, Rhodes. Ich beweise es Ihnen...«

»N-n-nein, n-nicht!«

»Doch«, sagte Kossmeyer, »er ist vergiftet worden. Er lag in Agonie, war bewußtlos, und –«

Sein Gesicht verfiel. Die Linien darin wirkten vom Alter eingegraben und fein, und dann spannten sie sich, und die Hautfalten verdickten sich. Er schluckte schwer. Seine Halsvenen standen heraus wie Stricke, aus dem verzerrten Mund troff ein dünner Speichelfaden, und dann keuchte er und seiner Kehle entrang sich ein rasselnder Laut – ein Geräusch, das von anderen überdeckt wurde. Ein Stammeln, ein Murmeln, alles auf eine irre Weise ineinanderlaufend, aber dennoch, trotz seiner Schaurigkeit instinktiv nachvollziehbar, und das keuchende Röcheln, das Röcheln und Würgen, das Würgen...

Dusty mußte die Augen schließen. Die Geräusche verebbten, und er schlug die Augen wieder auf. Kossmeyer stand vor ihm. Er winkte mit dem Kopf zur Tür hin.

»Sie haben nur einen einzigen Fehler gemacht, Rhodes. Den einen großen Fehler. Sie haben nicht damit gerechnet, daß Sie es mit mir zu tun bekommen würden.«

»Aber ich habe doch nicht, ich m-meine, Sie wissen doch genau, ich habe ihn nicht getötet! Vom Whisky und der Versicherungspolice wußte ich doch nichts –«

»Sie werden die Chance bekommen, das zu beweisen. Kommen Sie mit.«

»Kommen – w-wohin?«

Nicht, daß das noch von irgendwelcher Bedeutung gewesen wäre, denn er hatte es schließlich gehört. Das schreckliche Geräusch, auf das er gewartet hatte. Das Schließen einer Tür. Leise zwar, aber fest. Endgültig.

Sie hatte ihn für immer aus ihrem Leben ausgeschlossen.

»Wohin?« fragte Kossmeyer. »Haben Sie gefragt, wohin, Rhodes?«

Kossmeyers Füße standen ganz dicht beieinander; es war, als wären sie zusammengebunden, und die Hände hielt er auf dem Rücken, als wären sie dort gefesselt. Sein Kopf sackte auf seine Brust, schien am Hals abgeknickt, der plötzlich nichts weiter zu sein schien als ein länglicher Schaft aus Muskeln, Fleisch und Sehnen. Und während eine leichte Brise die Vorhänge bewegte, schien sein Körper sanft zu baumeln.

Er hing!

Er selbst war es, der hing.

In dem stillen, sonnenerfüllten Raum sah Dusty sich selbst hängen.